EUGÉNIE GRANDET

BALZAC

Eugénie Grandet

PRÉFACE ET COMMENTAIRES
DE MAURICE BARDÈCHE

NOTES DE JEAN-JACQUES ROBRIEUX

LE LIVRE DE POCHE

Le texte de ce volume a été établi d'après l'édition fac-similé des *Œuvres complètes illustrées* de Balzac publiée par les Bibliophiles de l'Originale. Nous en avons conservé les caractéristiques orthographiques : long-temps, dénoû-ment, très-mal, etc.

Maurice Bardèche, né en 1907 près de Bourges. Ancien élève de l'École Normale Supérieure. Agrégé des lettres, docteur ès lettres, chaires de Littérature française à la Sorbonne et à l'Université de Lille. A publié d'importantes monographies critiques sur Stendhal, Balzac, Flaubert et Proust.

© Librairie Générale Française, 1983.

PRÉFACE

Eugénie Grandet est l'œuvre de Balzac la plus connue du grand public, celui qui ne juge que par ce qu'on lui a appris. Les balzaciens ne ratifient pas tous cette préséance. *Eugénie Grandet* n'est pour eux qu'une partie, d'une exécution parfaite, d'un ensemble dont le rang est justifié par sa puissance et sa richesse. Ces deux classements ne sont pas aussi opposés qu'il paraît. Car, si *Eugénie Grandet* occupe une place privilégiée dans notre souvenir, ce n'est pas seulement parce que nos maîtres d'école nous l'ont dit, c'est parce que sa force, sa signification, sa tristesse même, tout ce qui l'incruste dans notre souvenir, contient déjà, annonce tout ce qui fait la force, la signification, la tristesse même de toute *La Comédie humaine* : elle est nourrie de cette sève qui fécondera tous les autres rameaux.

Car *Eugénie Grandet* organise déjà, enchaîne les pièces de l'imaginaire balzacien. Retour au roman après quatre années de littérature élégante (y compris *La Peau de chagrin*, jonglerie philosophique qui touche à l'actualité, tient du journalisme, du brio, du carriérisme littéraire) c'est à la fois une décantation et une base de départ : tout y est, c'est le début d'une exploration.

Et d'abord la province. Et avec la province, cette découverte capitale, les vies privées. Toute ville a son secret, toute maison a son odeur, toute vie privée a sa teinte : c'est à elle seule un pays. Et ce pays, ce lieu clos d'une géographie provinciale, elle-même close et à déchiffrer, sont modelés et fécondés par l'histoire. Saumur, et le père Grandet, acheteur de biens nationaux, maire de Saumur, c'est l'inscription de trente ans d'histoire en Touraine, le passage de la Révolution et la consolidation de la Révolution dans les fortunes et dans les carrières. Toutes les *Scènes de la vie de province* sont déjà dans ce raccourci, dans cet aboutissement : toute province a son histoire, toute ville a son passé, toute demeure parle, toute carrière a son résultat.

Et le résultat qu'on découvre à Saumur, qu'on lit dans la carrière non pas du père Grandet, mais du maire de Saumur, c'est la toute-puissance du nouveau dieu du siècle, la toute-puissance de l'argent. Là, apparaît pour la première fois la pièce capitale non seulement du mécanisme, mais de la vision balzacienne. Et on apprend aussi ses limites : l'argent peut tout, mais il ronge et détruit les vies, l'argent

peut tout, mais il ne peut rien contre les sentiments.

D'où le caractère que crée, qu'éclaire cette
pensée unique de s'enrichir, cette fixation : celui
du monomane. Félix Grandet est le premier des
grands monomanes balzaciens. Une idée fixe qui
domine toute une vie, lui donne sa couleur, son
destin, une pensée obsédante greffée sur une
animalité typique, sur une certaine physiologie.
Et cette idée fixe écrase, broie, détruit, comme
une plante parasite étouffe tout ce qui pousse
auprès d'elle. Eugénie Grandet et sa mère,
l'épouse muette, terrifiée et soumise, sont les
deux premières de la longue liste des victimes
de *La Comédie humaine*.

Mais le même mécanisme physiologique qui
produit l'impitoyable destructeur dresse contre
lui un adversaire aussi résolu. Le monomane
investit toute son énergie, toutes ses forces psy-
chiques, toute sa vie, dans une pensée unique :
mais toute autre passion peut produire les
mêmes effets par le même investissement. Et le
drame dans *Eugénie Grandet* naît de cet autre
investissement, celui de l'amour, sur un caractère
hérité du tempérament paternel, aussi absolu
sous son apparente soumission, aussi total. Eugénie est, elle aussi, une monomane. On n'y pense
pas tout de suite parce qu'elle est une grande
fille toute simple. Mais elle a fait un investissement de toutes ses pensées, de toute son imagination, sur la parole donnée, sur les fiançailles
d'un soir, sur le voyageur qu'elle suit chaque

matin sur le petit banc où ils ont échangé leur promesse, pendant des années, hallucinée, absente.

Alors le drame naît de la rencontre brutale de ces deux investissements semblables et de sens contraire dans lesquels s'affrontent deux volontés également entières et indomptables. Alors, il suffit d'un incident symbolique, d'une « rencontre », pour que cet antagonisme, qui a pu d'abord rester secret, paraisse au grand jour, pour que commence, comme le dit Balzac : « une terrible action, une tragédie bourgeoise sans poison, ni poignard, ni sang répandu, mais relativement aux acteurs, plus cruelle que tous les drames accomplis dans l'illustre famille des Atrides ! » Cette phrase d'*Eugénie Grandet* formule toute la dramaturgie balzacienne. Les situations les plus pathétiques, les affrontements les plus implacables de *La Comédie humaine* sont le plus souvent, comme ici, des tragédies de la vie privée inaperçues et même insoupçonnées qui ont brisé des existences.

Pour rendre sensible cette tragédie, et non seulement pour la rendre sensible, mais pour la rendre pathétique, Balzac emploie des moyens qui lui sont propres; un mécanisme minutieux qu'on voit fonctionner pour la première fois avec sa précision et sa puissance. Pas tout à fait pour la première fois : donner un prix « immense » à de petites choses, à des habitudes douillettes, à d'humbles ambitions, les renverser par des fautes de conduite en apparence insignifiantes, c'était déjà tout le drame miniaturisé du *Curé de Tours*. Balzac ne procède pas autrement pour montrer l'importance des *enjeux* dans *Eugénie Grandet* : un sucrier, un pot de beurre sur la table sont les signes de la révolte, un nécessaire de toilette devient l'emblème de l'amour et la révolution ne s'annonce pas par des cris et des violences, mais par un regard qui, pour la première fois, dit « non ». Mais pour que tous ces signes prennent leur valeur « immense », il a fallu une description méticuleuse de la routine et de l'immobilité, il a fallu donner un relief et une couleur à chaque détail, travailler avec l'exactitude et le raffinement des peintres flamands du décor domestique. Cette peinture patiente, ces empreintes sur la vie privée des habitudes, du silence, des signes, ce poids donné à l'impalpable qui pèse sur chaque vie, et soudain, la panique des signes, le désarroi dans la fourmilière, c'est la signature de Balzac, son art de conteur, mis en scène et dramatisé magistralement pour la première fois.

Et le dernier acteur est mis en place enfin : c'est le temps. Car les destructions que les passions obsédantes font dans les cœurs sont lentes. Ces investissements exigent du temps pour former un trésor. Il ne leur en faut pas moins pour qu'ils changent les caractères, les vies, pour que cette pensée unique envahisse tout, étouffe tout, crée autour d'elle une sorte de désert. Le temps, dans les romans de Balzac, est un acide qui ronge tout. Les formes de vie que nous pouvons constater, que le romancier nous prie de constater au début du roman, comme un huissier qui décrit l'état d'une demeure, sont, à la fin du roman, après le passage de l'idée dévorante, décolorées, effacées, exsangues. Et, comme le décor n'a pas lui-même changé, qu'il a seulement vieilli comme les personnages, le romancier peut superposer deux épreuves, pour ainsi dire photographiques, du même groupe, montrant l'*avant* et l'*après* du drame secret qu'il a raconté.

Aussi *Eugénie Grandet* n'est pas l'histoire d'un avare, comme on le croit généralement, mais l'histoire d'Eugénie Grandet, c'est-à-dire l'histoire d'une vie inutile, d'une vie dévastée. C'est la première fois que Balzac découvre ces décombres des illusions brisées. Et cette image lui paraît si riche d'enseignement qu'il la répète un an plus tard dans *La Recherche de l'absolu,* agrandissement et illustration d'*Eugénie Grandet* : la célèbre maison flamande, bourrée de trésors, dépouillée et démantelée par la folie de l'alchimie n'est pas plus saisissante dans son dénuement que ces pauvres existences invisibles auprès de nous et, comme la maison Claës, desséchées, anéanties par le climat brûlant ou glacé des déserts du cœur. Les « tragédies bourgeoises » sont toutes suscitées et conduites dans les romans de Balzac par cette étrangère, cette inconnue dans la maison, l'idée qui s'empare de ceux que nous aimons, qui les transforme et les possède : généreuse ou sordide, noble ou dégradante, cette maîtresse du logis ronge et détruit de la même manière les vies privées et les petites patries familiales. Et à la fin, après le passage de ce grand rêve dévastateur, toutes les vies, celle de Balthazar Claës, celle du père Goriot, celle de Laurence de Saint-Cygne, sont des vies muettes, comme celle d'Eugénie Grandet.

Il ne faut pas oublier, toutefois, qu'*Eugénie Grandet* est aussi un message adressé à Mme Hanska, quelques semaines après la fameuse rencontre. C'est une image et une promesse, une illustration du serment échangé. Ce que Balzac veut dire par cette parabole, c'est qu'il saura attendre comme Eugénie Grandet a attendu, attendre fidèlement, attendre sans que rien puisse lasser son espoir; et que, si cet espoir est brisé un jour, sa vie sera brisée comme celle d'Eugénie Grandet et qu'elle ne sera plus que la répétition des mêmes actions machinales, du même labeur désormais sans objet. Beau message d'écrivain.

On constate alors que ce second centre d'intérêt, invisible au lecteur, fait intervenir dans *Eugénie Grandet* deux éléments dramatiques de nature différente : l'asphyxie de la personnalité par des règles de vie stérilisantes qui interdisent tout épanouissement et même toute liberté, et, d'autre part, le choc causé par la ruine soudaine des espérances couvées pendant sept années de solitude. L'on comprend bien qu'il y a un rapport entre ces deux causes du malheur d'Eugénie Grandet et même on conçoit que la première ait

un effet multiplicateur sur la seconde en impo-
sant une solitude dans laquelle s'épanouit la
rêverie. Mais il s'agit néanmoins d'une fatalité
composite. Que se serait-il passé si Charles
Grandet était revenu fidèle ? Balzac, plus tard, ne
laissera plus ces portes entrouvertes sur la vie.

MAURICE BARDÈCHE.

EUGÉNIE GRANDET[*]

[*] Voir les notes en fin de volume.

À MARIA,

Que votre nom, vous dont le portrait est le plus bel ornement de cet ouvrage, soit ici comme une branche de buis bénit, prise on ne sait à quel arbre, mais certainement sanctifiée par la religion et renouvelée, toujours verte, par des mains pieuses, pour protéger la maison.

DE BALZAC.

IL se trouve dans certaines villes de province[1] des maisons dont la vue inspire une mélancolie égale à celle que provoquent les cloîtres les plus sombres, les landes les plus ternes ou les ruines les plus tristes. Peut-être y a-t-il à la fois dans ces maisons et le silence du cloître et l'aridité des landes et les ossements des ruines : la vie et le mouvement y sont si tranquilles qu'un étranger les croirait inhabitées, s'il ne rencontrait tout à coup le regard pâle et froid d'une personne immobile dont la figure à demi monastique dépasse l'appui de la croisée, au bruit d'un pas inconnu. Ces principes de mélancolie existent dans la physionomie d'un logis situé à Saumur, au bout de la rue montueuse qui mène au château, par le haut de la ville. Cette rue, maintenant peu fréquentée, chaude en été, froide en hiver, obscure en quelques endroits, est remarquable par la sonorité de son petit pavé caillouteux, toujours propre et sec, par l'étroitesse de sa voie tortueuse, par la paix de ses maisons qui appartiennent à la vieille ville, et que dominent

les remparts. Des habitations trois fois séculaires
y sont encore solides quoique construites en bois,
et leurs divers aspects contribuent à l'originalité
qui recommande cette partie de Saumur à l'attention des antiquaires et des artistes. Il est difficile
de passer devant ces maisons, sans admirer les
énormes madriers dont les bouts sont taillés en
figures bizarres et qui couronnent d'un bas-relief
noir le rez-de-chaussée de la plupart d'entre
elles. Ici, des pièces de bois transversales sont
couvertes en ardoises et dessinent des lignes
bleues sur les frêles murailles d'un logis ter-
miné par un toit en colombage que les ans ont
fait plier, dont les bardeaux pourris ont été
tordus par l'action alternative de la pluie et du
soleil. Là se présentent des appuis de fenêtre
usés, noircis, dont les délicates sculptures se
voient à peine, et qui semblent trop légers
pour le pot d'argile brune d'où s'élancent les
œillets ou les rosiers d'une pauvre ouvrière.
Plus loin, c'est des portes garnies de clous
énormes où le génie de nos ancêtres a tracé
des hiéroglyphes domestiques dont le sens ne
se retrouvera jamais. Tantôt un protestant y a
signé sa foi, tantôt un ligueur y a maudit
Henri IV. Quelque bourgeois y a gravé les in-
signes de sa *noblesse de cloches* [1], la gloire de son
échevinage oublié. L'Histoire de France est là
tout entière. A côté de la tremblante maison à
pans hourdés [2] où l'artisan a déifié son rabot,
s'élève l'hôtel d'un gentilhomme où sur le
plein-cintre de la porte en pierre se voient

Le père Grandet.

EUGÉNIE GRANDET.

encore quelques vestiges de ses armes, brisées par les diverses révolutions qui depuis 1789 ont agité le pays. Dans cette rue, les rez-de-chaussée commerçants ne sont ni des boutiques ni des magasins, les amis du moyen-âge y retrouveraient l'ouvrouère de nos pères en toute sa naïve simplicité. Ces salles basses, qui n'ont ni devanture, ni montre, ni vitrages, sont profondes, obscures et sans ornements extérieurs ou intérieurs. Leur porte est ouverte en deux parties pleines, grossièrement ferrées, dont la supérieure se replie intérieurement, et dont l'inférieure armée d'une sonnette à ressort va et vient constamment. L'air et le jour arrivent à cette espèce d'antre humide, ou par le haut de la porte, ou par l'espace qui se trouve entre la voûte, le plancher et le petit mur à hauteur d'appui dans lequel s'encastrent de solides volets, ôtés le matin, remis et maintenus le soir avec des bandes de fer boulonnées. Ce mur sert à étaler les marchandises du négociant. Là, nul charlatanisme. Suivant la nature du commerce, les échantillons consistent en deux ou trois baquets pleins de sel et de morue, en quelques paquets de toile à voile, des cordages, du laiton pendu aux solives du plancher, des cercles le long des murs, ou quelques pièces de drap sur des rayons. Entrez? Une fille propre, pimpante de jeunesse, au blanc fichu, aux bras rouges quitte son tricot, appelle son père ou sa mère qui vient et vous vend à vos souhaits, flegmatiquement, complaisamment, arrogamment, se-

lon son caractère, soit pour deux sous, soit pour
vingt mille francs de marchandise. Vous verrez un
marchand de merrain [1] assis à sa porte et qui
tourne ses pouces en causant avec un voisin, il
ne possède en apparence que de mauvaises
planches à bouteilles et deux ou trois paquets
de lattes; mais sur le port son chantier plein
fournit tous les tonneliers de l'Anjou; il sait, à
une planche près, combien il *peut* de tonneaux si
la récolte est bonne; un coup de soleil l'enrichit,
un temps de pluie le ruine : en une seule matinée, les poinçons [2] valent onze francs ou tombent
à six livres. Dans ce pays, comme en Touraine,
les vicissitudes de l'atmosphère dominent la vie
commerciale. Vignerons, propriétaires, marchands de bois, tonneliers, aubergistes, mariniers
sont tous à l'affût d'un rayon de soleil; ils
tremblent en se couchant le soir d'apprendre le
lendemain matin qu'il a gelé pendant la nuit; ils
redoutent la pluie, le vent, la sécheresse, et
veulent de l'eau, du chaud, des nuages, à leur
fantaisie. Il y a un duel constant entre le ciel et
les intérêts terrestres. Le baromètre attriste,
déride, égaie tour à tour les physionomies. D'un
bout à l'autre de cette rue, l'ancienne Grand'rue
de Saumur, ces mots : Voilà un temps d'or!
se chiffrent de porte en porte. Aussi chacun
répond-il au voisin : Il pleut des louis, en sachant ce qu'un rayon de soleil, ce qu'une pluie
opportune lui en apporte. Le samedi, vers midi,
dans la belle saison, vous n'obtiendriez pas pour
un sou de marchandise chez ces braves indus-

triels. Chacun a sa vigne, sa closerie, et va
passer deux jours à la campagne. Là, tout étant
prévu, l'achat, la vente, le profit, les commerçants se trouvent avoir dix heures sur douze à
employer en joyeuses parties, en observations,
commentaires, espionnages continuels. Une
ménagère n'achète pas une perdrix sans que
les voisins ne demandent au mari si elle était
cuite à point. Une jeune fille ne met pas la tête à
sa fenêtre sans y être vue par tous les groupes
inoccupés. Là donc les consciences sont à jour,
de même que ces maisons impénétrables, noires
et silencieuses n'ont point de mystères. La vie
est presque toujours en plein air : chaque ménage s'assied à sa porte, y déjeune, y dîne, s'y
dispute. Il ne passe personne dans la rue qui ne
soit étudié. Aussi, jadis, quand un étranger arrivait dans une ville de province, était-il gaussé de
porte en porte. De là les bons contes, de là le
surnom de *copieux* [1] donné aux habitants d'Angers
qui excellaient à ces railleries urbaines. Les anciens hôtels de la vieille ville sont situés en haut
de cette rue jadis habitée par les gentilshommes
du pays. La maison pleine de mélancolie où se
sont accomplis les événements de cette histoire
était précisément un de ces logis, restes véné-
rables d'un siècle où les choses et les hommes
avaient ce caractère de simplicité que les mœurs
françaises perdent de jour en jour. Après avoir
suivi les détours de ce chemin pittoresque dont
les moindres accidents réveillent des souvenirs
et dont l'effet général tend à plonger dans une

sorte de rêverie machinale, vous apercevez un
renfoncement assez sombre, au centre duquel
est cachée la porte de la maison à monsieur
Grandet. Il est impossible de comprendre la
valeur de cette expression provinciale sans donner la biographie de monsieur Grandet.

　Monsieur Grandet jouissait à Saumur d'une
réputation dont les causes et les effets ne seront
pas entièrement compris par les personnes qui
n'ont point, peu ou prou, vécu en province.
Monsieur Grandet, encore nommé par certaines
gens le père Grandet, mais le nombre de ces
vieillards diminuait sensiblement, était en 1789
un maître-tonnelier fort à son aise, sachant lire,
écrire et compter. Dès que la République française mit en vente, dans l'arrondissement de
Saumur, les biens du clergé[1], le tonnelier, alors
âgé de quarante ans, venait d'épouser la fille
d'un riche marchand de planches. Grandet alla,
muni de sa fortune liquide et de la dot, muni
de deux mille louis d'or, au district[2], où, moyennant deux cents doubles louis offerts par son
beau-père au farouche républicain qui surveillait la vente des domaines nationaux, il eut pour
un morceau de pain, légalement, sinon légitime-
ment, les plus beaux vignobles de l'arrondissement, une vieille abbaye et quelques métairies.
Les habitants de Saumur étant peu révolution-
naires, le père Grandet passa pour un homme
hardi, un républicain, un patriote, pour un esprit qui donnait dans les nouvelles idées, tandis
que le tonnelier donnait tout bonnement dans

les vignes. Il fut nommé membre de l'administration du district de Saumur, et son influence pacifique s'y fit sentir politiquement et commercialement. Politiquement, il protégea les ci-devant et empêcha de tout son pouvoir la vente des biens des émigrés[1]; commercialement, il fournit aux armées républicaines un ou deux milliers de pièces de vin blanc, et se fit payer en superbes prairies dépendant d'une communauté de femmes que l'on avait réservée pour un dernier lot. Sous le Consulat, le bonhomme Grandet devint maire, administra sagement, vendangea mieux encore; sous l'Empire, il fut monsieur Grandet. Napoléon n'aimait pas les républicains : il remplaça monsieur Grandet, qui passait pour avoir porté le bonnet rouge, par un grand propriétaire, un homme à particule, un futur baron de l'Empire. Monsieur Grandet quitta les honneurs municipaux sans aucun regret. Il avait fait faire dans l'intérêt de la ville d'excellents chemins qui menaient à ses propriétés. Sa maison et ses biens, très-avantageusement cadastrés, payaient des impôts modérés. Depuis le classement de ses différents clos, ses vignes, grâce à des soins constants, étaient devenues la tête du pays, mot technique en usage pour indiquer les vignobles qui produisent la première qualité de vin. Il aurait pu demander la croix de la Légion-d'Honneur. Cet événement eut lieu en 1806. Monsieur Grandet avait alors cinquante-sept ans, et sa femme environ trente-six. Une fille unique, fruit de leurs légitimes amours,

était âgée de dix ans. Monsieur Grandet, que la
Providence voulut sans doute consoler de sa
disgrâce administrative, hérita successivement
pendant cette année de madame de La Gaudi-
nière, née de La Bertellière, mère de madame
Grandet; puis du vieux monsieur La Bertellière,
père de la défunte; et encore de madame Gentillet,
grand'mère du côté maternel : trois successions
dont l'importance ne fut connue de personne.
L'avarice de ces trois vieillards était si passionnée
que depuis long-temps ils entassaient leur argent
pour pouvoir le contempler secrètement. Le
vieux monsieur La Bertellière appelait un placement une prodigalité, trouvant de plus gros intérêts dans l'aspect de l'or que dans les bénéfices
de l'usure. La ville de Saumur présuma donc la
valeur des économies d'après les revenus des
biens au soleil. Monsieur Grandet obtint alors
le nouveau titre de noblesse que notre manie
d'égalité n'effacera jamais, il devint *le plus imposé* de l'arrondissement. Il exploitait cent arpents de vignes, qui, dans les années plantu-
reuses, lui donnaient sept à huit cents poinçons
de vin. Il possédait treize métairies, une vieille
abbaye, où, par économie, il avait muré[1] les
croisées, les ogives, les vitraux, ce qui les con-
serva; et cent vingt-sept arpents de prairies où
croissaient et grossissaient trois mille peupliers
plantés en 1793. Enfin la maison dans laquelle
il demeurait était la sienne. Ainsi établissait-on
sa fortune visible. Quant à ses capitaux, deux
seules personnes pouvaient vaguement en pré-

sumer l'importance : l'une était monsieur Cruchot, notaire chargé des placements usuraires de
monsieur Grandet; l'autre, monsieur des Grassins, le plus riche banquier de Saumur, aux bénéfices duquel le vigneron participait à sa convenance et secrètement. Quoique le vieux Cruchot
et monsieur des Grassins possédassent cette
profonde discrétion qui engendre en province la
confiance et la fortune, ils témoignaient publi-
quement à monsieur Grandet un si grand respect que les observateurs pouvaient mesurer
l'étendue des capitaux de l'ancien maire d'après
la portée de l'obséquieuse considération dont il
était l'objet. Il n'y avait dans Saumur personne
qui ne fût persuadé que monsieur Grandet n'eût
un trésor particulier, une cachette pleine de
louis, et ne se donnât nuitamment les ineffables
jouissances que procure la vue d'une grande
masse d'or. Les avaricieux en avaient une sorte
de certitude en voyant les yeux du bonhomme,
auxquels le métal jaune semblait avoir commu-
niqué ses teintes. Le regard d'un homme accou-
tumé à tirer de ses capitaux un intérêt énorme
contracte nécessairement, comme celui du volup-
tueux, du joueur ou du courtisan, certaines habitudes indéfinissables, des mouvements furtifs,
avides, mystérieux qui n'échappent point à ses
coreligionnaires. Ce langage secret forme en
quelque sorte la franc-maçonnerie des passions.
Monsieur Grandet inspirait donc l'estime respec-
tueuse à laquelle avait droit un homme qui ne
devait jamais rien à personne, qui, vieux tonne-

lier, vieux vigneron, devinait avec la précision
d'un astronome quand il fallait fabriquer pour
sa récolte mille poinçons où seulement cinq
cents; qui ne manquait pas une seule spéculation,
avait toujours des tonneaux à vendre alors que
le tonneau valait plus cher que la denrée à
recueillir, pouvait mettre sa vendange dans ses
celliers et attendre le moment de livrer son poinçon à deux cents francs quand les petits propriétaires donnaient le leur à cinq louis. Sa fameuse
récolte de 1811 [1], sagement serrée, lentement
vendue, lui avait rapporté plus de deux cent
quarante mille livres. Financièrement parlant,
monsieur Grandet tenait du tigre et du boa :
il savait se coucher, se blottir, envisager long-
temps sa proie, sauter dessus; puis il ouvrait
la gueule de sa bourse, y engloutissait une
charge d'écus, et se couchait tranquillement,
comme le serpent qui digère, impassible, froid,
méthodique. Personne ne le voyait passer sans
éprouver un sentiment d'admiration mélangé
de respect et de terreur. Chacun dans Saumur
n'avait-il pas senti le déchirement poli de ses
griffes d'acier? à celui-ci maître Cruchot avait
procuré l'argent nécessaire à l'achat d'un domaine, mais à onze pour cent; à celui-là monsieur des Grassins avait escompté des traites,
mais avec un effroyable prélèvement d'intérêts. Il
s'écoulait peu de jours sans que le nom de monsieur Grandet fût prononcé soit au marché, soit
pendant les soirées dans les conversations de la
ville. Pour quelques personnes, la fortune du

vieux vigneron était l'objet d'un orgueil patrio-
tique. Aussi plus d'un négociant, plus d'un au-
bergiste disait-il aux étrangers avec un certain
contentement : « Monsieur, nous avons ici deux
ou trois maisons millionnaires; mais, quant à
monsieur Grandet, il ne connaît pas lui-même
sa fortune! » En 1816 les plus habiles calcula-
teurs de Saumur estimaient les biens territoriaux
du bonhomme à près de quatre millions; mais,
comme terme moyen, il avait dû tirer par an,
depuis 1793 jusqu'en 1817, cent mille francs de
ses propriétés, il était présumable qu'il possédait
en argent une somme presque égale à celle de
ses biens-fonds. Aussi, lorsqu'après une partie de
boston, ou quelque entretien sur les vignes, on
venait à parler de monsieur Grandet, les gens
capables disaient-ils : — Le père Grandet?... le
père Grandet doit avoir cinq à six millions. —
Vous êtes plus habile que je ne le suis, je n'ai
jamais pu savoir le total, répondaient monsieur
Cruchot ou monsieur des Grassins s'ils entendaient le propos. Quelque Parisien parlait-il
des Rothschild ou de monsieur Laffitte [1], les gens
de Saumur demandaient s'ils étaient aussi riches
que monsieur Grandet. Si le Parisien leur jetait
en souriant une dédaigneuse affirmation, ils se
regardaient en hochant la tête d'un air d'incré-
dulité. Une si grande fortune couvrait d'un
manteau d'or toutes les actions de cet homme.
Si d'abord quelques particularités de sa vie donnèrent prise au ridicule et à la moquerie, la
moquerie et le ridicule s'étaient usés. En ses

moindres actes, monsieur Grandet avait pour lui
l'autorité de la chose jugée. Sa parole, son vête-
ment, ses gestes, le clignement de ses yeux faisaient loi dans le pays, où chacun, après l'avoir
étudié comme un naturaliste étudie les effets de
l'instinct chez les animaux, avait pu reconnaître
la profonde et muette sagesse de ses plus légers
mouvements. — L'hiver sera rude, disait-on, le
père Grandet a mis ses gants fourrés : il faut
vendanger. — Le père Grandet prend beaucoup
de merrain, il y aura du vin cette année. Monsieur Grandet n'achetait jamais ni viande ni
pain. Ses fermiers lui apportaient par semaine
une provision suffisante de chapons, de poulets,
d'œufs, de beurre et de blé de rente. Il possédait un moulin dont le locataire devait, en
sus du bail, venir chercher une certaine quantité
de grains et lui en rapporter le son et la farine.
La grande Nanon, son unique servante, quoiqu'elle ne fût plus jeune, boulangeait elle-
même tous les samedis le pain de la maison.
Monsieur Grandet s'était arrangé avec les maraî-
chers, ses locataires, pour qu'ils le fournissent
de légumes. Quant aux fruits, il en récoltait une
telle quantité qu'il en faisait vendre une grande
partie au marché. Son bois de chauffage était
coupé dans ses haies ou pris dans les vieilles
truisses[1] à moitié pourries qu'il enlevait au bord
de ses champs, et ses fermiers le lui charroyaient
en ville tout débité, le rangeaient par complaisance dans son bûcher et recevaient ses remer-
cîments. Ses seules dépenses connues étaient le

pain bénit, la toilette de sa femme, celle de sa
fille, et le payement de leurs chaises à l'église;
la lumière, les gages de la grande Nanon, l'éta-
mage de ses casseroles; l'acquittement des impositions, les réparations de ses bâtiments et les
frais de ses exploitations. Il avait six cents arpents de bois récemment achetés qu'il faisait
surveiller par le garde d'un voisin, auquel il
promettait une indemnité. Depuis cette acqui-
sition seulement, il mangeait du gibier. Les manières de cet homme étaient fort simples. Il
parlait peu. Généralement il exprimait ses idées
par de petites phrases sentencieuses et dites d'une
voix douce. Depuis la Révolution, époque à laquelle il attira les regards, le bonhomme bégayait
d'une manière fatigante aussitôt qu'il avait à
discourir longuement ou à soutenir une discussion. Ce bredouillement, l'incohérence de ses
paroles, le flux de mots où il noyait sa pensée,
son manque apparent de logique attribués à un
défaut d'éducation étaient affectés et seront
suffisamment expliqués par quelques événements
de cette histoire. D'ailleurs, quatre phrases
exactes autant que des formules algébriques lui
servaient habituellement à embrasser, à résoudre
toutes les difficultés de la vie et du commerce :
Je ne sais pas, je ne puis pas, je ne veux pas,
nous verrons cela. Il ne disait jamais ni *oui* ni
non, et n'écrivait point. Lui parlait-on? il écoutait froidement, se tenait le menton dans la main
droite en appuyant son coude droit sur le revers
de la main gauche, et se formait en toute affaire

des opinions desquelles il ne revenait point. Il
méditait longuement les moindres marchés.
Quand, après une savante conversation, son
adversaire lui avait livré le secret de ses prétentions en croyant le tenir, il lui répondait : — Je
ne puis rien conclure sans avoir consulté ma
femme. Sa femme, qu'il avait réduite à un ilotisme complet, était en affaires son paravent le
plus commode. Il n'allait jamais chez personne,
ne voulait ni recevoir ni donner à dîner; il ne
faisait jamais de bruit, et semblait économiser
tout, même le mouvement. Il ne dérangeait
rien chez les autres par un respect constant de
la propriété. Néanmoins, malgré la douceur de
sa voix, malgré sa tenue circonspecte, le langage
et les habitudes du tonnelier perçaient, surtout
quand il était au logis, où il se contraignait
moins que partout ailleurs. Au physique, Grandet était un homme de cinq pieds, trapu, carré,
ayant des mollets de douze pouces de circonfé-
rence, des rotules noueuses et de larges épaules;
son visage était rond, tanné, marqué de petite
vérole; son menton était droit, ses lèvres n'of-
fraient aucunes sinuosités, et ses dents étaient
blanches; ses yeux avaient l'expression calme et
dévoratrice que le peuple accorde au basilic[1];
son front, plein de rides transversales, ne manquait pas de protubérances significatives; ses
cheveux jaunâtres et grisonnants étaient blanc et
or, disaient quelques jeunes gens qui ne connais-
saient pas la gravité d'une plaisanterie faite sur
monsieur Grandet. Son nez, gros par le bout,

supportait une loupe veinée que le vulgaire disait, non sans raison, pleine de malice. Cette figure annonçait une finesse dangereuse, une probité sans chaleur, l'égoïsme d'un homme habitué à concentrer ses sentiments dans la jouissance de l'avarice et sur le seul être qui lui fût réellement de quelque chose, sa fille Eugénie, sa seule héritière. Attitude, manières, démarche, tout en lui, d'ailleurs, attestait cette croyance en soi que donne l'habitude d'avoir toujours réussi dans ses entreprises. Aussi, quoique de mœurs faciles et molles en apparence, monsieur Grandet avait-il un caractère de bronze. Toujours vêtu de la même manière, qui le voyait aujourd'hui le voyait tel qu'il était depuis 1791. Ses forts souliers se nouaient avec des cordons de cuir; il portait, en tout temps des bas de laine drapés, une culotte courte de gros drap marron à boucles d'argent, un gilet de velours à raies alternativement jaunes et puces, boutonné carrément, un large habit marron à grands pans, une cravate noire et un chapeau de quaker. Ses gants, aussi solides que ceux des gendarmes, lui duraient vingt mois, et, pour les conserver propres, il les posait sur le bord de son chapeau à la même place, par un geste méthodique. Saumur ne savait rien de plus sur ce personnage.

Six habitants seulement avaient le droit de venir dans cette maison. Le plus considérable des trois premiers était le neveu de monsieur Cruchot. Depuis sa nomination de président au tribunal de première instance de Saumur, ce

jeune homme avait joint au nom de Cruchot
celui de Bonfons, et travaillait à faire prévaloir
Bonfons sur Cruchot. Il signait déjà C. de Bonfons. Le plaideur assez malavisé pour l'appeler
monsieur Cruchot s'apercevait bientôt à l'au-
dience de sa sottise. Le magistrat protégeait ceux
qui le nommaient monsieur le président, mais il
favorisait de ses plus gracieux sourires les flat-
teurs · qui lui disaient monsieur de Bonfons.
Monsieur le président était âgé de trente-trois
ans, possédait le domaine de Bonfons *(Boni
Fontis)*, valant sept mille livres de rente; il attendait la succession de son oncle le notaire et celle
de son oncle l'abbé Cruchot, dignitaire du chapitre de Saint-Martin de Tours, qui tous deux
passaient pour être assez riches. Ces trois Cruchot, soutenus pas bon nombre de cousins,
alliés à vingt maisons de la ville, formaient un
parti, comme jadis à Florence les Médicis; et,
comme les Médicis, les Cruchot avaient leurs
Pazzi[1]. Madame des Grassins, mère d'un fils de
vingt-trois ans, venait très-assidument faire la
partie de madame Grandet, espérant marier son
cher Adolphe avec mademoiselle Eugénie. Monsieur des Grassins le banquier favorisait vigou-
reusement les manœuvres de sa femme par de
constants services secrètement rendus au vieil
avare, et arrivait toujours à temps sur le champ
de bataille. Ces trois des Grassins avaient également leurs adhérents, leurs cousins, leurs alliés
fidèles. Du côté des Cruchot, l'abbé, le Talleyrand
de la famille, bien appuyé par son frère le no-

taire, disputait vivement le terrain à la finan-
cière, et tentait de réserver le riche héritage à
son neveu le président. Ce combat secret entre
les Cruchot et les des Grassins, dont le prix était
la main d'Eugénie Grandet, occupait passion-
nément les diverses sociétés de Saumur. Mademoiselle Grandet épousera-t-elle monsieur le
président ou monsieur Adolphe des Grassins?
A ce problème, les uns répondaient que monsieur Grandet ne donnerait sa fille ni à l'un ni à
l'autre. L'ancien tonnelier rongé d'ambition
cherchait, disaient-ils, pour gendre quelque pair
de France, à qui trois cent mille livres de rente
feraient accepter tous les tonneaux passés, présents et futurs des Grandet. D'autres répliquaient
que monsieur et madame des Grassins étaient
nobles, puissamment riches, qu'Adolphe était un
bien gentil cavalier, et qu'à moins d'avoir un
neveu du pape dans sa manche, une alliance si
convenable devait satisfaire des gens de rien, un
homme que tout Saumur avait vu la doloire en
main, et qui, d'ailleurs, avait porté le bonnet
rouge. Les plus sensés faisaient observer que
monsieur Cruchot de Bonfons avait ses entrées
à toute heure au logis, tandis que son rival n'y
était reçu que les dimanches. Ceux-ci soutenaient
que madame des Grassins, plus liée avec les
femmes de la maison Grandet que les Cruchot,
pouvait leur inculquer certaines idées qui la feraient, tôt ou tard, réussir. Ceux-là répliquaient
que l'abbé Cruchot était l'homme le plus insi-
nuant du monde, et que femme contre moine la

partie se trouvait égale. — Ils sont manche à
manche, disait un bel esprit de Saumur. Plus
instruits, les anciens du pays prétendaient que
les Grandet étaient trop avisés pour laisser sortir
les biens de leur famille, mademoiselle Eugénie
Grandet de Saumur serait mariée au fils de monsieur Grandet de Paris, riche marchand de vin
en gros. A cela les Cruchotins et les Grassinistes
répondaient : — D'abord les deux frères ne se
sont pas vus deux fois depuis trente ans. Puis,
monsieur Grandet de Paris a de hautes prétentions pour son fils. Il est maire d'un arrondissement, député, colonel de la garde nationale,
juge au tribunal de commerce; il renie les Grandet de Saumur, et prétend s'allier à quelque famille ducale par la grâce de Napoléon. Que ne
disait-on pas d'une héritière dont on parlait à
vingt lieues à la ronde et jusque dans les voitures publiques, d'Angers à Blois inclusivement?
Au commencement de 1818, les Cruchotins rem-
portèrent un avantage signalé sur les Grassinistes. La terre de Froidfond, remarquable par
son parc, son admirable château, ses fermes,
rivières, étangs, forêts, et valant trois millions,
fut mise en vente par le jeune marquis de Froidfond obligé de réaliser ses capitaux. Maître Cruchot, le président Cruchot, l'abbé Cruchot, aidés
par leurs adhérents, surent empêcher la vente
par petits lots. Le notaire conclut avec le jeune
homme un marché d'or en lui persuadant qu'il y
aurait des poursuites sans nombre à diriger
contre les adjudicataires avant de rentrer dans le

prix des lots; il valait mieux vendre à monsieur Grandet, homme solvable, et capable d'ailleurs de payer la terre en argent comptant. Le beau marquisat de Froidfond fut alors convoyé vers l'œsophage de monsieur Grandet, qui, au grand étonnement de Saumur, le paya, sous escompte, après les formalités. Cette affaire eut du retentissement à Nantes et à Orléans. Monsieur Grandet alla voir son château par l'occasion d'une charrette qui y retournait. Après avoir jeté sur sa propriété le coup d'œil du maître, il revint à Saumur, certain d'avoir placé ses fonds à cinq, et saisi de la magnifique pensée d'arrondir le marquisat de Froidfond en y réunissant tous ses biens. Puis, pour remplir de nouveau son trésor presque vide, il décida de couper à blanc ses bois, ses forêts, et d'exploiter les peupliers de ses prairies.

Il est maintenant facile de comprendre toute la valeur de ce mot, la maison à monsieur Grandet, cette maison pâle, froide, silencieuse, située en haut de la ville, et abritée par les ruines des remparts. Les deux piliers et la voûte formant la baie de la porte avaient été, comme la maison, construits en tuffeau, pierre blanche particulière au littoral de la Loire, et si molle que sa durée moyenne est à peine de deux cents ans. Les trous inégaux et nombreux que les intempéries du climat y avaient bizarrement pratiqués donnaient au cintre et aux jambages de la baie l'apparence des pierres vermiculées[1] de l'architecture française et quelque ressemblance avec le

porche d'une geôle. Au dessus du cintre régnait
un long bas-relief de pierre dure sculptée, repré-
sentant les quatre Saisons, figures déjà rongées
et toutes noires. Ce bas-relief était surmonté
d'une plinthe saillante, sur laquelle s'élevaient
plusieurs de ces végétations dues au hasard, des
pariétaires jaunes, des liserons, des convolvulus,
du plantain, et un petit cerisier assez haut déjà.
La porte, en chêne massif, brune, desséchée,
fendue de toutes parts, frêle en apparence, était
solidement maintenue par le système de ses
boulons qui figuraient des dessins symétriques.
Une grille carrée, petite, mais à barreaux serrés
et rouges de rouille, occupait le milieu de la
porte bâtarde et servait, pour ainsi dire, de motif
à un marteau qui s'y rattachait par un anneau,
et frappait sur la tête grimaçante d'un maître-
clou. Ce marteau, de forme oblongue et du
genre de ceux que nos ancêtres nommaient
jacquemart, ressemblait à un gros point d'admiration[1]; en l'examinant avec attention, un anti-
quaire y aurait retrouvé quelques indices de la
figure essentiellement bouffonne qu'il représentait jadis, et qu'un long usage avait effacée. Par
la petite grille, destinée à reconnaître les amis,
au temps des guerres civiles, les curieux pouvaient apercevoir, au fond d'une voûte obscure
et verdâtre, quelques marches dégradées par lesquelles on montait dans un jardin que bornaient
pittoresquement des murs épais, humides, pleins
de suintements et de touffes d'arbustes ma-
lingres. Ces murs étaient ceux du rempart sur

lequel s'élevaient les jardins de quelques maisons voisines. Au rez-de-chaussée de la maison, la pièce la plus considérable était une
salle dont l'entrée se trouvait sous la voûte de la
porte cochère. Peu de personnes connaissent
l'importance d'une salle dans les petites villes
de l'Anjou, de la Touraine et du Berry. La salle
est à la fois l'antichambre, le salon, le cabinet,
le boudoir, la salle à manger; elle est le théâtre
de la vie domestique, le foyer commun; là, le
coiffeur du quartier venait couper deux fois l'an
les cheveux de monsieur Grandet; là entraient
les fermiers, le curé, le sous-préfet, le garçon
meunier. Cette pièce, dont les deux croisées
donnaient sur la rue, était planchéiée; des pan-
neaux gris, à moulures antiques, la boisaient
de haut en bas; son plafond se composait de
poutres apparentes également peintes en gris,
dont les entre-deux étaient remplis de blanc en
bourre [1] qui avait jauni. Un vieux cartel de cuivre
incrusté d'arabesques en écaille ornait le manteau de la cheminée en pierre blanche, mal
sculpté, sur lequel était une glace verdâtre dont
les côtés, coupés en biseau pour en montrer
l'épaisseur, reflétaient un filet de lumière le long
d'un trumeau gothique en acier damasquiné.
Les deux girandoles [2] de cuivre doré qui déco-
raient chacun des coins de la cheminée étaient
à deux fins : en enlevant les roses qui leur servaient de bobèches, et dont la maîtresse-branche
s'adaptait au piédestal de marbre bleuâtre agencé
de vieux cuivre, ce piédestal formait un chande-

lier pour les petits jours. Les siéges de forme
antique étaient garnis en tapisseries représen-
tant les fables de La Fontaine; mais il fallait le
savoir pour en reconnaître les sujets, tant les
couleurs passées et les figures criblées de reprises se voyaient difficilement. Aux quatre
angles de cette salle se trouvaient des encoignures, espèces de buffets terminés par de cras-
seuses étagères. Une vieille table à jouer en mar-
queterie, dont le dessus faisait échiquier, était
placée dans le tableau qui séparait les deux
fenêtres. Au-dessus de cette table, il y avait un
baromètre ovale, à bordure noire, enjolivé par
des rubans de bois doré, où les mouches avaient
si licencieusement folâtré que la dorure en était
un problème. Sur la paroi opposée à la cheminée, deux portraits au pastel étaient censés
représenter l'aïeul de madame Grandet, le vieux
monsieur de La Bertellière, en lieutenant des
gardes françaises, et défunt madame Gentillet
en bergère. Aux deux fenêtres étaient drapés
des rideaux en gros de Tours [1] rouge, relevés par
des cordons de soie à glands d'église. Cette
luxueuse décoration, si peu en harmonie avec les
habitudes de Grandet, avait été comprise dans
l'achat de la maison, ainsi que le trumeau, le
cartel, le meuble en tapisserie et les encoignures
en bois de rose. Dans la croisée la plus rappro-
chée de la porte, se trouvait une chaise de paille
dont les pieds étaient montés sur des patins,
afin d'élever madame Grandet à une hauteur
qui lui permît de voir les passants. Une travail-

La Grande Nanon appartenait à M. Grandet
depuis trente-cinq ans.

EUGÉNIE GRANDET.

leuse en bois de merisier déteint remplissait l'embrasure, et le petit fauteuil d'Eugénie Grandet était placé tout auprès. Depuis quinze ans, toutes les journées de la mère et de la fille s'étaient paisiblement écoulées à cette place, dans un travail constant, à compter du mois d'avril jusqu'au mois de novembre. Le premier de ce dernier mois elles pouvaient prendre leur station d'hiver à la cheminée. Ce jour-là seulement Grandet permettait qu'on allumât du feu dans la salle, et il le faisait éteindre au trente et un mars, sans avoir égard ni aux premiers froids du printemps ni à ceux de l'automne. Une chaufferette, entretenue avec la braise provenant du feu de la cuisine que la Grande Nanon leur réservait en usant d'adresse, aidait madame et mademoiselle Grandet à passer les matinées ou les soirées les plus fraîches des mois d'avril et d'octobre. La mère et la fille entretenaient tout le linge de la maison, et employaient si consciencieusement leurs journées à ce véritable labeur d'ouvrière, que, si Eugénie voulait broder une collerette à sa mère, elle était forcée de prendre sur ses heures de sommeil en trompant son père pour avoir de la lumière. Depuis longtemps l'avare distribuait la chandelle à sa fille et à la Grande Nanon, de même qu'il distribuait dès le matin le pain et les denrées nécessaires à la consommation journalière.

La Grande Nanon était peut-être la seule créature humaine capable d'accepter le despotisme de son maître. Toute la ville l'enviait à mon-

sieur et à madame Grandet. La Grande Nanon,
ainsi nommée à cause de sa taille haute de cinq
pieds huit pouces, appartenait à Grandet depuis
trente-cinq ans. Quoiqu'elle n'eût que soixante
livres de gages, elle passait pour une des plus
riches servantes de Saumur. Ces soixantes livres,
accumulées depuis trente-cinq ans, lui avaient
permis de placer récemment quatre mille livres
en viager chez maître Cruchot. Ce résultat des
longues et persistantes économies de la Grande
Nanon parut gigantesque. Chaque servante,
voyant à la pauvre sexagénaire du pain pour ses
vieux jours, était jalouse d'elle sans penser au
dur servage par lequel il avait été acquis. A
l'âge de vingt-deux ans, la pauvre fille n'avait
pu se placer chez personne, tant sa figure semblait repoussante; et certes ce sentiment était
bien injuste : sa figure eût été fort admirée sur
les épaules d'un grenadier de la garde; mais en
tout il faut, dit-on, l'à-propos. Forcée de quitter
une ferme incendiée où elle gardait les vaches,
elle vint à Saumur, où elle chercha du service,
animée de ce robuste courage qui ne se refuse
à rien. Le père Grandet pensait alors à se marier,
et voulait déjà monter son ménage. Il avisa cette
fille rebutée de porte en porte. Juge de la force
corporelle en sa qualité de tonnelier, il devina
le parti qu'on pouvait tirer d'une créature
femelle taillée en Hercule, plantée sur ses pieds
comme un chêne de soixante ans sur ses racines,
forte des hanches, carrée du dos, ayant des mains
de charretier et une probité vigoureuse comme

l'était son intacte vertu. Ni les verrues qui ornaient
ce visage martial, ni le teint de brique, ni les
bras nerveux, ni les haillons de la Nanon n'épou-
vantèrent le tonnelier, qui se trouvait encore dans
l'âge où le cœur tressaille. Il vêtit alors, chaussa,
nourrit la pauvre fille, lui donna des gages, et l'employa sans trop la rudoyer. En se voyant ainsi
accueillie, la Grande Nanon pleura secrètement
de joie, et s'attacha sincèrement au tonnelier, qui
d'ailleurs l'exploita féodalement. Nanon faisait
tout : elle faisait la cuisine, elle faisait les buées,
elle allait laver le linge à la Loire, le rapportait
sur ses épaules; elle se levait au jour, se couchait
tard; faisait à manger à tous les vendangeurs
pendant les récoltes, surveillait les halleboteurs[1];
défendait, comme un chien fidèle, le bien de son
maître; enfin, pleine d'une confiance aveugle en
lui, elle obéissait sans murmure à ses fantaisies
les plus saugrenues. Lors de la fameuse année
de 1811, dont la récolte coûta des peines inouïes,
après vingt ans de service, Grandet résolut de
donner sa vieille montre à Nanon, seul présent
qu'elle reçut jamais de lui. Quoiqu'il lui aban-
donnât ses vieux souliers (elle pouvait les mettre),
il est impossible de considérer le profit trimes-
triel des souliers de Grandet comme un cadeau,
tant ils étaient usés. La nécessité rendit cette
pauvre fille si avare que Grandet avait fini par
l'aimer comme on aime un chien, et Nanon
s'était laissé mettre au cou un collier garni de
pointes dont les piqûres ne la piquaient plus.
Si Grandet coupait le pain avec un peu trop de

parcimonie, elle ne s'en plaignait pas; elle participait gaiement aux profits hygiéniques que
procurait le régime sévère de la maison où jamais personne n'était malade. Puis la Nanon
faisait partie de la famille : elle riait quand riait
Grandet, s'attristait, gelait, se chauffait, travaillait avec lui. Combien de douces compensations
dans cette égalité! Jamais le maître n'avait repro-
ché à la servante ni l'alleberge [1] ou la pêche de
vigne, ni les prunes ou les brugnons mangés
sous l'arbre. — Allons, régale-toi, Nanon, lui
disait-il dans les années où les branches pliaient
sous les fruits que les fermiers étaient obligés
de donner aux cochons. Pour une fille des
champs qui dans sa jeunesse n'avait récolté que
de mauvais traitements, pour une pauvresse recueillie par charité, le rire équivoque du père
Grandet était un vrai rayon de soleil. D'ailleurs
le cœur simple, la tête étroite de Nanon ne pouvaient contenir qu'un sentiment et une idée.
Depuis trente-cinq ans, elle se voyait toujours
arrivant devant le chantier du père Grandet,
pieds nus, en haillons, et entendait toujours le
tonnelier lui disant : — Que voulez-vous, ma
mignonne? Et sa reconnaissance était toujours
jeune. Quelquefois Grandet, songeant que cette
pauvre créature n'avait jamais entendu le
moindre mot flatteur, qu'elle ignorait tous les
sentiments doux que la femme inspire, et pouvait comparaître un jour devant Dieu, plus
chaste que ne l'était la Vierge Marie elle-même;
Grandet, saisi de pitié, disait en la regardant :

— Cette pauvre Nanon! Son exclamation était toujours suivie d'un regard indéfinissable que lui jetait la vieille servante. Ce mot, dit de temps à autre, formait depuis long-temps une chaîne d'amitié non interrompue, et à laquelle chaque exclamation ajoutait un chaînon. Cette pitié, placée au cœur de Grandet et prise tout en gré par sa vieille fille, avait je ne sais quoi d'horrible. Cette atroce pitié d'avare, qui réveillait mille plaisirs au cœur du vieux tonnelier, était pour Nanon sa somme de bonheur. Qui ne dira pas aussi : Pauvre Nanon! Dieu reconnaîtra ses anges aux inflexions de leur voix et à leurs mystérieux regrets. Il y avait dans Saumur une grande quantité de ménages où les domestiques étaient mieux traités, mais où les maîtres n'en recevaient néanmoins aucun contentement. De là cette autre phrase : « Qu'est-ce que les Grandet font donc à leur grande Nanon pour qu'elle leur soit si attachée? Elle passerait dans le feu pour eux! » Sa cuisine, dont les fenêtres grillées donnaient sur la cour, était toujours propre, nette, froide, véritable cuisine d'avare où rien ne devait se perdre. Quand Nanon avait lavé sa vaisselle, serré les restes du dîner, éteint son feu, elle quittait sa cuisine, séparée de la salle par un couloir, et venait filer du chanvre auprès de ses maîtres. Une seule chandelle suffisait à la famille pour la soirée. La servante couchait au fond de ce couloir, dans un bouge éclairé par un jour de souffrance[1]. Sa robuste santé lui permettait d'habiter impunément cette espèce de trou, d'où elle

pouvait entendre le moindre bruit par le silence
profond qui régnait nuit et jour dans la maison.
Elle devait, comme un dogue chargé de la police,
ne dormir que d'une oreille et se reposer en
veillant.

La description des autres portions du logis se
trouvera liée aux événements de cette histoire;
mais d'ailleurs le croquis de la salle où éclatait
tout le luxe du ménage peut faire soupçonner
par avance la nudité des étages supérieurs.

En 1819, vers le commencement de la soirée,
au milieu du mois de novembre, la grande
Nanon alluma du feu pour la première fois.
L'automne avait été très-beau. Ce jour était un
jour de fête bien connu des Cruchotins et des
Grassinistes. Aussi les six antagonistes se prépa-
raient-ils à venir armés de toutes pièces, pour se
rencontrer dans la salle et s'y surpasser en
preuves d'amitié. Le matin tout Saumur avait vu
madame et mademoiselle Grandet, accompa-
gnées de Nanon, se rendant à l'église paroissiale
pour y entendre la messe, et chacun se souvint
que ce jour était l'anniversaire de la naissance
de mademoiselle Eugénie. Aussi, calculant
l'heure où le dîner devait finir, maître Cruchot,
l'abbé Cruchot et monsieur C. de Bonfons s'em-
pressaient-ils d'arriver avant les des Grassins
pour fêter mademoiselle Grandet. Tous trois
apportaient d'énormes bouquets cueillis dans
leurs petites serres. La queue des fleurs que le
président voulait présenter était ingénieusement
enveloppée d'un ruban de satin blanc, orné de

franges d'or. Le matin, monsieur Grandet, suivant sa coutume pour les jours mémorables de
la naissance et de la fête d'Eugénie, était venu la
surprendre au lit, et lui avait solennellement
offert son présent paternel, consistant, depuis
treize années, en une curieuse pièce d'or. Madame Grandet donnait ordinairement à sa fille
une robe d'hiver ou d'été, selon la circonstance.
Ces deux robes, les pièces d'or qu'elle récoltait
au premier jour de l'an et à la fête de son père,
lui composaient un petit revenu de cent écus
environ, que Grandet aimait à lui voir entasser.
N'était-ce pas mettre son argent d'une caisse
dans une autre, et, pour ainsi dire, élever à la
brochette l'avarice de son héritière, à laquelle il
demandait parfois compte de son trésor, autrefois grossi par les La Bertellière, en lui disant :
— Ce sera ton *douzain* de mariage. Le douzain
est un antique usage encore en vigueur et sainte-
ment conservé dans quelques pays situés au centre
de la France. En Berry, en Anjou, quand une
jeune fille se marie, sa famille ou celle de l'époux
doit lui donner une bourse où se trouvent, suivant les fortunes, douze pièces ou douze douzaines de pièces ou douze cents pièces d'argent
ou d'or. La plus pauvre des bergères ne se marie-
rait pas sans son douzain, ne fût-il composé que
de gros sous. On parle encore à Issoudun de je
ne sais quel douzain offert à une riche héritière
et qui contenait cent quarante-quatre portugaises d'or. Le pape Clément VII, oncle de Catherine de Médicis, lui fit présent, en la mariant

à Henri II, d'une douzaine de médailles d'or
antiques de la plus grande valeur. Pendant le
dîner, le père, tout joyeux de voir son Eugénie
plus belle dans une robe neuve, s'était écrié :
— Puisque c'est la fête d'Eugénie, faisons du feu !
ce sera de bon augure.

— Mademoiselle se mariera dans l'année, c'est
sûr, dit la grande Nanon en remportant les
restes d'une oie, ce faisan des tonneliers.

— Je ne vois point de partis pour elle à Saumur, répondit madame Grandet en regardant
son mari d'un air timide qui, vu son âge, annonçait l'entière servitude conjugale sous laquelle
gémissait la pauvre femme.

Grandet contempla sa fille, et s'écria gaiement : — Elle a vingt-trois ans aujourd'hui, l'enfant, il faudra bientôt s'occuper d'elle.

Eugénie et sa mère se jetèrent silencieusement
un coup d'œil d'intelligence.

Madame Grandet était une femme sèche et
maigre, jaune comme un coing, gauche, lente ;
une de ces femmes qui semblent faites pour être
tyrannisées. Elle avait de gros os, un gros nez,
un gros front, de gros yeux, et offrait, au premier aspect, une vague ressemblance avec ces
fruits cotonneux qui n'ont plus ni saveur ni suc.
Ses dents étaient noires et rares, sa bouche était
ridée, et son menton affectait la forme dite en
galoche. C'était une excellente femme, une vraie
La Bertellière. L'abbé Cruchot savait trouver
quelques occasions de lui dire qu'elle n'avait
pas été trop mal, et elle le croyait. Une douceur

angélique, une résignation d'insecte tourmenté
par des enfants, une piété rare, une inaltérable
égalité d'âme, un bon cœur, la faisaient univer-
sellement plaindre et respecter. Son mari ne lui
donnait jamais plus de six francs à la fois pour
ses menues dépenses. Quoique ridicule en apparence, cette femme qui, par sa dot et ses successions, avait apporté au père Grandet plus de
trois cent mille francs, s'était toujours sentie si
profondément humiliée d'une dépendance et
d'un ilotisme contre lequel la douceur de son
âme lui interdisait de se révolter, qu'elle n'avait
jamais demandé un sou, ni fait une observation
sur les actes que maître Cruchot lui présentait
à signer. Cette fierté sotte et secrète, cette noblesse d'âme constamment méconnue et blessée
par Grandet, dominaient la conduite de cette
femme. Madame Grandet mettait constamment
une robe de levantine verdâtre, qu'elle s'était
accoutumée à faire durer près d'une année; elle
portait un grand fichu de cotonnade blanche,
un chapeau de paille cousue, et gardait presque
toujours un tablier de taffetas noir. Sortant peu
du logis, elle usait peu de souliers. Enfin elle ne
voulait jamais rien pour elle. Aussi Grandet, saisi
parfois d'un remords en se rappelant le long
temps écoulé depuis le jour où il avait donné
six francs à sa femme, stipulait-il toujours des
épingles [1] pour elle en vendant ses récoltes de
l'année. Les quatre ou cinq louis offerts par le
Hollandais ou le Belge acquéreur de la vendange
Grandet formaient le plus clair des revenus

annuels de madame Grandet. Mais, quand elle avait reçu ses cinq louis, son mari lui disait souvent, comme si leur bourse était commune :
— As-tu quelques sous à me prêter? Et la pauvre femme, heureuse de pouvoir faire quelque chose pour un homme que son confesseur lui représentait comme son seigneur et maître, lui rendait, dans le courant de l'hiver, quelques écus sur l'argent des épingles. Lorsque Grandet tirait de sa poche la pièce de cent sous allouée par mois pour les menues dépenses, le fil, les aiguilles et la toilette de sa fille, il ne manquait jamais, après avoir boutonné son gousset, de dire à sa femme :
— Et toi, la mère, veux-tu quelque chose?

— Mon ami, répondait madame Grandet animée par un sentiment de dignité maternelle, nous verrons cela.

Sublimité perdue! Grandet se croyait très-généreux envers sa femme. Les philosophes qui rencontrent des Nanon, des madame Grandet, des Eugénie ne sont-ils pas en droit de trouver que l'ironie est le fond du caractère de la Providence? Après ce dîner, où, pour la première fois, il fut question du mariage d'Eugénie, Nanon alla chercher une bouteille de cassis dans la chambre de monsieur Grandet, et manqua de tomber en descendant.

— Grande bête, lui dit son maître, est-ce que tu te laisserais choir comme une autre, toi?

— Monsieur, c'est cette marche de votre escalier qui ne tient pas.

— Elle a raison, dit madame Grandet. Vous

auriez dû la faire raccommoder depuis long-
temps. Hier, Eugénie a failli s'y fouler le pied.

— Tiens, dit Grandet à Nanon en la voyant
toute pâle, puisque c'est la naissance d'Eugénie,
et que tu as manqué de tomber, prends un petit
verre de cassis pour te remettre.

— Ma foi, je l'ai bien gagné, dit Nanon. A ma
place, il y a bien des gens qui auraient cassé la
bouteille, mais je me serais plutôt cassé le cou
pour la tenir en l'air.

— C'te pauvre Nanon! dit Grandet en lui ver-
sant le cassis.

— T'es-tu fait mal? lui dit Eugénie en la regardant avec intérêt.

— Non, puisque je me suis retenue en me
fichant sur mes reins.

— Hé! bien, puisque c'est la naissance d'Eugénie, dit Grandet, je vais raccommoder votre
marche. Vous ne savez pas, vous autres, mettre
le pied dans le coin, à l'endroit où elle est
encore solide.

Grandet prit la chandelle, laissa sa femme, sa
fille et sa servante, sans autre lumière que celle
du foyer qui jetait de vives flammes, et alla dans
le fournil chercher des planches, des clous et ses
outils.

— Faut-il vous aider? lui cria Nanon en l'entendant frapper dans l'escalier.

— Non! non! ça me connaît, répondit l'ancien
tonnelier.

Au moment où Grandet raccommodait lui-
même son escalier vermoulu, et sifflait à tue-

tête en souvenir de ses jeunes années, les trois Cruchot frappèrent à la porte.

— C'est-y vous, monsieur Cruchot? demanda Nanon en regardant par la petite grille.

— Oui, répondit le président.

Nanon ouvrit la porte, et la lueur du foyer, qui se reflétait sous la voûte, permit aux trois Cruchot d'apercevoir l'entrée de la salle.

— Ah! vous êtes des fêteux, leur dit Nanon en sentant les fleurs.

— Excusez, messieurs, cria Grandet en reconnaissant la voix de ses amis, je suis à vous! Je ne suis pas fier, je rafistole moi-même une marche de mon escalier.

— Faites, faites, monsieur Grandet, *Charbonnier est Maire chez lui,* dit sentencieusement le président en riant tout seul de son allusion que personne ne comprit.

Madame et mademoiselle Grandet se levèrent. Le président, profitant de l'obscurité, dit alors à Eugénie : — Me permettez-vous, mademoiselle, de vous souhaiter, aujourd'hui que vous venez de naître, une suite d'années heureuses, et la continuation de la santé dont vous jouissez?

Il offrit un gros bouquet de fleurs rares à Saumur; puis, serrant l'héritière par les coudes, il l'embrassa des deux côtés du cou, avec une complaisance qui rendit Eugénie honteuse. Le président, qui ressemblait à un grand clou rouillé, croyait ainsi faire sa cour.

— Ne vous gênez pas, dit Grandet en rentrant.

Comme vous y allez les jours de fête, monsieur le président!

— Mais, avec mademoiselle, répondit l'abbé Cruchot armé de son bouquet, tous les jours seraient pour mon neveu des jours de fête.

L'abbé baisa la main d'Eugénie. Quant à maître Cruchot, il embrassa la jeune fille tout bonnement sur les deux joues, et dit : — Comme ça nous pousse, ça! Tous les ans douze mois.

En replaçant la lumière devant le cartel, Grandet, qui ne quittait jamais une plaisanterie et la répétait à satiété quand elle lui semblait drôle, dit : — Puisque c'est la fête d'Eugénie, allumons les flambeaux!

Il ôta soigneusement les branches des candélabres, mit la bobèche à chaque piédestal, prit des mains de Nanon une chandelle neuve entortillée d'un bout de papier, la ficha dans le trou, l'assura, l'alluma, et vint s'asseoir à côté de sa femme, en regardant alternativement ses amis, sa fille et les deux chandelles. L'abbé Cruchot, petit homme dodu, grassouillet, à perruque rousse et plate, à figure de vieille femme joueuse, dit en avançant ses pieds bien chaussés dans de forts souliers à agrafes d'argent : — Les des Grassins ne sont pas venus?

— Pas encore, dit Grandet.

— Mais doivent-ils venir? demanda le vieux notaire en faisant grimacer sa face trouée comme une écumoire.

— Je le crois, répondit madame Grandet.

— Vos vendanges sont-elles finies? demanda le président de Bonfons à Grandet.

— Partout! lui dit le vieux vigneron, en se levant pour se promener de long en long dans la salle et se haussant le thorax par un mouvement plein d'orgueil comme son mot, partout! Par la porte du couloir qui allait à la cuisine, il vit alors la grande Nanon, assise à son feu, ayant une lumière et se préparant à filer là, pour ne pas se mêler à la fête. — Nanon, dit-il, en s'avançant dans le couloir, veux-tu bien éteindre ton feu, ta lumière, et venir avec nous? Pardieu! la salle est assez grande pour nous tous.

— Mais, monsieur, vous aurez du beau monde.

— Ne les vaux-tu pas bien? ils sont de la côte d'Adam tout comme toi.

Grandet revint vers le président et lui dit :

— Avez-vous vendu votre récolte?

— Non, ma foi, je la garde. Si maintenant le vin est bon, dans deux ans il sera meilleur. Les propriétaires, vous le savez bien, se sont juré de tenir les prix convenus, et cette année les Belges ne l'emporteront pas sur nous. S'ils s'en vont, hé! bien, ils reviendront.

— Oui, mais tenons-nous bien, dit Grandet d'un ton qui fit frémir le président.

— Serait-il en marché? pensa Cruchot.

En ce moment, un coup de marteau annonça la famille des Grassins, et leur arrivée interrompit une conversation commencée entre madame Grandet et l'abbé.

Madame des Grassins était une de ces petites

femmes vives, dodues, blanches et roses, qui,
grâce au régime claustral des provinces et aux
habitudes d'une vie vertueuse, se sont conservées
jeunes encore à quarante ans. Elles sont comme
ces dernières roses de l'arrière-saison, dont les
pétales ont je ne sais quelle froideur, et dont le
parfum s'affaiblit. Elle se mettait assez bien, faisait venir ses modes de Paris, donnait le ton à la
ville de Saumur, et avait des soirées. Son mari,
ancien quartier-maître dans la garde impériale,
grièvement blessé à Austerlitz et retraité, conser-
vait, malgré sa considération pour Grandet,
l'apparente franchise des militaires.

— Bonjour, Grandet, dit-il au vigneron en lui
tendant la main et affectant une sorte de supériorité sous laquelle il écrasait toujours les Cruchot.
— Mademoiselle, dit-il à Eugénie après avoir
salué madame Grandet, vous êtes toujours belle
et sage, je ne sais en vérité ce que l'on peut vous
souhaiter. Puis il présenta une petite caisse que
son domestique portait, et qui contenait une
bruyère du Cap, fleur nouvellement apportée
en Europe et fort rare.

Madame des Grassins embrassa très-affectueu-
sement Eugénie, lui serra la main, et lui dit :
— Adolphe s'est chargé de vous présenter mon
petit souvenir.

Un grand jeune homme blond, pâle et frêle,
ayant d'assez bonnes façons, timide en apparence,
mais qui venait de dépenser à Paris, où il était
allé faire son Droit, huit ou dix mille francs en
sus de sa pension, s'avança vers Eugénie, l'em-

brassa sur les deux joues, et lui offrit une boîte
à ouvrage dont tous les ustensiles étaient en vermeil, véritable marchandise de pacotille, malgré
l'écusson sur lequel un E. G. gothique assez bien
gravé pouvait faire croire à une façon très-soignée.
En l'ouvrant, Eugénie eut une de ces joies ines-
pérées et complètes qui font rougir, tressaillir,
trembler d'aise les jeunes filles. Elle tourna les
yeux sur son père, comme pour savoir s'il lui
était permis d'accepter, et monsieur Grandet dit
un « prends, ma fille! » dont l'accent eût illustré
un acteur. Les trois Cruchot restèrent stupéfaits en
voyant le regard joyeux et animé lancé sur Adolphe
des Grassins par l'héritière à qui de semblables
richesses parurent inouïes. Monsieur des Grassins
offrit à Grandet une prise de tabac, en saisit une,
secoua les grains tombés sur le ruban de la Légion-
d'Honneur attaché à la boutonnière de son habit
bleu, puis il regarda les Cruchot d'un air qui semblait dire : — Parez-moi cette botte-là? Madame
des Grassins jeta les yeux sur les bocaux bleus
où étaient les bouquets des Cruchot, en cherchant
leurs cadeaux avec la bonne foi jouée d'une femme
moqueuse. Dans cette conjoncture délicate, l'abbé
Cruchot laissa la société s'asseoir en cercle devant
le feu et alla se promener au fond de la salle avec
Grandet. Quand les deux vieillards furent dans
l'embrasure de la fenêtre la plus éloignée des
des Grassins : — Ces gens-là, dit le prêtre à l'oreille
de l'avare, jettent l'argent par les fenêtres.

   — Qu'est-ce que cela fait, s'il rentre dans ma
cave, répliqua le vigneron.

— Si vous vouliez donner des ciseaux d'or à votre fille, vous en auriez bien le moyen, dit l'abbé.

— Je lui donne mieux que des ciseaux, répondit Grandet.

— Mon neveu est une cruche, pensa l'abbé en regardant le président dont les cheveux ébouriffés ajoutaient encore à la mauvaise grâce de sa physionomie brune. Ne pouvait-il inventer une petite bêtise qui eût du prix.

— Nous allons faire votre partie, madame Grandet, dit madame des Grassins.

— Mais nous sommes tous réunis, *nous pouvons* deux tables...

— Puisque c'est la fête d'Eugénie, faites votre loto général, dit le père Grandet, ces deux enfants en seront. L'ancien tonnelier, qui ne jouait jamais à aucun jeu, montra sa fille et Adolphe. — Allons, Nanon, mets les tables.

— Nous allons vous aider, mademoiselle Nanou, dit gaiement madame des Grassins toute joyeuse de la joie qu'elle avait causée à Eugénie.

— Je n'ai jamais de ma vie été si contente, lui dit l'héritière. Je n'ai rien vu de si joli nulle part.

— C'est Adolphe qui l'a rapportée de Paris et qui l'a choisie, lui dit madame des Grassins à l'oreille.

— Va, va ton train, damnée intrigante! se disait le président; si tu es jamais en procès, toi ou ton mari, votre affaire ne sera jamais bonne.

Le notaire, assis dans son coin, regardait l'abbé d'un air calme en se disant : — Les des Grassins ont beau faire, ma fortune, celle de mon frère et celle de mon neveu montent en somme à onze cent mille francs. Les des Grassins en ont tout au plus la moitié, et ils ont une fille : ils peuvent offrir ce qu'ils voudront! héritière et cadeaux, tout sera pour nous un jour.

A huit heures et demie du soir, deux tables étaient dressées. La jolie madame des Grassins avait réussi à mettre son fils à côté d'Eugénie. Les acteurs de cette scène pleine d'intérêt, quoique vulgaire en apparence, munis de cartons bario-lés, chiffrés, et de jetons en verre bleu, semblaient écouter les plaisanteries du vieux notaire, qui ne tirait pas un numéro sans faire une remarque; mais tous pensaient aux millions de monsieur Grandet. Le vieux tonnelier contemplait vaniteu-sement les plumes roses, la toilette fraîche de madame des Grassins, la tête martiale du ban-quier, celle d'Adolphe, le président, l'abbé, le notaire, et se disait intérieurement : Ils sont là pour mes écus. Ils viennent s'ennuyer ici pour ma fille. Hé! ma fille ne sera ni pour les uns ni pour les autres, et tous ces gens-là me servent de har-pons pour pêcher!

Cette gaieté de famille, dans ce vieux salon gris, mal éclairé par deux chandelles; ces rires, accom-pagnés par le bruit du rouet de la grande Nanon, et qui n'étaient sincères que sur les lèvres d'Eu-génie ou de sa mère; cette petitesse jointe à de si grands intérêts; cette jeune fille qui, semblable à ces oiseaux victimes du haut prix auquel on les met et qu'ils ignorent, se trouvait traquée, serrée par des preuves d'amitié dont elle était la dupe; tout contribuait à rendre cette scène tristement comique. N'est-ce pas d'ailleurs une scène de tous les temps et de tous les lieux, mais ramenée à sa plus simple expression? La figure de Grandet exploitant le faux attachement des deux familles, en tirant d'énormes profits, dominait ce drame et l'éclairait. N'était-ce pas le seul dieu moderne auquel on ait foi, l'Argent dans toute sa puissance, exprimé par une seule physionomie? Les doux sentiments de la vie n'occupaient là qu'une place secondaire, ils animaient trois cœurs purs, ceux de Nanon, d'Eugénie et sa mère. Encore, combien d'ignorance dans leur naïveté! Eugénie et sa mère ne savaient rien de la fortune de Grandet, elles n'estimaient les choses de la vie qu'à la lueur de leurs pâles idées, et ne prisaient ni ne méprisaient l'argent, accoutumées qu'elles étaient à s'en passer. Leurs sentiments, froissés à leur insu mais vivaces, le secret de leur existence, en faisaient des exceptions curieuses dans cette réunion de gens dont la vie était purement matérielle. Affreuse condition de l'homme! il n'y a pas un de ses bonheurs qui ne vienne d'une ignorance quelconque. Au moment où madame Grandet gagnait un lot de seize sous, le plus considérable qui eût jamais été ponté dans cette salle, et que la grande Nanon riait d'aise en voyant madame empochant cette riche somme, un coup de marteau retentit à la porte de la maison, et y fit un si grand tapage que les femmes sautèrent sur leurs chaises.

— Ce n'est pas un homme de Saumur qui frappe ainsi, dit le notaire.

— Peut-on cogner comme ça, dit Nanon. Veulent-ils casser notre porte?

— Quel diable est-ce? s'écria Grandet.

Nanon prit une des deux chandelles, et alla ouvrir accompagnée de Grandet.

— Grandet, Grandet, s'écria sa femme qui poussée par un vague sentiment de peur s'élança vers la porte de la salle.

Tous les joueurs se regardèrent.

— Si nous y allions, dit monsieur des Grassins. Ce coup de marteau me paraît malveillant.

A peine fut-il permis à monsieur des Grassins d'apercevoir la figure d'un jeune homme accompagné du facteur des messageries, qui portait deux malles énormes et traînait des sacs de nuit. Grandet se retourna brusquement vers sa femme et lui dit : — Madame Grandet, allez à votre loto. Laissez-moi m'entendre avec monsieur. Puis il tira vivement la porte de la salle, où les joueurs agiles reprirent leurs places, mais sans continuer le jeu.

— Est-ce quelqu'un de Saumur, monsieur des Grassins? lui dit sa femme.

— Non, c'est un voyageur.

— Il ne peut venir que de Paris. En effet, dit le notaire en tirant sa vieille montre épaisse de deux doigts et qui ressemblait à un vaisseau hollandais, il est *neuffe-s-heures*. Peste! la diligence du Grand Bureau n'est jamais en retard.

— Et ce monsieur est-il jeune? demanda l'abbé Cruchot.

— Oui, répondit monsieur des Grassins. Il apporte des paquets qui doivent peser au moins trois cents kilos.

— Nanon ne revient pas, dit Eugénie.

— Ce ne peut être qu'un de vos parents, dit le président.

— Faisons les mises, s'écria doucement madame Grandet. A sa voix, j'ai vu que monsieur Grandet était contrarié, peut-être ne serait-il pas content de s'apercevoir que nous parlons de ses affaires.

— Mademoiselle, dit Adolphe à sa voisine, ce sera sans doute votre cousin Grandet, un bien joli jeune homme que j'ai vu au bal de monsieur de Nucingen. Adolphe ne continua pas, sa mère lui marcha sur le pied, puis, en lui demandant à haute voix deux sous pour sa mise : — Veux-tu te taire, grand nigaud ! lui dit-elle à l'oreille.

En ce moment Grandet rentra sans la grande Nanon, dont le pas et celui du facteur retentirent dans les escaliers; il était suivi du voyageur qui depuis quelques instants excitait tant de curiosités et préoccupait si vivement les imaginations, que son arrivée en ce logis et sa chute au milieu de ce monde peut être comparée à celle d'un colimaçon dans une ruche, ou à l'introduction d'un paon dans quelque obscure basse-cour de village.

— Asseyez-vous auprès du feu, lui dit Grandet.

Avant de s'asseoir, le jeune étranger salua très-gracieusement l'assemblée. Les hommes se levèrent pour répondre par une inclination polie, et les femmes firent une révérence cérémonieuse.

— Vous avez sans doute froid, monsieur, dit madame Grandet, vous arrivez peut-être de...

— Voilà bien les femmes ! dit le vieux vigneron en quittant la lecture d'une lettre qu'il tenait à la main, laissez donc monsieur se reposer.

— Mais, mon père, monsieur a peut-être besoin de quelque chose, dit Eugénie.

— Il a une langue, répondit sévèrement le vigneron.

L'inconnu fut seul surpris de cette scène. Les autres personnes étaient faites aux façons despotiques du bonhomme. Néanmoins, quand ces deux demandes et ces deux réponses furent échangées, l'inconnu se leva, présenta le dos au feu, leva l'un de ses pieds pour chauffer la semelle de ses bottes, et dit à Eugénie : — Ma cousine, je vous remercie, j'ai dîné à Tours. Et, ajouta-t-il en regardant Grandet, je n'ai besoin de rien, je ne suis même point fatigué.

— Monsieur vient de la Capitale, demanda madame des Grassins.

Monsieur Charles, ainsi se nommait le fils de monsieur Grandet de Paris, en s'entendant interpeller, prit un petit lorgnon suspendu par une chaîne à son col, l'appliqua sur son œil droit pour examiner et ce qu'il y avait sur la table et les personnes qui y étaient assises, lorgna fort imperceptiblement madame des Grassins, et lui dit après avoir tout vu : — Oui, madame. Vous jouez au loto, ma tante, ajouta-t-il, je vous en prie, continuez votre jeu, il est trop amusant pour le quitter...

— J'étais sûre que c'était le cousin, pensait madame des Grassins en lui jetant de petites œillades.

— Quarante-sept, cria le vieil abbé. Marquez donc, madame des Grassins, n'est-ce pas votre numéro?

Monsieur des Grassins mit un jeton sur le carton de sa femme, qui, saisie par de tristes pressentiments, observa tour à tour le cousin de Paris et Eugénie, sans songer au loto. De temps en temps, la jeune héritière lança de furtifs regards à son cousin, et la femme du banquier put facilement y découvrir un *crescendo* d'étonnement ou de curiosité.

Monsieur Charles Grandet, beau jeune homme de vingt-deux ans, produisait en ce moment un singulier contraste avec les bons provinciaux que déjà ses manières aristocratiques révoltaient passablement, et que tous étudiaient pour se moquer de lui. Ceci veut une explication. A vingt-deux ans, les jeunes gens sont encore assez voisins de l'enfance pour se laisser aller à des enfantillages. Aussi, peut-être, sur cent d'entre eux, s'en rencontrerait-il bien quatre-vingt-dix-neuf qui se seraient conduits comme se conduisait Charles Grandet. Quelques jours avant cette soirée, son père lui avait dit d'aller pour quelques mois chez son frère de Saumur. Peut-être monsieur Grandet de Paris pensait-il à Eugénie. Charles, qui tombait en province pour la première fois, eut la pensée d'y paraître avec la supériorité d'un jeune homme à la mode, de désespérer l'arrondissement par son

luxe, d'y faire époque, et d'y importer les inven-
tions de la vie parisienne. Enfin, pour tout expliquer d'un mot, il voulait passer à Saumur plus de
temps qu'à Paris à se brosser les ongles, et y affecter l'excessive recherche de mise que parfois un
jeune homme élégant abandonne pour une négligence qui ne manque pas de grâce. Charles emporta donc le plus joli costume de chasse, le plus
joli fusil, le plus joli couteau, la plus jolie gaîne
de Paris. Il emporta sa collection de gilets les plus
ingénieux : il y en avait de gris, de blancs, de
noirs, de couleur scarabée, à reflets d'or, de pail-
letés, de chinés, de doubles, à châle ou droits de
col, à col renversé, de boutonnés jusqu'en haut,
à boutons d'or. Il emporta toutes les variétés de
cols et de cravates en faveur à cette époque. Il
emporta deux habits de Buisson[1], et son linge le
plus fin. Il emporta sa jolie toilette d'or, présent
de sa mère. Il emporta ses colifichets de dandy,
sans oublier une ravissante petite écritoire donnée
par la plus aimable des femmes, pour lui du
moins, par une grande dame qu'il nommait
Annette, et qui voyageait maritalement, ennuyeu-
sement, en Écosse, victime de quelques soupçons
auxquels besoin était de sacrifier momentané-
ment son bonheur; puis force joli papier pour lui
écrire une lettre par quinzaine. Ce fut, enfin, une
cargaison de futilités parisiennes aussi complète
qu'il était possible de le faire, et où, depuis la
cravache qui sert à commencer un duel, jusqu'aux
beaux pistolets ciselés qui le terminent, se trouvaient tous les instruments aratoires dont se sert

un jeune oisif pour labourer la vie. Son père lui
ayant dit de voyager seul et modestement, il était
venu dans le coupé de la diligence retenu pour lui
seul, assez content de ne pas gâter une délicieuse
voiture de voyage commandée pour aller au-
devant de son Annette, la grande dame que... etc.,
et qu'il devait rejoindre en juin prochain aux
Eaux de Baden. Charles comptait rencontrer
cent personnes chez son oncle, chasser à courre
dans les forêts de son oncle, y vivre enfin de la vie
de château; il ne savait pas le trouver à Saumur
où il ne s'était informé de lui que pour demander
le chemin de Froidfond; mais, en le sachant en
ville, il crut l'y voir dans un grand hôtel. Afin
de débuter convenablement chez son oncle, soit
à Saumur, soit à Froidfond, il avait fait la toilette
de voyage la plus coquette, la plus simplement
recherchée, la plus adorable, pour employer le
mot qui dans ce temps résumait les perfections
spéciales d'une chose ou d'un homme. A Tours,
un coiffeur venait de lui refriser ses beaux
cheveux châtains; il y avait changé de linge, et
mis une cravate de satin noir combinée avec un
col rond de manière à encadrer agréablement sa
blanche et rieuse figure. Une redingote de voyage
à demi boutonnée lui pinçait la taille, et laissait
voir un gilet de cachemire à châle sous lequel
était un second gilet blanc. Sa montre, négligemment abandonnée au hasard dans une poche,
se rattachait par une courte chaîne d'or à l'une des
boutonnières. Son pantalon gris se boutonnait
sur les côtés, où des dessins brodés en soie noire

enjolivaient les coutures. Il maniait agréablement
une canne dont la pomme d'or sculpté n'altérait
point la fraîcheur de ses gants gris. Enfin, sa cas-
quette était d'un goût excellent. Un Parisien, un
Parisien de la sphère la plus élevée, pouvait seul
et s'agencer ainsi sans paraître ridicule, et donner
une harmonie de fatuité à toutes ces niaiseries,
que soutenait d'ailleurs un air brave, l'air d'un
jeune homme qui a de beaux pistolets, le coup
sûr et Annette. Maintenant, si vous voulez bien
comprendre la surprise respective des Saumurois
et du jeune Parisien, voir parfaitement le vif éclat
que l'élégance du voyageur jetait au milieu des
ombres grises de la salle, et des figures qui composaient le tableau de famille, essayez de vous
représenter les Cruchot. Tous les trois prenaient
du tabac, et ne songeaient plus depuis long-temps
à éviter ni les roupies, ni les petites galettes noires
qui parsemaient le jabot de leurs chemises rousses,
à cols recroquevillés et à plis jaunâtres. Leurs
cravates molles se roulaient en corde aussitôt
qu'ils se les étaient attachées au cou. L'énorme
quantité de linge qui leur permettait de ne faire
la lessive que tous les six mois, et de le garder au
fond de leurs armoires, laissait le temps y impri-
mer ses teintes grises et vieilles. Il y avait en eux
une parfaite entente de mauvaise grâce et de séni-
lité. Leurs figures, aussi flétries que l'étaient leurs
habits râpés, aussi plissées que leurs pantalons,
semblaient usées, racornies, et grimaçaient. La
négligence générale des autres costumes, tous
incomplets, sans fraîcheur, comme le sont les

toilettes de province, où l'on arrive insensiblement à ne plus s'habiller les uns pour les autres,
et à prendre garde au prix d'une paire de gants,
s'accordait avec l'insouciance des Cruchot. L'hor-
reur de la mode était le seul point sur lequel les
Grassinistes et les Cruchotins s'entendissent parfaitement. Le Parisien prenait-il son lorgnon pour
examiner les singuliers accessoires de la salle,
les solives du plancher, le ton des boiseries ou les
points que les mouches y avaient imprimés et
dont le nombre aurait suffi pour ponctuer
l'Encyclopédie méthodique et le Moniteur[1], aussitôt les joueurs de loto levaient le nez et le consi-
déraient avec autant de curiosité qu'ils en eussent
manifesté pour une girafe. Monsieur des Grassins
et son fils, auxquels la figure d'un homme à la
mode n'était pas inconnue, s'associèrent néanmoins à l'étonnement de leurs voisins, soit qu'ils
éprouvassent l'indéfinissable influence d'un sentiment général, soit qu'ils l'approuvassent en disant
à leurs compatriotes par des œillades pleines
d'ironie : — Voilà comme *ils* sont à Paris. Tous
pouvaient d'ailleurs observer Charles à loisir,
sans craindre de déplaire au maître du logis.
Grandet était absorbé dans la longue lettre qu'il
tenait, et il avait pris pour la lire l'unique flambeau de la table, sans se soucier de ses hôtes ni de
leur plaisir. Eugénie, à qui le type d'une perfec-
tion semblable, soit dans la mise, soit dans la
personne, était entièrement inconnu, crut voir en
son cousin une créature descendue de quelque
région séraphique. Elle respirait avec délices les

parfums exhalés par cette chevelure si brillante,
si gracieusement bouclée. Elle aurait voulu pouvoir toucher la peau blanche de ces jolis gants
fins. Elle enviait les petites mains de Charles, son
teint, la fraîcheur et la délicatesse de ses traits.
Enfin, si toutefois cette image peut résumer les
impressions que le jeune élégant produisit sur
une ignorante fille sans cesse occupée à rapetasser
des bas, à ravauder la garde-robe de son père, et
dont la vie s'était écoulée sous ces crasseux lam-
bris sans voir dans cette rue silencieuse plus d'un
passant par heure, la vue de son cousin fit sourdre
en son cœur les émotions de fine volupté que
causent à un jeune homme les fantastiques figures
de femmes dessinées par Westall dans les Keepsake anglais et gravées par les Finden [1] d'un burin
si habile qu'on a peur, en soufflant sur le vélin,
de faire envoler ces apparitions célestes. Charles
tira de sa poche un mouchoir brodé par la grande
dame qui voyageait en Écosse. En voyant ce joli
ouvrage fait avec amour pendant les heures perdues pour l'amour, Eugénie regarda son cousin
pour savoir s'il allait bien réellement s'en servir.
Les manières de Charles, ses gestes, la façon dont
il prenait son lorgnon, son impertinence affectée,
son mépris pour le coffret qui venait de faire
tant de plaisir à la riche héritière et qu'il trouvait
évidemment ou sans valeur ou ridicule; enfin, tout
ce qui choquait les Cruchot et les des Grassins lui
plaisait si fort qu'avant de s'endormir elle dût
rêver long-temps à ce phénix des cousins.

Les numéros se tiraient fort lentement, mais

bientôt le loto fut arrêté. La grande Nanon entra
et dit tout haut : — Madame, va falloir me donner
des draps pour faire le lit à ce monsieur.

Madame Grandet suivit Nanon. Madame des
Grassins dit alors à voix basse : — Gardons nos
sous et laissons le loto. Chacun reprit ses deux
sous dans la vieille soucoupe écornée où il les
avait mis. Puis l'assemblée se remua en masse et
fit un quart de conversion vers le feu.

— Vous avez donc fini? dit Grandet sans quitter
sa lettre.

— Oui, oui, répondit madame des Grassins
en venant prendre place près de Charles.

Eugénie, mue par une de ces pensées qui naissent au cœur des jeunes filles quand un sentiment
s'y loge pour la première fois, quitta la salle pour
aller aider sa mère et Nanon. Si elle avait été ques-
tionnée par un confesseur habile, elle lui eût sans
doute avoué qu'elle ne songeait ni à sa mère ni à
Nanon, mais qu'elle était travaillée par un poi-
gnant désir d'inspecter la chambre de son cousin
pour s'y occuper de son cousin, pour y placer
quoi que ce fût, pour obvier à un oubli, pour y
tout prévoir, afin de la rendre, autant que possible, élégante et propre. Eugénie se croyait déjà
seule capable de comprendre les goûts et les idées
de son cousin. En effet, elle arriva fort heureusement pour prouver à sa mère et à Nanon, qui
revenaient pensant avoir tout fait, que tout était
à faire. Elle donna l'idée à la grande Nanon de
bassiner les draps avec la braise du feu; elle cou-
vrit elle-même la vieille table d'un napperon, et

recommanda bien à Nanon de changer le napperon tous les matins. Elle convainquit sa mère de
la nécessité d'allumer un bon feu dans la cheminée, et détermina Nanon à monter, sans en
rien dire à son père, un gros tas de bois dans le
corridor. Elle courut chercher dans des encoignures de la salle un plateau de vieux laque qui
venait de la succession de feu le vieux monsieur
de La Bertellière, y prit également un verre de
cristal à six pans, une petite cuiller dédorée, un
flacon antique où étaient gravés des amours, et
mit triomphalement le tout sur un coin de la
cheminée. Il lui avait plus surgi d'idées en un
quart d'heure qu'elle n'en avait eu depuis qu'elle
était au monde.

— Maman, dit-elle, jamais mon cousin ne sup-
portera l'odeur d'une chandelle. Si nous ache-
tions de la bougie?... Elle alla, légère comme un
oiseau, tirer de sa bourse l'écu de cent sous
qu'elle avait reçu pour ses dépenses du mois.
— Tiens, Nanon, dit-elle, va vite.

— Mais, que dira ton père? Cette objection
terrible fut proposée par madame Grandet en
voyant sa fille armée d'un sucrier de vieux Sèvres
rapporté du château de Froidfond par Grandet.
— Et où prendras-tu donc du sucre¹? es-tu folle?

— Maman, Nanon achètera aussi bien du sucre
que de la bougie.

— Mais ton père?

— Serait-il convenable que son neveu ne pût
boire un verre d'eau sucrée? D'ailleurs, il n'y
fera pas attention.

— Ton père voit tout, dit madame Grandet en hochant la tête.

Nanon hésitait, elle connaissait son maître.

— Mais va donc, Nanon, puisque c'est ma fête!

Nanon laissa échapper un gros rire en entendant la première plaisanterie que sa jeune maîtresse eût jamais faite, et lui obéit. Pendant qu'Eugénie et sa mère s'efforçaient d'embellir la chambre destinée par monsieur Grandet à son neveu, Charles se trouvait l'objet des attentions de madame des Grassins, qui lui faisait des agaceries.

— Vous êtes bien courageux, monsieur, lui dit-elle, de quitter les plaisirs de la capitale pendant l'hiver pour venir habiter Saumur. Mais si nous ne vous faisons pas trop peur, vous verrez que l'on peut encore s'y amuser.

Elle lui lança une véritable œillade de province, où, par habitude, les femmes mettent tant de réserve et de prudence dans leurs yeux qu'elles leur communiquent la friande concupiscence particulière à ceux des ecclésiastiques, pour qui tout plaisir semble ou un vol ou une faute. Charles se trouvait si dépaysé dans cette salle, si loin du vaste château et de la fastueuse existence qu'il supposait à son oncle, qu'en regardant attentivement madame des Grassins, il aperçut enfin une image à demi effacée des figures parisiennes. Il répondit avec grâce à l'espèce d'invitation qui lui était adressée, et il s'engagea naturellement une conversation dans laquelle madame des Grassins baissa graduellement sa voix pour la mettre en harmonie avec la nature de ses confidences. Il existait chez elle et chez Charles un même besoin de confiance. Aussi, après quelques moments de causerie coquette et de plaisanteries sérieuses, l'adroite provinciale put-elle lui dire sans se croire entendue des autres personnes, qui parlaient de la vente des vins, dont s'occupait en ce moment tout le Saumurois : — Monsieur, si vous voulez nous faire l'honneur de venir nous voir, vous ferez très-certainement autant de plaisir à mon mari qu'à moi. Notre salon est le seul dans Saumur où vous trouverez réunis le haut commerce et la noblesse : nous appartenons aux deux sociétés, qui ne veulent se rencontrer que là parce qu'on s'y amuse. Mon mari, je le dis avec orgueil, est également considéré par les uns et par les autres. Ainsi, nous tâcherons de faire diversion à l'ennui de votre séjour ici. Si vous restiez chez monsieur Grandet, que deviendriez-vous, bon Dieu ! Votre oncle est un grigou qui ne pense qu'à ses provins [1], votre tante est une dévote qui ne sait pas coudre deux idées, et votre cousine est une petite sotte, sans éducation, commune, sans dot, et qui passe sa vie à raccommoder des torchons.

— Elle est très-bien, cette femme, se dit en lui-même Charles Grandet en répondant aux minauderies de madame des Grassins.

— Il me semble, ma femme, que tu veux accaparer monsieur, dit en riant le gros et grand banquier.

A cette observation, le notaire et le président

dirent des mots plus ou moins malicieux; mais l'abbé les regarda d'un air fin et résuma leurs pensées en prenant une pincée de tabac, et offrant sa tabatière à la ronde : — Qui mieux que madame, dit-il, pourrait faire à monsieur les honneurs de Saumur?

— Ha! çà, comment l'entendez-vous, monsieur l'abbé? demanda monsieur des Grassins.

— Je l'entends, monsieur, dans le sens le plus favorable pour vous, pour madame, pour la ville de Saumur et pour monsieur, ajouta le rusé vieillard en se tournant vers Charles.

Sans paraître y prêter la moindre attention, l'abbé Cruchot avait su deviner la conversation de Charles et de madame des Grassins.

— Monsieur, dit enfin Adolphe à Charles d'un air qu'il aurait voulu rendre dégagé, je ne sais si vous avez conservé quelque souvenir de moi; j'ai eu le plaisir d'être votre vis-à-vis à un bal donné par monsieur le baron de Nucingen, et...

— Parfaitement, monsieur, parfaitement, répondit Charles surpris de se voir l'objet des attentions de tout le monde.

— Monsieur est votre fils? demanda-t-il à madame des Grassins.

L'abbé regarda malicieusement la mère.

— Oui, monsieur, dit-elle.

— Vous étiez donc bien jeune à Paris? reprit Charles en s'adressant à Adolphe.

— Que voulez-vous, monsieur, dit l'abbé, nous les envoyons à Babylone aussitôt qu'ils sont sevrés.

Madame des Grassins interrogea l'abbé par un

regard d'une étonnante profondeur. — Il faut
venir en province, dit-il en continuant, pour
trouver des femmes de trente et quelques années
aussi fraîches que l'est madame, après avoir eu
des fils bientôt Licenciés en Droit. Il me semble
être encore au jour où les jeunes gens et les dames
montaient sur des chaises pour vous voir danser
au bal, madame, ajouta l'abbé en se tournant
vers son adversaire femelle. Pour moi, vos succès
sont d'hier...

— Oh! le vieux scélérat! se dit en elle-même
madame des Grassins, me devinerait-il donc?

— Il paraît que j'aurai beaucoup de succès à
Saumur, se disait Charles en déboutonnant sa
redingote, se mettant la main dans son gilet, et
jetant son regard à travers les espaces pour imiter
la pose donnée à lord Byron par Chantrey [1].

L'inattention du père Grandet, ou, pour mieux
dire, la préoccupation dans laquelle le plongeait
la lecture de sa lettre, n'échappèrent ni au notaire
ni au président qui tâchaient d'en conjecturer le
contenu par les imperceptibles mouvements de la
figure du bonhomme, alors fortement éclairée par
la chandelle. Le vigneron maintenait difficilement
le calme habituel de sa physionomie. D'ailleurs
chacun pourra se peindre la contenance affectée
par cet homme en lisant la fatale lettre que voici :

« Mon frère, voici bientôt vingt-trois ans que
nous ne nous sommes vus. Mon mariage a été
l'objet de notre dernière entrevue, après laquelle
nous nous sommes quittés joyeux l'un et l'autre.
Certes je ne pouvais guère prévoir que tu serais

un jour le seul soutien de la famille, à la prospérité de laquelle tu applaudissais alors. Quand tu
tiendras cette lettre en tes mains, je n'existerai
plus. Dans la position où j'étais, je n'ai pas voulu
survivre à la honte d'une faillite. Je me suis tenu
sur le bord du gouffre jusqu'au dernier moment,
espérant surnager toujours. Il faut y tomber. Les
banqueroutes réunies de mon agent de change et
de Roguin, mon notaire, m'emportent mes dernières ressources et ne me laissent rien. J'ai la
douleur de devoir près de quatre millions sans
pouvoir offrir plus de vingt-cinq pour cent
d'actif. Mes vins emmagasinés éprouvent en ce
moment la baisse ruineuse que causent l'abondance et la qualité de vos récoltes. Dans trois
jours Paris dira : « Monsieur Grandet était un
fripon ! » Je me coucherai, moi probe, dans un
linceul d'infamie. Je ravis à mon fils et son nom
que j'entache et la fortune de sa mère. Il ne sait
rien de cela, ce malheureux enfant que j'idolâtre.
Nous nous sommes dit adieu tendrement. Il ignorait, par bonheur, que les derniers flots de ma
vie s'épanchaient dans cet adieu. Ne me mau-
dira-t-il un jour ? Mon frère, mon frère, la malé-
diction de nos enfants est épouvantable ; ils peuvent appeler de la nôtre, mais la leur est irrévo-
cable. Grandet, tu es mon aîné, tu me dois ta protection : fais que Charles ne jette aucune parole
amère sur ma tombe ! Mon frère, si je t'écrivais
avec son sang et mes larmes, il n'y aurait pas
autant de douleurs que j'en mets dans cette lettre ;
car je pleurerais, je saignerais, je serais mort, je

ne souffrirais plus; mais je souffre et vois la mort
d'un œil sec. Te voilà donc le père de Charles!
il n'a point de parents du côté maternel, tu sais
pourquoi. Pourquoi n'ai-je pas obéi aux préjugés sociaux? Pourquoi ai-je cédé à l'amour?
Pourquoi ai-je épousé la fille naturelle d'un
grand seigneur? Charles n'a plus de famille. Ô
mon malheureux fils! mon fils! Écoute, Grandet,
je ne suis pas venu t'implorer pour moi; d'ailleurs
tes biens ne sont peut-être pas assez considérables
pour supporter une hypothèque de trois millions;
mais pour mon fils! Sache-le bien, mon frère,
mes mains suppliantes se sont jointes en pensant
à toi. Grandet, je te confie Charles en mourant.
Enfin je regarde mes pistolets sans douleur en
pensant que tu lui serviras de père. Il m'aimait
bien, Charles; j'étais si bon pour lui, je ne le con-
trariais jamais : il ne me maudira pas. D'ailleurs,
tu verras, il est doux, il tient de sa mère, il ne te
donnera jamais de chagrin. Pauvre enfant! accou-
tumé aux jouissances du luxe, il ne connaît aucune
des privations auxquelles nous a condamnés l'un
et l'autre notre première misère... Et le voilà
ruiné, seul. Oui, tous ses amis le fuiront, et
c'est moi qui serai la cause de ses humiliations.
Ah! je voudrais avoir le bras assez fort pour
l'envoyer d'un seul coup dans les cieux près de
sa mère. Folie! Je reviens à mon malheur, à celui
de Charles. Je te l'ai donc envoyé pour que tu lui
apprennes convenablement et ma mort et son
sort à venir. Sois un père pour lui, mais un bon
père. Ne l'arrache pas tout à coup à sa vie oisive,

tu le tuerais. Je lui demande à genoux de renoncer
aux créances qu'en qualité d'héritier de sa mère
il pourrait exercer contre moi. Mais c'est une
prière superflue; il a de l'honneur, et sentira bien
qu'il ne doit pas se joindre à mes créanciers.
Fais-le renoncer à ma succession en temps utile.
Révèle-lui les dures conditions de la vie que je
lui fais; et, s'il me conserve sa tendresse, dis-lui
bien en mon nom que tout n'est pas perdu pour
lui. Oui, le travail, qui nous a sauvés tous deux,
peut lui rendre la fortune que je lui emporte; et,
s'il veut écouter la voix de son père, qui pour
lui voudrait sortir un moment du tombeau, qu'il
parte, qu'il aille aux Indes! Mon frère, Charles
est un jeune homme probe et courageux : tu lui
feras une pacotille, il mourrait plutôt que de ne
pas te rendre les premiers fonds que tu lui prêteras; car tu lui en prêteras, Grandet! sinon tu te
créerais des remords! Ah! si mon enfant ne trouvait ni secours ni tendresse en toi, je demanderais
éternellement vengeance à Dieu de ta dureté. Si
j'avais pu sauver quelques valeurs, j'avais bien
le droit de lui remettre une somme sur le bien de
sa mère; mais les payements de ma fin du mois
avaient absorbé toutes mes ressources. Je n'aurais
pas voulu mourir dans le doute sur le sort de mon
enfant; j'aurais voulu sentir de saintes promesses
dans la chaleur de ta main, qui m'eût réchauffé;
mais le temps me manque. Pendant que Charles
voyage, je suis obligé de dresser mon bilan. Je
tâche de prouver par la bonne foi qui préside à
mes affaires qu'il n'y a dans mes désastres ni faute

ni improbité. N'est-ce pas m'occuper de Charles?
Adieu, mon frère. Que toutes les bénédictions de
Dieu te soient acquises pour la généreuse tutelle
que je te confie, et que tu acceptes, je n'en doute
pas. Il y aura sans cesse une voix qui priera pour
toi dans le monde où nous devons aller tous un
jour, et où je suis déjà.

» Victor-Ange-Guillaume Grandet. »

— Vous causez donc? dit le père Grandet en
pliant avec exactitude la lettre dans les mêmes
plis et la mettant dans la poche de son gilet. Il
regarda son neveu d'un air humble et craintif
sous lequel il cacha ses émotions et ses calculs.
— Vous êtes-vous réchauffé?

— Très-bien, mon cher oncle.

— Hé! bien, où sont donc nos femmes? dit
l'oncle oubliant déjà que son neveu couchait
chez lui. En ce moment Eugénie et madame Grandet rentrèrent. — Tout est-il arrangé là-haut? leur
demanda le bonhomme en retrouvant son calme.

— Oui, mon père.

— Hé! bien, mon neveu, si vous êtes fatigué, Nanon va vous conduire à votre chambre.
Dame, ce ne sera pas un appartement de *mirliflor*[1] ! mais vous excuserez de pauvres vignerons
qui n'ont jamais le sou. Les impôts nous avalent
tout.

— Nous ne voulons pas être indiscrets, Grandet, dit le banquier. Vous pouvez avoir à jaser
avec votre neveu, nous vous souhaitons le bonsoir. A demain.

A ces mots, l'assemblée se leva, et chacun fit la révérence suivant son caractère. Le vieux notaire alla chercher sous la porte sa lanterne, et vint l'allumer en offrant aux des Grassins de les reconduire. Madame des Grassins n'avait pas prévu l'incident qui devait faire finir prématurément la soirée, et son domestique n'était pas arrivé.

— Voulez-vous me faire l'honneur d'accepter mon bras, madame? dit l'abbé Cruchot à madame des Grassins.

— Merci, monsieur l'abbé. J'ai mon fils, répondit-elle sèchement.

— Les dames ne sauraient se compromettre avec moi, dit l'abbé.

— Donne donc le bras à monsieur Cruchot, lui dit son mari.

L'abbé emmena la jolie dame assez lestement pour se trouver à quelques pas en avant de la caravane.

— Il est très-bien, ce jeune homme, madame, lui dit-il en lui serrant le bras. *Adieu, paniers, vendanges sont faites!* Il vous faut dire adieu à mademoiselle Grandet, Eugénie sera pour le Parisien. A moins que ce cousin ne soit amouraché d'une Parisienne, votre fils Adolphe va rencontrer en lui le rival le plus...

— Laissez donc, monsieur l'abbé. Ce jeune homme ne tardera pas à s'apercevoir qu'Eugénie est une niaise, une fille sans fraîcheur. L'avez-vous examinée? elle était, ce soir, jaune comme un coing.

— Vous l'avez peut-être fait remarquer au cousin.

— Et je ne m'en suis pas gênée...

— Mettez-vous toujours auprès d'Eugénie, madame, et vous n'aurez pas grand'chose à dire à ce jeune homme contre sa cousine, il fera de lui-même une comparaison qui...

— D'abord, il m'a promis de venir dîner après-demain chez moi.

— Ah! si vous vouliez, madame, dit l'abbé.

— Et que voulez-vous que je veuille, monsieur l'abbé? Entendez-vous ainsi me donner de mauvais conseils? Je ne suis pas arrivée à l'âge de trente-neuf ans, avec une réputation sans tache, Dieu merci, pour la compromettre, même quand il s'agirait de l'empire du Grand-Mogol. Nous sommes à un âge, l'un et l'autre, auquel on sait ce que parler veut dire. Pour un ecclésiastique, vous avez en vérité des idées bien incongrues. Fi! cela est digne de Faublas[1].

— Vous avez donc lu Faublas?

— Non, monsieur l'abbé, je voulais dire les Liaisons Dangereuses.

— Ah! ce livre est infiniment plus moral, dit en riant l'abbé. Mais vous me faites aussi pervers que l'est un jeune homme d'aujourd'hui! Je voulais simplement vous...

— Osez me dire que vous ne songiez pas à me conseiller de vilaines choses. Cela n'est-il pas clair? Si ce jeune homme, qui est très-bien, j'en conviens, me faisait la cour, il ne penserait pas à sa cousine. A Paris, je le sais, quelques bonnes mères se dévouent ainsi pour le bonheur et la fortune de leurs enfants; mais nous sommes en province, monsieur l'abbé.

— Oui, madame.

— Et, reprit-elle, je ne voudrais pas, ni Adolphe lui-même ne voudrait pas de cent millions achetés à ce prix...

— Madame, je n'ai point parlé de cent millions. La tentation eût été peut-être au-dessus de nos forces à l'un et à l'autre. Seulement, je crois qu'une honnête femme peut se permettre, en tout bien tout honneur, de petites coquetteries sans conséquence, qui font partie de ses devoirs en société, et qui...

— Vous croyez?

— Ne devons-nous pas, madame, tâcher de nous être agréables les uns aux autres... Permettez que je me mouche. — Je vous assure, madame, reprit-il, qu'il vous lorgnait d'un air un peu plus flatteur que celui qu'il avait en me regardant; mais je lui pardonne d'honorer préférablement à la vieillesse la beauté...

— Il est clair, disait le président de sa grosse voix, que monsieur Grandet de Paris envoie son fils à Saumur dans des intentions extrêmement matrimoniales...

— Mais, alors, le cousin ne serait pas tombé comme une bombe, répondait le notaire.

— Cela ne dirait rien, dit monsieur des Grassins, le bonhomme est *cachotier*.

— Des Grassins, mon ami, je l'ai invité à dîner, ce jeune homme. Il faudra que tu ailles

prier monsieur et madame de Larsonnière, et
les du Hautoy, avec la belle demoiselle du Hautoy, bien entendu; pourvu qu'elle se mette bien
ce jour-là! Par jalousie, sa mère la fagote si
mal! J'espère, messieurs, que vous nous ferez
l'honneur de venir, ajouta-t-elle en arrêtant le
cortége pour se retourner vers les deux Cruchot.

— Vous voilà chez vous, madame, dit le notaire.

Après avoir salué les trois des Grassins, les
trois Cruchot s'en retournèrent chez eux, en se
servant de ce génie d'analyse que possèdent
les provinciaux pour étudier sous toutes ses
faces le grand événement de cette soirée, qui
changeait les positions respectives des Cruchotins et des Grassinistes. L'admirable bon sens
qui dirigeait les actions de ces grands calcu-
lateurs leur fit sentir aux uns et aux autres la
nécessité d'une alliance momentanée contre
l'ennemi commun. Ne devaient-ils pas mutuellement empêcher Eugénie d'aimer son cousin,
et Charles de penser à sa cousine? Le Parisien
pourrait-il résister aux insinuations perfides,
aux calomnies doucereuses, aux médisances
pleines d'éloges, aux dénégations naïves qui
allaient constamment tourner autour de lui
pour le tromper?

Lorsque les quatre parents se trouvèrent seuls
dans la salle, monsieur Grandet dit à son neveu :
— Il faut se coucher. Il est trop tard pour causer
des affaires qui vous amènent ici, nous pren-

drons demain un moment convenable. Ici, nous déjeunons à huit heures. A midi, nous mangeons un fruit, un rien de pain sur le pouce, et nous buvons un verre de vin blanc; puis nous dînons, comme les Parisiens, à cinq heures. Voilà l'ordre. Si vous voulez voir la ville ou les environs, vous serez libre comme l'air. Vous m'excuserez si mes affaires ne me permettent pas toujours de vous accompagner. Vous les entendrez peut-être tous ici vous disant que je suis riche : monsieur Grandet par-ci, monsieur Grandet par-là! Je les laisse dire, leurs bavardages ne nuisent point à mon crédit. Mais je n'ai pas le sou, et je travaille à mon âge comme un jeune compagnon, qui n'a pour tout bien qu'une mauvaise plaine[1] et deux bons bras. Vous verrez peut-être bientôt par vous-même ce que coûte un écu quand il faut le suer. Allons, Nanon, les chandelles?

— J'espère, mon neveu, que vous trouverez tout ce dont vous aurez besoin, dit madame Grandet; mais s'il vous manquait quelque chose, vous pourrez appeler Nanon.

— Ma chère tante, ce serait difficile, j'ai, je crois, emporté toutes mes affaires! Permettez-moi de vous souhaiter une bonne nuit, ainsi qu'à ma jeune cousine.

Charles prit des mains de Nanon une bougie allumée, une bougie d'Anjou, bien jaune de ton, vieillie en boutique et si pareille à de la chandelle, que monsieur Grandet, incapable d'en soupçonner l'existence au logis, ne s'aperçut pas de cette magnificence.

— Je vais vous montrer le chemin, dit le bonhomme.

Au lieu de sortir par la porte de la salle qui
donnait sous la voûte, Grandet fit la cérémonie
de passer par le couloir qui séparait la salle de
la cuisine. Une porte battante garnie d'un grand
carreau de verre ovale fermait ce couloir du côté
de l'escalier afin de tempérer le froid qui s'y en-
gouffrait. Mais en hiver la brise n'en sifflait pas
moins par là très-rudement, et, malgré les bour-
relets mis aux portes de la salle, à peine la chaleur s'y maintenait-elle à un degré convenable.
Nanon alla verrouiller la grande porte, ferma
la salle, et détacha dans l'écurie un chien-loup
dont la voix était cassée comme s'il avait une
laryngite. Cet animal d'une notable férocité
ne connaissait que Nanon. Ces deux créatures
champêtres s'entendaient. Quand Charles vit
les murs jaunâtres et enfumés de la cage où
l'escalier à rampe vermoulue tremblait sous le
pas pesant de son oncle, son dégrisement alla
rinforzando. Il se croyait dans un juchoir à poules.
Sa tante et sa cousine, vers lesquelles il se retourna pour interroger leurs figures, étaient si
bien façonnées à cet escalier, que, ne devinant
pas la cause de son étonnement, elles le prirent
pour une expression amicale, et y répondirent
par un sourire agréable qui le désespéra. — Que
diable mon père m'envoie-t-il faire ici? se disait-
il. Arrivé sur le premier palier, il aperçut trois
portes peintes en rouge étrusque et sans cham-
branles, des portes perdues dans la muraille

poudreuse et garnies de bandes en fer boulonnées, apparentes, terminées en façon de flammes
comme l'était à chaque bout la longue entrée
de la serrure. Celle de ces portes qui se trouvait
en haut de l'escalier et qui donnait entrée dans
la pièce située au-dessus de la cuisine, était évidemment murée. On n'y pénétrait en effet que
par la chambre de Grandet, à qui cette pièce
servait de cabinet. L'unique croisée d'où elle
tirait son jour était défendue sur la cour par
d'énormes barreaux en fer grillagés. Personne,
pas même madame Grandet, n'avait la permission d'y venir, le bonhomme voulait y rester
seul comme un alchimiste à son fourneau. Là,
sans doute, quelque cachette avait été très-habi-
lement pratiquée, là s'emmagasinaient les titres
de propriété, là pendaient les balances à peser
les louis, là se faisaient nuitamment et en secret
les quittances, les reçus, les calculs; de manière
que les gens d'affaires, voyant toujours Grandet
prêt à tout, pouvaient imaginer qu'il avait à ses
ordres une fée ou un démon. Là, sans doute,
quand Nanon ronflait à ébranler les planchers,
quand le chien-loup veillait et bâillait dans la
cour, quand madame et mademoiselle Grandet
étaient bien endormies, venait le vieux tonnelier
choyer, caresser, couver, cuver, cercler son or.
Les murs étaient épais, les contrevents discrets.
Lui seul avait la clef de ce laboratoire, où, dit-
on, il consultait des plans sur lesquels ses arbres
à fruits étaient désignés et où il chiffrait ses produits à un provin, à une bourrée près. L'entrée

de la chambre d'Eugénie faisait face à cette porte
murée. Puis, au bout du palier, était l'appartement des deux époux qui occupaient tout le
devant de la maison. Madame Grandet avait une
chambre contiguë à celle d'Eugénie, chez qui
l'on entrait par une porte vitrée. La chambre du
maître était séparée de celle de sa femme par
une cloison, et du mystérieux cabinet par un
gros mur. Le père Grandet avait logé son neveu
au second étage, dans la haute mansarde située
au-dessus de sa chambre, de manière à pouvoir
l'entendre, s'il lui prenait fantaisie d'aller et
de venir. Quand Eugénie et sa mère arrivèrent
au milieu du palier, elles se donnèrent le baiser
du soir; puis, après avoir dit à Charles quelques
mots d'adieu, froids sur les lèvres, mais certes
chaleureux au cœur de la fille, elles rentrèrent
dans leurs chambres.

— Vous voilà chez vous, mon neveu, dit le
père Grandet à Charles en lui ouvrant sa porte.
Si vous aviez besoin de sortir, vous appelleriez
Nanon. Sans elle, votre serviteur! le chien vous
mangerait sans vous dire un seul mot. Dormez
bien. Bonsoir. Ha! ha! ces dames vous ont fait
du feu, reprit-il. En ce moment la grande Nanon
apparut, armée d'une bassinoire. — En voilà bien
d'une autre! dit monsieur Grandet. Prenez-vous
mon neveu pour une femme en couches? Veux-tu
bien remporter ta braise, Nanon.

— Mais, monsieur, les draps sont humides,
et ce monsieur est vraiment mignon comme une
femme.

— Allons, va, puisque tu l'as dans la tête, dit Grandet en la poussant par les épaules, mais prends garde de mettre le feu. Puis l'avare descendit en grommelant de vagues paroles.

Charles demeura pantois au milieu de ses malles. Après avoir jeté les yeux sur les murs d'une chambre en mansarde tendue de ce papier jaune à bouquets de fleurs qui tapisse les guinguettes, sur une cheminée en pierre de liais cannelée dont le seul aspect donnait froid, sur des chaises de bois jaune garnies en canne vernissée et qui semblaient avoir plus de quatre angles, sur une table de nuit ouverte dans laquelle aurait pu tenir un petit sergent de voltigeurs, sur le maigre tapis de lisière placé au bas d'un lit à ciel dont les pentes en drap tremblaient comme si elles allaient tomber, achevées par les vers, il regarda sérieusement la grande Nanon et lui dit : — Ah çà! ma chère enfant, suis-je bien chez monsieur Grandet, l'ancien maire de Saumur, frère de monsieur Grandet de Paris?

— Oui, monsieur, chez un ben aimable, un ben doux, un ben parfait monsieur. Faut-il que je vous aide à défaire vos malles?

— Ma foi, je le veux bien, mon vieux troupier! N'avez-vous pas servi dans les marins de la garde impériale?

— Oh! oh! oh! oh! dit Nanon, quoi que c'est que ça, les marins de la garde? C'est-y salé? Ça va-t-il sur l'eau?

— Tenez, cherchez ma robe de chambre qui est dans cette valise. En voici la clef.

Nanon fut tout émerveillée de voir une robe
de chambre en soie verte à fleurs d'or et à dessins antiques.

— Vous allez mettre ça pour vous coucher,
dit-elle.

— Oui.

— Sainte-Vierge! le beau devant d'autel que
ça ferait pour la paroisse. Mais, mon cher mignon monsieur, donnez donc ça à l'église, vous
sauverez votre âme, tandis que ça vous la fera
perdre. Oh! que vous êtes donc gentil comme
ça. Je vais appeler mademoiselle pour qu'elle
vous regarde.

— Allons, Nanon, puisque Nanon y a, voulez-vous vous taire! Laissez-moi coucher, j'arran-
gerai mes affaires demain; et si ma robe
vous plaît tant, vous sauverez votre âme. Je suis
trop bon chrétien pour vous la refuser en m'en
allant, et vous pourrez en faire ce que vous
voudrez.

Nanon resta plantée sur ses pieds, contemplant Charles, sans pouvoir ajouter foi à ses
paroles.

— Me donner ce bel atour! dit-elle en s'en
allant. Il rêve déjà, ce monsieur. Bonsoir.

— Bonsoir, Nanon.

— Qu'est-ce que je suis venu faire ici? se dit
Charles en s'endormant. Mon père n'est pas un
niais, mon voyage doit avoir un but. Psch! à
demain les affaires sérieuses, disait je ne sais
quelle ganache grecque.

— Sainte-Vierge! qu'il est gentil, mon cousin,

se dit Eugénie en interrompant ses prières qui ce soir-là ne furent pas finies.

Madame Grandet n'eut aucune pensée en se couchant. Elle entendait, par la porte de communication qui se trouvait au milieu de la cloison, l'avare se promenant de long en long dans sa chambre. Semblable à toutes les femmes timides, elle avait étudié le caractère de son seigneur. De même que la mouette prévoit l'orage, elle avait, à d'imperceptibles signes, pressenti la tempête intérieure qui agitait Grandet, et, pour employer l'expression dont elle se servait, elle faisait alors la morte. Grandet regardait la porte intérieurement doublée en tôle qu'il avait fait mettre à son cabinet, et se disait : — Quelle idée bizarre a eue mon frère de me léguer son enfant? Jolie succession! Je n'ai pas vingt écus à donner. Mais qu'est-ce que vingt écus pour ce mirliflor qui lorgnait mon baromètre comme s'il avait voulu en faire du feu?

En songeant aux conséquences de ce testament de douleur, Grandet était peut-être plus agité que ne l'était son frère au moment où il le traça.

— J'aurais cette robe d'or?... disait Nanon qui s'endormit habillée de son devant d'autel, rêvant de fleurs, de tabis, de damas, pour la première fois de sa vie, comme Eugénie rêva d'amour.

Dans la pure et monotone vie des jeunes filles, il vient une heure délicieuse où le soleil leur épanche ses rayons dans l'âme, où la fleur leur exprime des pensées, où les palpitations du cœur communiquent au cerveau leur chaude

fécondance, et fondent les idées en un vague
désir; jour d'innocente mélancolie et de suaves
joyeusetés! Quand les enfants commencent à
voir, ils sourient; quand une fille entrevoit le
sentiment dans la nature, elle sourit comme
elle souriait enfant. Si la lumière est le premier
amour de la vie, l'amour n'est-il pas la lumière
du cœur? Le moment de voir clair aux choses
d'ici-bas était arrivé pour Eugénie. Matinale
comme toutes les filles de province, elle se leva
de bonne heure, fit sa prière, et commença l'œuvre
de sa toilette, occupation qui désormais allait
avoir un sens. Elle lissa d'abord ses cheveux
châtains, tordit leurs grosses nattes au-dessus
de sa tête avec le plus grand soin, en évitant
que les cheveux ne s'échappassent de leurs tresses,
et introduisit dans sa coiffure une symétrie qui
rehaussa la timide candeur de son visage, en
accordant la simplicité des accessoires à la naïveté
des lignes. En se lavant plusieurs fois les mains
dans de l'eau pure qui lui durcissait et rougissait
la peau, elle regarda ses beaux bras ronds, et se
demanda ce que faisait son cousin pour avoir les
mains si mollement blanches, les ongles si bien
façonnés. Elle mit des bas neufs et ses plus jolis
souliers. Elle se laça droit, sans passer d'œillets.
Enfin souhaitant, pour la première fois de sa vie,
de paraître à son avantage, elle connut le bonheur
d'avoir une robe fraîche, bien faite, et qui la rendait attrayante. Quand sa toilette fut achevée,
elle entendit sonner l'horloge de la paroisse, et
s'étonna de ne compter que sept heures. Le désir

Elle s'assoit complaisamment à la fenêtre...

EUGÉNIE GRANDET.

d'avoir tout le temps nécessaire pour se bien
habiller l'avait fait lever trop tôt. Ignorant l'art
de remanier dix fois une boucle de cheveux et
d'en étudier l'effet, Eugénie se croisa bonnement
les bras, s'assit à sa fenêtre, contempla la cour,
le jardin étroit et les hautes terrasses qui le dominaient; vue mélancolique, bornée, mais qui n'était
pas dépourvue des mystérieuses beautés particulières aux endroits solitaires ou à la nature
inculte. Auprès de la cuisine se trouvait un puits
entouré d'une margelle, et à poulie maintenue
dans une branche de fer courbée, qu'embrassait
une vigne aux pampres flétris, rougis, brouis[1] par
la saison. De là, le tortueux sarment gagnait le
mur, s'y attachait, courait le long de la maison
et finissait sur un bûcher où le bois était rangé
avec autant d'exactitude que peuvent l'être les
livres d'un bibliophile. Le pavé de la cour offrait
ces teintes noirâtres produites avec le temps par
les mousses, par les herbes, par le défaut de mouvement. Les murs épais présentaient leur chemise
verte, ondée de longues traces brunes. Enfin les
huit marches qui régnaient au fond de la cour
et menaient à la porte du jardin, étaient dis-
jointes et ensevelies sous de hautes plantes comme
le tombeau d'un chevalier enterré par sa veuve
au temps des croisades. Au-dessus d'une assise
de pierres toutes rongées s'élevait une grille de
bois pourri, à moitié tombée de vétusté, mais
à laquelle se mariaient à leur gré des plantes grim-
pantes. De chaque côté de la porte à claire-voie
s'avançaient les rameaux tortus de deux pom-

miers rabougris. Trois allées parallèles, sablées
et séparées par des carrés dont les terres étaient
maintenues au moyen d'une bordure en buis,
composaient ce jardin que terminait, au bas de
la terrasse, un couvert de tilleuls. A un bout, des
framboisiers; à l'autre, un immense noyer qui in-
clinait ses branches jusque sur le cabinet du tonnelier. Un jour pur et le beau soleil des automnes
naturels aux rives de la Loire commençaient à
dissiper le glacis imprimé par la nuit aux pittoresques objets, aux murs, aux plantes qui meu-
blaient ce jardin et la cour. Eugénie trouva des
charmes tout nouveaux dans l'aspect de ces
choses, auparavant si ordinaires pour elle. Mille
pensées confuses naissaient dans son âme, et y
croissaient à mesure que croissaient au dehors
les rayons du soleil. Elle eut enfin ce mouvement
de plaisir vague, inexplicable, qui enveloppe
l'être moral, comme un nuage envelopperait
l'être physique. Ses réflexions s'accordaient avec
les détails de ce singulier paysage, et les harmonies de son cœur firent alliance avec les harmonies de la nature. Quand le soleil atteignit un
pan de mur, d'où tombaient les Cheveux de
Vénus aux feuilles épaisses à couleurs chan-
geantes comme la gorge des pigeons, de célestes
rayons d'espérance illuminèrent l'avenir pour
Eugénie, qui désormais se plut à regarder ce pan
de mur, ses fleurs pâles, ses clochettes bleues et
ses herbes fanées, auxquelles se mêla un souvenir gracieux comme ceux de l'enfance. Le
bruit que chaque feuille produisait dans cette

cour sonore, en se détachant de son rameau, donnait une réponse aux secrètes interrogations de la jeune fille, qui serait restée là, pendant toute la journée, sans s'apercevoir de la fuite des heures. Puis vinrent de tumultueux mouvements d'âme. Elle se leva brusquement, se mit devant son miroir, et s'y regarda comme un auteur de bonne foi contemple son œuvre pour se critiquer, et se dire des injures à lui-même.

— Je ne suis pas assez belle pour lui. Telle était la pensée d'Eugénie, pensée humble et fertile en souffrances. La pauvre fille ne se rendait pas justice; mais la modestie, ou mieux la crainte, est une des premières vertus de l'amour. Eugénie appartenait bien à ce type d'enfants fortement constitués, comme ils le sont dans la petite bourgeoisie, et dont les beautés paraissent vulgaires; mais si elle ressemblait à Vénus de Milo, ses formes étaient ennoblies par cette suavité du sentiment chrétien qui purifie la femme et lui donne une distinction inconnue aux sculpteurs anciens. Elle avait une tête énorme, le front masculin mais délicat du Jupiter de Phidias, et des yeux gris auxquels sa chaste vie, en s'y portant tout entière, imprimait une lumière jaillissante. Les traits de son visage rond, jadis frais et rose, avaient été grossis par une petite vérole assez clémente pour n'y point laisser de traces, mais qui avait détruit le velouté de la peau, néanmoins si douce et si fine encore que le pur baiser de sa mère y traçait passagèrement une marque rouge. Son nez était un peu trop fort, mais il s'harmoniait avec une bouche d'un rouge de minium, dont les lèvres à mille raies étaient pleines d'amour et de bonté. Le col avait une rondeur parfaite. Le corsage bombé, soigneusement voilé, attirait le regard et faisait rêver; il manquait sans doute un peu de la grâce due à la toilette; mais, pour les connaisseurs, la non-flexibilité de cette haute taille devait être un charme. Eugénie, grande et forte, n'avait donc rien du joli qui plaît aux masses; mais elle était belle de cette beauté si facile à reconnaître, et dont s'éprennent seulement les artistes. Le peintre qui cherche ici-bas un type à la céleste pureté de Marie, qui demande à toute la nature féminine ces yeux modestement fiers devinés par Raphaël, ces lignes vierges souvent dues aux hasards de la conception, mais qu'une vie chrétienne et pudique peut seule conserver ou faire acquérir; ce peintre, amoureux d'un si rare modèle, eût trouvé tout à coup dans le visage d'Eugénie la noblesse innée qui s'ignore; il eût vu sous un front calme un monde d'amour; et, dans la coupe des yeux, dans l'habitude des paupières, le je ne sais quoi divin. Ses traits, les contours de sa tête que l'expression du plaisir n'avait jamais ni altérés ni fatigués, ressemblaient aux lignes d'horizon si doucement tranchées dans le lointain des lacs tranquilles. Cette physionomie calme, colorée, bordée de lueur comme une jolie fleur éclose, reposait l'âme, communiquait le charme de la conscience qui s'y reflétait, et commandait le regard. Eugénie

était encore sur la rive de la vie où fleurissent
les illusions enfantines, où se cueillent les mar-
guerites avec des délices plus tard inconnues.
Aussi se dit-elle en se mirant, sans savoir encore
ce qu'était l'amour : — Je suis trop laide, il ne
fera pas attention à moi.

Puis elle ouvrit la porte de sa chambre qui
donnait sur l'escalier, et tendit le cou pour
écouter les bruits de la maison. — Il ne se lève
pas, pensa-t-elle en entendant la tousserie matinale de Nanon, et la bonne fille allant, venant,
balayant la salle, allumant son feu, enchaînant
le chien et parlant à ses bêtes dans l'écurie. Aussitôt Eugénie descendit et courut à Nanon qui
trayait la vache.

— Nanon, ma bonne Nanon, fais donc de la
crème pour le café de mon cousin.

— Mais, mademoiselle, il aurait fallu s'y prendre hier, dit Nanon qui partit d'un gros éclat de
rire. Je ne peux pas faire de la crème. Votre cousin est mignon, mignon, mais vraiment mignon.
Vous ne l'avez pas vu dans sa chambrelouque de
soie et d'or. Je l'ai vu, moi. Il porte du linge
fin comme celui du surplis à monsieur le curé.

— Nanon, fais-nous donc de la galette.

— Et qui me donnera du bois pour le four,
et de la farine, et du beurre? dit Nanon laquelle
en sa qualité de premier ministre de Grandet
prenait parfois une importance énorme aux yeux
d'Eugénie et de sa mère. Faut-il pas le voler,
cet homme, pour fêter votre cousin? Demandez-
lui du beurre, de la farine, du bois, il est votre

père, il peut vous en donner. Tenez, le voilà qui
descend pour voir aux provisions...

Eugénie se sauva dans le jardin, tout épouvantée en entendant trembler l'escalier sous le
pas de son père. Elle éprouvait déjà les effets
de cette profonde pudeur et de cette conscience
particulière de notre bonheur qui nous fait croire,
non sans raison peut-être, que nos pensées sont
gravées sur notre front et sautent aux yeux d'autrui. En s'apercevant enfin du froid dénûment
de la maison paternelle, la pauvre fille concevait une sorte de dépit de ne pouvoir la mettre
en harmonie avec l'élégance de son cousin. Elle
éprouva un besoin passionné de faire quelque
chose pour lui : quoi? elle n'en savait rien. Naïve
et vraie, elle se laissait aller à sa nature angélique
sans se défier ni de ses impressions, ni de ses sentiments. Le seul aspect de son cousin avait éveillé
chez elle les penchants naturels de la femme, et
ils durent se déployer d'autant plus vivement,
qu'ayant atteint sa vingt-troisième année, elle se
trouvait dans la plénitude de son intelligence
et de ses désirs. Pour la première fois, elle eut
dans le cœur de la terreur à l'aspect de son père,
vit en lui le maître de son sort, et se crut coupable
d'une faute en lui taisant quelques pensées. Elle
se mit à marcher à pas précipités en s'étonnant
de respirer un air plus pur, de sentir les rayons
du soleil plus vivifiants, et d'y puiser une chaleur
morale, une vie nouvelle. Pendant qu'elle cherchait un artifice pour obtenir la galette, il s'élevait entre la Grande Nanon et Grandet une de

ces querelles aussi rares entre eux que le sont
les hirondelles en hiver. Muni de ses clefs, le
bonhomme était venu pour mesurer les vivres
nécessaires à la consommation de la journée.

— Reste-t-il du pain d'hier? dit-il à Nanon.

— Pas une miette, monsieur.

Grandet prit un gros pain rond, bien enfa-
riné, moulé dans un de ces paniers plats qui
servent à boulanger en Anjou, et il allait le couper, quand Nanon lui dit : — Nous sommes cinq,
aujourd'hui, monsieur.

— C'est vrai, répondit Grandet, mais ton pain
pèse six livres, il en restera. D'ailleurs, ces jeunes
gens de Paris, tu verras que ça ne mange point
de pain.

— Ça mangera donc de la *frippe,* dit Nanon.

En Anjou, la frippe, mot du lexique populaire, exprime l'accompagnement du pain,
depuis le beurre étendu sur la tartine, frippe
vulgaire, jusqu'aux confitures d'alleberge, la
plus distinguée des frippes; et tous ceux qui,
dans leur enfance, ont léché la frippe et
laissé le pain, comprendront la portée de cette
locution.

— Non, répondit Grandet, ça ne mange ni
frippe, ni pain. Ils sont quasiment comme des
filles à marier.

Enfin, après avoir parcimonieusement ordonné
le menu quotidien, le bonhomme allait se diriger vers son fruitier, en fermant néanmoins les
armoires de sa *Dépense*[1], lorsque Nanon l'arrêta
pour lui dire : — Monsieur, donnez-moi donc

alors de la farine et du beurre, je ferai une galette aux enfants.

— Ne vas-tu pas mettre la maison au pillage à cause de mon neveu?

— Je ne pensais pas plus à votre neveu qu'à votre chien, pas plus que vous n'y pensez vous-même. Ne voilà-t-il pas que vous ne m'avez *aveint*[1] que six morceaux de sucre, m'en faut huit.

— Ha! çà, Nanon, je ne t'ai jamais vue comme ça. Qu'est-ce qui te passe donc par la tête? Es-tu la maîtresse ici? Tu n'auras que six morceaux de sucre.

— Eh! bien, votre neveu, avec quoi donc qu'il sucrera son café?

— Avec deux morceaux, je m'en passerai, moi.

— Vous vous passerez de sucre, à votre âge! j'aimerais mieux vous en acheter de ma poche.

— Mêle-toi de ce qui te regarde.

Malgré la baisse du prix, le sucre était toujours, aux yeux du tonnelier, la plus précieuse des denrées coloniales, il valait toujours six francs la livre, pour lui. L'obligation de le ménager, prise sous l'Empire, était devenue la plus indélébile de ses habitudes. Toutes les femmes, même la plus niaise, savent ruser pour arriver à leurs fins, Nanon abandonna la question du sucre pour obtenir la galette.

— Mademoiselle, cria-t-elle par la croisée, est-ce pas que vous voulez de la galette?

— Non, non, répondit Eugénie.

— Allons, Nanon, dit Grandet en entendant la voix de sa fille, tiens. Il ouvrit la *mette*[2] où

était la farine, lui en donna une mesure, et ajouta quelques onces de beurre au morceau qu'il
avait déjà coupé.

— Il faudra du bois pour chauffer le four,
dit l'implacable Nanon.

— Eh! bien, tu en prendras à ta suffisance,
répondit-il mélancoliquement, mais alors tu
nous feras une tarte aux fruits, et tu nous cuiras
au four tout le dîner; par ainsi, tu n'allumeras
pas deux feux.

— Quien! s'écria Nanon, vous n'avez pas besoin de me le dire. Grandet jeta sur son fidèle
ministre un coup d'œil presque paternel. — Mademoiselle, cria la cuisinière, nous aurons une
galette. Le père Grandet revint chargé de ses
fruits, et en rangea une première assiettée sur
la table de la cuisine. — Voyez donc, monsieur,
lui dit Nanon, les jolies bottes qu'a votre neveu.
Quel cuir, et qui sent bon. Avec quoi que ça se
nettoie donc? Faut-il y mettre de votre cirage
à l'œuf?

— Nanon, je crois que l'œuf gâterait ce cuir-
là. D'ailleurs, dis-lui que tu ne connais point
la manière de cirer le maroquin, oui, c'est du
maroquin, il achètera lui-même à Saumur et
t'apportera de quoi illustrer ses bottes. J'ai entendu dire qu'on fourre du sucre dans leur cirage
pour le rendre brillant.

— C'est donc bon à manger, dit la servante en
portant les bottes à son nez. Tiens, tiens, elles
sentent l'eau de Cologne de madame. Ah! c'est-
il drôle.

— Drôle! dit le maître, tu trouves drôle de
mettre à des bottes plus d'argent que n'en vaut
celui qui les porte.

— Monsieur, dit-elle au second voyage de son
maître qui avait fermé le fruitier, est-ce que vous
ne mettrez pas une ou deux fois le pot-au-feu
par semaine à cause de votre...?

— Oui.

— Faudra que j'aille à la boucherie.

— Pas du tout; tu nous feras du bouillon de
volaille, les fermiers ne t'en laisseront pas chômer[1]. Mais je vais dire à Cornoiller de me tuer
des corbeaux. Ce gibier-là donne le meilleur
bouillon de la terre.

— C'est-y vrai, monsieur, que ça mange les
morts?

— Tu es bête, Nanon! ils mangent, comme
tout le monde, ce qu'ils trouvent. Est-ce que
nous ne vivons pas des morts? Qu'est-ce donc
que les successions? Le père Grandet n'ayant
plus d'ordre à donner, tira sa montre; et, voyant
qu'il pouvait encore disposer d'une demi-heure
avant le déjeuner, il prit son chapeau, vint embrasser sa fille, et lui dit : — Veux-tu te promener au bord de la Loire sur mes prairies? j'ai
quelque chose à y faire.

Eugénie alla mettre son chapeau de paille
cousue, doublé de taffetas rose; puis, le père
et la fille descendirent la rue tortueuse jusqu'à
la place.

— Où dévallez-vous donc si matin? dit le notaire Cruchot qui rencontra Grandet.

— Voir quelque chose, répondit le bonhomme sans être la dupe de la promenade matinale de son ami.

Quand le père Grandet allait voir quelque chose, le notaire savait par expérience qu'il y avait toujours quelque chose à gagner avec lui. Donc il l'accompagna.

— Venez, Cruchot? dit Grandet au notaire. Vous êtes de mes amis, je vais vous démontrer comme quoi c'est une bêtise de planter des peupliers dans de bonnes terres...

— Vous comptez donc pour rien les soixante mille francs que vous avez palpés pour ceux qui étaient dans vos prairies de la Loire, dit maître Cruchot en ouvrant des yeux hébétés. Avez-vous eu du bonheur?... Couper vos arbres au moment où l'on manquait de bois blanc à Nantes, et les vendre trente francs !

Eugénie écoutait sans savoir qu'elle touchait au moment le plus solennel de sa vie, et que le notaire allait faire prononcer sur elle un arrêt paternel et souverain. Grandet était arrivé aux magnifiques prairies qu'il possédait au bord de la Loire, et où trente ouvriers s'occupaient à déblayer, combler, niveler les emplacements autrefois pris par les peupliers.

— Maître Cruchot, voyez ce qu'un peuplier prend de terrain, dit-il au notaire. Jean, cria-t-il à un ouvrier, me... me... mesure avec ta toise dans tou... tou... tous les sens ?

— Quatre fois huit pieds, répondit l'ouvrier après avoir fini.

— Trente-deux pieds de perte, dit Grandet à Cruchot. J'avais sur cette ligne trois cents peupliers, pas vrai? Or... trois ce... ce... ce... cent fois trente-d...eux pie... pieds me man... man... man... mangeaient cinq... inq cents de foin; ajoutez deux fois autant sur les côtés, quinze cents; les rangées du milieu autant. Alors, mé... mé... mettons mille bottes de foin.

— Eh! bien, dit Cruchot pour aider son ami, mille bottes de ce foin-là valent environ six cents francs.

— Di... di... dites dou... ou... ouze cents à cause des trois à quatre cents francs de regain. Eh! bien, ca... ca... ca... calculez ce que que que dou... ouze cents francs par an pen... pen... pendant quarante ans do... donnent a... a... avec les in... in... intérêts com... com... composés que que que vouous saaavez.

— Va pour soixante mille francs, dit le notaire.

— Je le veux bien! ça ne ne ne fera que que que soixante mille francs. Eh! bien, reprit le vigneron sans bégayer, deux mille peupliers de quarante ans ne me donneraient pas cinquante mille francs. Il y a perte. J'ai trouvé ça, moi, dit Grandet en se dressant sur ses ergots. Jean, reprit-il, tu combleras les trous, excepté du côté de la Loire, où tu planteras les peupliers que j'ai achetés. En les mettant dans la rivière, ils se nourriront aux frais du gouvernement, ajouta-t-il en se tournant vers Cruchot et imprimant à la loupe de son nez un léger mouvement qui valait le plus ironique des sourires.

— Cela est clair : les peupliers ne doivent se planter que sur les terres maigres, dit Cruchot stupéfait par les calculs de Grandet.

— *O-u-i, monsieur,* répondit ironiquement le tonnelier.

Eugénie, qui regardait le sublime paysage de la Loire sans écouter les calculs de son père, prêta bientôt l'oreille aux discours de Cruchot en l'entendant dire à son client : — Hé! bien, vous avez fait venir un gendre de Paris, il n'est question que de votre neveu dans tout Saumur. Je vais bientôt avoir un contrat à dresser, père Grandet.

— Vous... ou... vous êtes so.. so.. orti de bo... bonne heure pooour me dire ça, reprit Grandet en accompagnant cette réflexion d'un mouvement de sa loupe. Hé! bien, mon vieux camaaaarade, je serai franc, et je vous dirai ce que vooous voooulez sa savoir. J'aimerais mieux, voyez-vooous, je... jeter ma fi... fi fille dans la Loire que de la doooonner à son cououousin : vous pou... pou... ouvez aaannoncer ça. Mais non, laissez jaaser le le mon... onde.

Cette réponse causa des éblouissements à Eugénie. Les lointaines espérances qui pour elle commençaient à poindre dans son cœur fleurirent soudain, se réalisèrent et formèrent un faisceau de fleurs qu'elle vit coupées et gisant à terre. Depuis la veille, elle s'attachait à Charles par tous les liens de bonheur qui unissent les âmes; désormais la souffrance allait donc les corroborer. N'est-il pas dans la noble destinée

de la femme d'être plus touchée des pompes
de la misère que des splendeurs de la fortune?
Comment le sentiment paternel avait-il pu
s'éteindre au fond du cœur de son père? de quel
crime Charles était-il donc coupable? Questions
mystérieuses! Déjà son amour naissant, mystère
si profond, s'enveloppait de mystères. Elle revint
tremblant sur ses jambes, et en arrivant à la
vieille rue sombre, si joyeuse pour elle, elle la
trouva d'un aspect triste, elle y respira la mélancolie que les temps et les choses y avaient imprimée. Aucun des enseignements de l'amour ne lui
manquait. A quelques pas du logis, elle devança
son père et l'attendit à la porte après y avoir
frappé. Mais Grandet, qui voyait dans la main
du notaire un journal encore sous bande, lui
avait dit : — Où en sont les fonds?

— Vous ne voulez pas m'écouter, Grandet, lui
répondit Cruchot. Achetez-en vite, il y a encore
vingt pour cent à gagner en deux ans, outre les
intérêts à un excellent taux, cinq mille livres de
rente pour quatre-vingt mille francs. Les fonds
sont à soixante-dix francs.

— Nous verrons cela, répondit Grandet en se
frottant le menton.

— Mon Dieu! dit le notaire.

— Hé! bien, quoi? s'écria Grandet au moment
où Cruchot lui mettait le journal sous les yeux
en lui disant : — Lisez cet article.

*Monsieur Grandet, l'un des négociants les plus
estimés de Paris, s'est brûlé la cervelle hier après avoir*

*fait son apparition accoutumée à la Bourse. Il avait
envoyé au président de la Chambre des Députés sa
démission, et s'était également démis de ses fonctions
de juge au tribunal de commerce. La faillite de messieurs Roguin et Souchet, son agent de change et son
notaire, l'ont ruiné. La considération dont jouissait
monsieur Grandet et son crédit étaient néanmoins tels
qu'il eût sans doute trouvé des secours sur la place de
Paris. Il est à regretter que cet homme honorable ait
cédé à un premier moment de désespoir, etc.*

— Je le savais, dit le vieux vigneron au notaire.

Ce mot glaça maître Cruchot, qui, malgré son
impassibilité de notaire, se sentit froid dans le
dos en pensant que le Grandet de Paris avait
peut-être imploré vainement les millions du
Grandet de Saumur.

— Et son fils, si joyeux hier...

— Il ne sait rien encore, répondit Grandet
avec le même calme.

— Adieu, monsieur Grandet, dit Cruchot qui
comprit . tout et alla rassurer le président de
Bonfons.

En entrant, Grandet trouva le déjeuner prêt.
Madame Grandet au cou de laquelle Eugénie
sauta pour l'embrasser avec cette vive effusion
de cœur que nous cause un chagrin secret, était
déjà sur son siége à patins, et se tricotait des
manches pour l'hiver.

— Vous pouvez manger, dit Nanon qui descendit les escaliers quatre à quatre, l'enfant dort
comme un chérubin. Qu'il est géntil les yeux

fermés! Je suis entrée, je l'ai appelé. Ah bien oui! personne.

— Laisse-le dormir, dit Grandet, il s'éveillera toujours assez tôt aujourd'hui pour apprendre de mauvaises nouvelles.

— Qu'y a-t-il donc? demanda Eugénie en mettant dans son café les deux petits morceaux de sucre pesant on ne sait combien de grammes que le bonhomme s'amusait à couper lui-même à ses heures perdues. Madame Grandet, qui n'avait pas osé faire cette question, regarda son mari.

— Son père s'est brûlé la cervelle.

— Mon oncle?... dit Eugénie.

— Le pauvre jeune homme! s'écria madame Grandet.

— Oui, pauvre, reprit Grandet, il ne possède pas un sou.

— Hé! ben, il dort comme s'il était le roi de la terre, dit Nanon d'un accent doux.

Eugénie cessa de manger. Son cœur se serra, comme il se serre quand, pour la première fois, la compassion, excitée par le malheur de celui qu'elle aime, s'épanche dans le corps entier d'une femme. La pauvre fille pleura.

— Tu ne connaissais pas ton oncle, pourquoi pleures-tu? lui dit son père en lui lançant un de ces regards de tigre affamé qu'il jetait sans doute à ses tas d'or.

— Mais, monsieur, dit la servante, qui ne se sentirait pas de pitié pour ce pauvre jeune homme qui dort comme un sabot sans savoir son sort?

— Je ne te parle pas, Nanon! tiens ta langue.

Eugénie apprit en ce moment que la femme qui aime doit toujours dissimuler ses sentiments. Elle ne répondit pas.

— Jusqu'à mon retour, vous ne lui parlerez de rien, j'espère, m'ame Grandet, dit le vieillard en continuant. Je suis obligé d'aller faire aligner le fossé de mes prés sur la route. Je serai revenu à midi pour le second déjeuner, et je causerai avec mon neveu de ses affaires. Quant à toi, mademoiselle Eugénie, si c'est pour ce mirliflor que tu pleures, assez comme cela, mon enfant. Il partira, d'arre d'arre, pour les grandes Indes. Tu ne le verras plus...

Le père prit ses gants au bord de son chapeau, les mit avec son calme habituel, les assujettit en s'emmortaisant les doigts les uns dans les autres, et sortit.

— Ah! maman, j'étouffe, s'écria Eugénie quand elle fut seule avec sa mère. Je n'ai jamais souffert ainsi. Madame Grandet, voyant sa fille pâlir, ouvrit la croisée et lui fit respirer le grand air. — Je suis mieux, dit Eugénie après un moment.

Cette émotion nerveuse chez une nature jusqu'alors en apparence calme et froide réagit sur madame Grandet, qui regarda sa fille avec cette intuition sympathique dont sont douées les mères pour l'objet de leur tendresse, et devina tout. Mais, à la vérité, la vie des célèbres sœurs hongroises, attachées l'une à l'autre par une erreur de la nature, n'avait pas été plus intime

que ne l'était celle d'Eugénie et de sa mère,
toujours ensemble dans cette embrasure de croisée, ensemble à l'église, et dormant ensemble
dans le même air.

— Ma pauvre enfant! dit madame Grandet en
prenant la tête d'Eugénie pour l'appuyer contre
son sein.

A ces mots, la jeune fille releva la tête, interrogea sa mère par un regard, en scruta les secrètes
pensées, et lui dit : — Pourquoi l'envoyer aux
Indes? S'il est malheureux, ne doit-il pas rester
ici, n'est-il pas notre plus proche parent?

— Oui, mon enfant, ce serait bien naturel;
mais ton père a ses raisons, nous devons les
respecter.

La mère et la fille s'assirent en silence, l'une
sur sa chaise à patins, l'autre sur son petit fauteuil; et, toutes deux, elles reprirent leur ouvrage.
Oppressée de reconnaissance pour l'admirable
entente de cœur que lui avait témoignée sa mère,
Eugénie lui baisa la main en disant : — Combien
tu es bonne, ma chère maman! Ces paroles firent
rayonner le vieux visage maternel, flétri par de
longues douleurs. — Le trouves-tu bien? demanda
Eugénie.

Madame Grandet ne répondit que par un sourire; puis, après un moment de silence, elle dit
à voix basse : — L'aimerais-tu donc déjà? ce serait
mal.

— Mal, reprit Eugénie, pourquoi? Il te plaît,
il plaît à Nanon, pourquoi ne me plairait-il pas?
Tiens, maman, mettons la table pour son déjeu-

ner. Elle jeta son ouvrage, la mère en fit autant en lui disant : — Tu es folle! Mais elle se plut à justifier la folie de sa fille en la partageant. Eugénie appela Nanon.

— Quoi que vous voulez encore, mademoiselle?

— Nanon, tu auras bien de la crème pour midi.

— Ah! pour midi, oui, répondit la vieille servante.

— Hé! bien, donne-lui du café bien fort, j'ai entendu dire à monsieur des Grassins que le café se faisait bien fort à Paris. Mets-en beaucoup.

— Et où voulez-vous que j'en prenne?

— Achètes-en.

— Et si monsieur me rencontre?

— Il est à ses prés.

— Je cours. Mais monsieur Fessard m'a déjà demandé si les trois Mages étaient chez nous, en me donnant de la bougie. Toute la ville va savoir nos déportements.

— Si ton père s'aperçoit de quelque chose, dit madame Grandet, il est capable de nous battre.

— Eh! bien, il nous battra, nous recevrons ses coups à genoux.

Madame Grandet leva les yeux au ciel, pour toute réponse. Nanon prit sa coiffe et sortit. Eugénie donna du linge blanc, elle alla chercher quelques-unes des grappes de raisin qu'elle s'était amusée à étendre sur des cordes dans le grenier; elle marcha légèrement le long du corridor pour ne point éveiller son cousin, et ne put s'empêcher d'écouter à sa porte la respiration qui s'échappait en temps égaux de ses lèvres. — Le malheur veille pendant qu'il dort, se dit-elle. Elle prit les plus vertes feuilles de la vigne, arrangea son raisin aussi coquettement que l'aurait pu dresser un vieux chef d'office, et l'apporta triomphalement sur la table. Elle fit main basse, dans la cuisine, sur les poires comptées par son père, et les disposa en pyramide parmi des feuilles. Elle allait, venait, trottait, sautait. Elle aurait bien voulu mettre à sac toute la maison de son père; mais il avait les clefs de tout. Nanon revint avec deux œufs frais. En voyant les œufs, Eugénie eut l'envie de lui sauter au cou.

— Le fermier de la Lande en avait dans son panier, je les lui ai demandés, et il me les a donnés pour m'être agréable, le mignon.

Après deux heures de soins, pendant lesquelles Eugénie quitta vingt fois son ouvrage pour aller voir bouillir le café, pour aller écouter le bruit que faisait son cousin en se levant, elle réussit à préparer un déjeuner très-simple, peu coûteux, mais qui dérogeait terriblement aux habitudes invétérées de la maison. Le déjeuner de midi s'y faisait debout. Chacun prenait un peu de pain, un fruit ou du beurre, et un verre de vin. En voyant la table placée auprès du feu, l'un des fauteuils mis devant le couvert de son cousin, en voyant les deux assiettées de fruits, le coquetier, la bouteille de vin blanc, le pain, et le sucre amoncelé dans une soucoupe, Eugénie trembla de tous ses membres en songeant seulement alors aux regards que lui lancerait son père, s'il venait à entrer en ce moment. Aussi regardait-elle souvent la pendule, afin de calculer si son cousin pourrait déjeuner avant le retour du bonhomme.

— Sois tranquille, Eugénie, si ton père vient, je prendrai tout sur moi, dit madame Grandet.

Eugénie ne put retenir une larme.

— Oh! ma bonne mère, s'écria-t-elle, je ne t'ai pas assez aimée!

Charles, après avoir fait mille tours dans sa chambre en chanteronnant, descendit enfin. Heureusement, il n'était encore que onze heures. Le parisien! il avait mis autant de coquetterie à sa toilette que s'il se fût trouvé au château de la noble dame qui voyageait en Écosse. Il entra de cet air affable et riant qui sied si bien à la jeunesse, et qui causa une joie triste à Eugénie. Il avait pris en plaisanterie le désastre de ses châteaux en Anjou, et aborda sa tante fort gaiement.

— Avez-vous bien passé la nuit, ma chère tante? Et vous, ma cousine?

— Bien, monsieur, mais vous? dit madame Grandet.

— Moi, parfaitement.

— Vous devez avoir faim, mon cousin, dit Eugénie; mettez-vous à table.

— Mais je ne déjeune jamais avant midi, le moment où je me lève. Cependant, j'ai si mal vécu en route, que je me laisserai faire. D'ailleurs... Il tira la plus délicieuse montre plate que Breguet [1] ait faite. Tiens, mais il est onze heures, j'ai été matinal.

— Matinal?... dit madame Grandet.

— Oui, mais je voulais ranger mes affaires. Eh! bien, je mangerais volontiers quelque chose, un rien, une volaille, un perdreau.

— Sainte Vierge! cria Nanon en entendant ces paroles.

— Un perdreau, se disait Eugénie qui aurait voulu payer un perdreau de tout son pécule.

— Venez vous asseoir, lui dit sa tante.

Le dandy se laissa aller sur le fauteuil comme une jolie femme qui se pose sur son divan. Eugénie et sa mère prirent des chaises et se mirent près de lui devant le feu.

— Vous vivez toujours ici? leur dit Charles en trouvant la salle encore plus laide au jour qu'elle ne l'était aux lumières.

— Toujours, répondit Eugénie en le regardant, excepté pendant les vendanges. Nous allons alors aider Nanon, et logeons tous à l'abbaye de Noyers.

— Vous ne vous promenez jamais?

— Quelquefois le dimanche après vêpres, quand il fait beau, dit madame Grandet, nous allons sur le pont, ou voir les foins quand on les fauche.

— Avez-vous un théâtre?

— Aller au spectacle, s'écria madame Grandet, voir des comédiens! Mais, monsieur, ne savez-vous pas que c'est un péché mortel?

— Tenez, mon cher monsieur, dit Nanon en apportant les œufs, nous vous donnerons les poulets à la coque.

— Oh! des œufs frais, dit Charles qui semblable

aux gens habitués au luxe ne pensait déjà plus à
son perdreau. Mais c'est délicieux, si vous aviez
du beurré? Hein, ma chère enfant.

— Ah! du beurre! Vous n'aurez donc pas de
galette, dit la servante.

— Mais donne du beurre, Nanon! s'écria Eugénie.

La jeune fille examinait son cousin coupant ses
mouillettes et y prenait plaisir, autant que la plus
sensible grisette de Paris en prend à voir jouer un
mélodrame où triomphe l'innocence. Il est vrai
que Charles, élevé par une mère gracieuse, per-
fectionné par une femme à la mode, avait des
mouvements coquets, élégants, menus, comme
le sont ceux d'une petite maîtresse. La compatis-
sance et la tendresse d'une jeune fille possèdent
une influence vraiment magnétique. Aussi Charles, en se voyant l'objet des attentions de sa cousine et de sa tante, ne put-il se soustraire à l'influence des sentiments qui se dirigeaient vers lui
en l'inondant pour ainsi dire. Il jeta sur Eugénie
un de ces regards brillants de bonté, de caresses,
un regard qui semblait sourire. Il s'aperçut, en
contemplant Eugénie, de l'exquise harmonie des
traits de ce pur visage, de son innocente attitude,
de la clarté magique de ses yeux où scintillaient
de jeunes pensées d'amour, et où le désir ignorait
la volupté.

— Ma foi, ma chère cousine, si vous étiez en
grande loge et en grande toilette à l'Opéra,
je vous garantis que ma tante aurait bien raison, vous y feriez faire bien des péchés d'en-

vie aux hommes et de jalousie aux femmes.

Ce compliment étreignit le cœur d'Eugénie, et le fit palpiter de joie, quoiqu'elle n'y comprît rien.

— Oh! mon cousin, vous voulez vous moquer d'une pauvre petite provinciale.

— Si vous me connaissiez, ma cousine, vous sauriez que j'abhorre la raillerie, elle flétrit le cœur, froisse tous les sentiments... Et il goba fort agréablement sa mouillette beurrée. Non, je n'ai probablement pas assez d'esprit pour me moquer des autres, et ce défaut me fait beaucoup de tort. A Paris, on trouve moyen de vous assassiner un homme en disant : Il a bon cœur. Cette phrase veut dire : Le pauvre garçon est bête comme un rhinocéros. Mais comme je suis riche et connu pour abattre une poupée du premier coup à trente pas avec toute espèce de pistolet et en plein champ, la raillerie me respecte.

— Ce que vous dites, mon neveu, annonce un bon cœur.

— Vous avez une bien jolie bague, dit Eugénie, est-ce mal de vous demander à la voir?

Charles tendit la main en défaisant son anneau, et Eugénie rougit en effleurant du bout de ses doigts les ongles roses de son cousin.

— Voyez, ma mère, le beau travail.

— Oh! il y a gros d'or, dit Nanon en apportant le café.

— Qu'est-ce que c'est que cela? demanda Charles en riant.

Et il montrait un pot oblong, en terre brune,

verni, faïencé à l'intérieur, bordé d'une frange
de cendre, et au fond duquel tombait le café en
revenant à la surface du liquide bouillonnant.

— C'est du café boullu [1], dit Nanon.

— Ah! ma chère tante, je laisserai du moins
quelque trace bienfaisante de mon passage ici.
Vous êtes bien arriérés! Je vous apprendrai à faire
du bon café dans une cafetière à la Chaptal.

Il tenta d'expliquer le système de la cafetière à
la Chaptal [2].

— Ah! bien, s'il y a tant d'affaires quê ça, dit
Nanon, il faudrait bien y passer sa vie. Jamais je
ne ferai de café comme ça. Ah! bien, oui. Et qui
est-ce qui ferait de l'herbe pour notre vache pendant que je ferais le café?

— C'est moi qui le ferai, dit Eugénie.

— Enfant, dit madame Grandet en regardant sa
fille.

A ce mot, qui rappelait le chagrin près de fondre sur ce malheureux jeune homme, les trois
femmes se turent et le contemplèrent d'un air
de commisération qui le frappa.

— Qu'avez-vous donc, ma cousine?

— Chut! dit madame Grandet à Eugénie qui
allait parler. Tu sais, ma fille, que ton père s'est
chargé de parler à monsieur...

— Dites Charles, dit le jeune Grandet.

— Ah! vous vous nommez Charles? C'est un
beau nom, s'écria Eugénie.

Les malheurs pressentis arrivent presque toujours. Là, Nanon, madame Grandet et Eugénie,
qui ne pensaient pas sans frisson au retour du

vieux tonnelier, entendirent un coup de marteau dont le retentissement leur était bien connu.

— Voilà papa, dit Eugénie.

Elle ôta la soucoupe au sucre, en en laissant
quelques morceaux sur la nappe. Nanon emporta
l'assiette aux œufs. Madame Grandet se dressa
comme une biche effrayée. Ce fut une peur panique de laquelle Charles s'étonna sans pouvoir
se l'expliquer.

— Eh! bien, qu'avez-vous donc? leur demanda-
t-il.

— Mais voilà mon père, dit Eugénie.

— Eh! bien?...

Monsieur Grandet entra, jeta son regard clair
sur la table, sur Charles, il vit tout.

— Ah! ah! vous avez fait fête à votre neveu,
c'est bien, très-bien, c'est fort bien! dit-il sans
bégayer. Quand le chat court sur les toits, les
souris dansent sur les planchers.

— Fête?... se dit Charles incapable de soupçonner le régime et les mœurs de cette maison.

— Donne-moi mon verre, Nanon? dit le bonhomme.

Eugénie apporta le verre. Grandet tira de son
gousset un couteau de corne à grosse lame, coupa
une tartine, prit un peu de beurre, l'étendit soigneusement et se mit à manger debout. En ce
moment, Charles sucrait son café. Le père Grandet aperçut les morceaux de·sucre, examina sa
femme qui pâlit, et fit trois pas; il se pencha vers
l'oreille de la pauvre vieille, et lui dit : — Où donc
avez-vous pris tout ce sucre?

— Nanon est allée en chercher chez Fessard, il n'y en avait pas.

Il est impossible de se figurer l'intérêt profond que cette scène muette offrait à ces trois femmes : Nanon avait quitté sa cuisine et regardait dans la salle pour voir comment les choses s'y passaient. Charles ayant goûté son café, le trouva trop amer et chercha le sucre que Grandet avait déjà serré.

— Que voulez-vous, mon neveu? lui dit le bonhomme.

— Le sucre.

— Mettez du lait, répondit le maître de la maison, votre café s'adoucira.

Eugénie reprit la soucoupe au sucre que Grandet avait déjà serrée, et la mit sur la table en contemplant son père d'un air calme. Certes, la Parisienne qui, pour faciliter la fuite de son amant, soutient de ses faibles bras une échelle de soie, ne montre pas plus de courage que n'en déployait Eugénie en remettant le sucre sur la table. L'amant récompensera sa Parisienne qui lui fera voir orgueilleusement un beau bras meurtri dont chaque veine flétrie sera baignée de larmes, de baisers, et guérie par le plaisir; tandis que Charles ne devait jamais être dans le secret des profondes agitations qui brisaient le cœur de sa cousine, alors foudroyée par le regard du vieux tonnelier.

— Tu ne manges pas, ma femme?

La pauvre ilote s'avança, coupa piteusement un morceau de pain, et prit une poire. Eugénie offrit audacieusement à son père du raisin,

en lui disant : — Goûte donc à ma conserve,
papa! Mon cousin, vous en mangerez, n'est-ce
pas? Je suis allée chercher ces jolies grappes-là
pour vous.

— Oh! si on ne les arrête, elles mettront Saumur au pillage pour vous, mon neveu. Quand
vous aurez fini, nous irons ensemble dans le jardin, j'ai à vous dire des choses qui ne sont pas
sucrées.

Eugénie et sa mère lancèrent un regard sur
Charles à l'expression duquel le jeune homme ne
put se tromper.

— Qu'est-ce que ces mots signifient, mon
oncle? Depuis la mort de ma pauvre mère... (à
ces deux mots, sa voix mollit) il n'y a pas de malheur possible pour moi...

— Mon neveu, qui peut connaître les afflictions
par lesquelles Dieu veut nous éprouver? lui dit sa
tante.

— Ta! ta! ta! ta! dit Grandet, voilà les bêtises
qui commencent. Je vois avec peine, mon neveu,
vos jolies mains blanches. Il lui montra les espèces d'épaules de mouton que la nature lui
avait mises au bout des bras. Voilà des mains
faites pour ramasser des écus! Vous avez été
élevé à mettre vos pieds dans la peau avec
laquelle se fabriquent les portefeuilles où
nous serrons les billets de commerce. Mauvais!
mauvais!

— Que voulez-vous dire, mon oncle, je veux
être pendu si je comprends un seul mot.

— Venez, dit Grandet.

L'avare fit claquer la lame de son couteau, but le reste de son vin blanc et ouvrit la porte.

— Mon cousin, ayez du courage!

L'accent de la jeune fille avait glacé Charles, qui suivait son terrible parent en proie à de mortelles inquiétudes. Eugénie, sa mère et Nanon vinrent dans la cuisine, excitées par une invincible curiosité à épier les deux acteurs de la scène qui allait se passer dans le petit jardin humide où l'oncle marcha d'abord silencieusement avec le neveu. Grandet n'était pas embarrassé pour apprendre à Charles la mort de son père, mais il éprouvait une sorte de compassion en le sachant sans un sou, et il cherchait des formules pour adoucir l'expression de cette cruelle vérité. Vous avez perdu votre père! ce n'était rien à dire. Les pères meurent avant les enfants. Mais : Vous êtes sans aucune espèce de fortune! tous les malheurs de la terre étaient réunis dans ces paroles. Et le bonhomme de faire, pour la troisième fois, le tour de l'allée du milieu dont le sable craquait sous les pieds. Dans les grandes circonstances de la vie, notre âme s'attache fortement aux lieux où les plaisirs et les chagrins fondent sur nous. Aussi Charles examinait-il avec une attention particulière les buis de ce petit jardin, les feuilles pâles qui tombaient, les dégradations des murs, les bizarreries des arbres fruitiers, détails pittoresques qui devaient rester gravés dans son souvenir, éternellement mêlés à cette heure suprême, par une mnémotechnie particulière aux passions.

— Il fait bien chaud, bien beau, dit Grandet en aspirant une forte partie d'air.

— Oui, mon oncle, mais pourquoi...

— Eh! bien, mon garçon, reprit l'oncle, j'ai de mauvaises nouvelles à t'apprendre. Ton père est bien mal...

— Pourquoi suis-je ici? dit Charles. Nanon! cria-t-il, des chevaux de poste. Je trouverai bien une voiture dans le pays, ajouta-t-il en se tournant vers son oncle qui demeurait immobile.

— Les chevaux et la voiture sont inutiles, répondit Grandet en regardant Charles qui resta muet, et dont les yeux devinrent fixes. — Oui, mon pauvre garçon, tu devines. Il est mort. Mais ce n'est rien, il y a quelque chose de plus grave. Il s'est brûlé la cervelle...

— Mon père?...

— Oui. Mais ce n'est rien. Les journaux glosent de cela comme s'ils en avaient le droit. Tiens, lis.

Grandet, qui avait emprunté le journal de Cruchot, mit le fatal article sous les yeux de Charles. En ce moment le pauvre jeune homme, encore enfant, encore dans l'âge où les sentiments se produisent avec naïveté, fondit en larmes.

— Allons, bien, se dit Grandet. Ses yeux m'effrayaient. Il pleure, le voilà sauvé. Ce n'est encore rien, mon pauvre neveu, reprit Grandet à haute voix sans savoir si Charles l'écoutait, ce n'est rien, tu te consoleras; mais...

— Jamais! jamais! mon père! mon père!

— Il t'a ruiné, tu es sans argent.

— Qu'est-ce que cela me fait! Où est mon père, mon père?

Les pleurs et les sanglots retentissaient entre ces murailles d'une horrible façon et se répercutaient dans les échos. Les trois femmes, saisies de pitié, pleuraient : les larmes sont aussi contagieuses que peut l'être le rire. Charles, sans écouter son oncle, se sauva dans la cour, trouva l'escalier, monta dans sa chambre, et se jeta en travers sur son lit en se mettant la face dans les draps pour pleurer à son aise loin de ses parents.

— Il faut laisser passer la première averse, dit Grandet en rentrant dans la salle où Eugénie et sa mère avaient brusquement repris leurs places et travaillaient d'une main tremblante après s'être essuyé les yeux. Mais ce jeune homme n'est bon à rien, il s'occupe plus des morts que de l'argent.

Eugénie frissonna en entendant son père s'exprimant ainsi sur la plus sainte des douleurs. Dès ce moment, elle commença à juger son père. Quoique assourdis, les sanglots de Charles retentissaient dans cette sonore maison; et sa plainte profonde, qui semblait sortir de dessous terre, ne cessa que vers le soir, après s'être graduellement affaiblie.

— Pauvre jeune homme! dit madame Grandet.

Fatale exclamation! Le père Grandet regarda sa femme, Eugénie et le sucrier; il se souvint du déjeuner extraordinaire apprêté pour le parent malheureux, et se posa au milieu de la salle.

— Ah! çà, j'espère, dit-il avec son calme habituel, que vous n'allez pas continuer vos prodigalités, madame Grandet. Je ne vous donne pas MON argent pour embucquer de sucre ce jeune drôle.

— Ma mère n'y est pour rien, dit Eugénie. C'est moi qui...

— Est-ce que tu es majeure, reprit Grandet en interrompant sa fille, que tu voudrais me contrarier? Songe, Eugénie...

— Mon père, le fils de votre frère ne devait pas manquer chez vous de...

— Ta, ta, ta, ta, dit le tonnelier sur quatre tons chromatiques, le fils de mon frère par-ci, mon neveu par-là. Charles ne nous est de rien, il n'a ni sou ni maille; son père a fait faillite; et, quand ce mirliflor aura pleuré son soûl, il décampera d'ici; je ne veux pas qu'il révolutionne ma maison.

— Qu'est-ce que c'est, mon père, que de faire faillite? demanda Eugénie.

— Faire faillite, reprit le père, c'est commettre l'action la plus déshonorante entre toutes celles qui peuvent déshonorer l'homme.

— Ce doit être un bien grand péché, dit madame Grandet, et notre frère serait damné.

— Allons, voilà tes litanies, dit-il à sa femme en haussant les épaules. Faire faillite, Eugénie, reprit-il, est un vol que la loi prend malheureusement sous sa protection. Des gens ont donné leurs denrées à Guillaume Grandet sur sa réputation d'honneur et de probité, puis il a tout pris, et ne leur laisse que les yeux pour pleurer. Le voleur de grand chemin est préférable au banqueroutier : celui-là vous attaque, vous pouvez vous défendre, il risque sa tête; mais l'autre... Enfin Charles est déshonoré.

Ces mots retentirent dans le cœur de la pauvre fille et y pesèrent de tout leur poids. Probe autant qu'une fleur née au fond d'une forêt est délicate, elle ne connaissait ni les maximes du monde, ni ses raisonnements captieux, ni ses sophismes : elle accepta donc l'atroce explication que son père lui donnait à dessein de la faillite, sans lui faire connaître la distinction qui existe entre une faillite involontaire et une faillite calculée.

— Eh! bien, mon père, vous n'avez donc pu empêcher ce malheur?

— Mon frère ne m'a pas consulté, d'ailleurs, il doit quatre millions.

— Qu'est-ce que c'est donc qu'un million, mon père? demanda-t-elle avec la naïveté d'un enfant qui croit pouvoir trouver promptement ce qu'il désire.

— Quatre millions? dit Grandet, mais c'est quatre millions de pièces de vingt sous, et il faut cinq pièces de vingt sous pour faire cinq francs.

— Mon Dieu! mon Dieu! s'écria Eugénie, comment mon oncle avait-il eu à lui quatre millions? Y a-t-il quelque autre personne en France qui puisse avoir autant de millions? (Le père Grandet se caressait le menton, souriait, et sa

loupe semblait se dilater.) — Mais que va devenir
mon cousin Charles?

— Il va partir pour les Grandes-Indes¹, où,
selon le vœu de son père, il tâchera de faire fortune.

— Mais a-t-il de l'argent pour aller là?

— Je lui payerai son voyage... jusqu'à... oui,
jusqu'à Nantes.

Eugénie sauta d'un bond au cou de son
père.

— Ah! mon père, vous êtes bon, vous!

Elle l'embrassait de manière à rendre presque
honteux Grandet, que sa conscience harcelait un
peu.

— Faut-il beaucoup de temps pour amasser un
million? lui demanda-t-elle.

— Dame! dit le tonnelier, tu sais ce que c'est
qu'un napoléon. Eh! bien, il en faut cinquante
mille pour faire un million.

— Maman, nous dirons des neuvaines pour
lui.

— J'y pensais, répondit la mère.

— C'est cela? toujours dépenser de l'argent,
s'écria le père. Ah! çà, croyez-vous donc qu'il y
ait des mille et des cent ici?

En ce moment une plainte sourde, plus lugubre
que toutes les autres, retentit dans les greniers et
glaça de terreur Eugénie et sa mère.

— Nanon, va voir là-haut s'il ne se tue pas, dit
Grandet. — Ha! çà, reprit-il en se tournant vers
sa femme et sa fille que son mot avait rendues
pâles, pas de bêtises, vous deux. Je vous laisse. Je

vais tourner autour de nos Hollandais, qui s'en vont aujourd'hui. Puis j'irai voir Cruchot et causer avec lui de tout ça.

Il partit. Quand Grandet eut tiré la porte, Eugénie et sa mère respirèrent à leur aise. Avant cette matinée, jamais la fille n'avait senti de contrainte en présence de son père; mais, depuis quelques heures, elle changeait à tous moments et de sentiments et d'idées.

— Maman, combien de louis a-t-on d'une pièce de vin?

— Ton père vend les siennes entre cent et cent cinquante francs, quelquefois deux cents, à ce que j'ai entendu dire.

— Quand il récolte quatorze cents pièces de vin...

— Ma foi, mon enfant, je ne sais pas ce que cela fait; ton père ne me dit jamais ses affaires.

— Mais alors papa doit être riche.

— Peut-être. Mais monsieur Cruchot m'a dit qu'il avait acheté Froidfond il y a deux ans. Ça l'aura gêné.

Eugénie, ne comprenant plus rien à la fortune de son père, en resta là de ses calculs.

— Il ne m'a tant seulement point vue, le mignon! dit Nanon en revenant. Il est étendu comme un veau sur son lit et pleure comme une Madeleine, que c'est une vraie bénédiction! Quel chagrin a donc ce pauvre gentil jeune homme?

— Allons donc le consoler bien vite, maman; et, si l'on frappe, nous descendrons.

Madame Grandet fut sans défense contre les harmonies de la voix de sa fille. Eugénie était sublime, elle était femme. Toutes deux, le cœur palpitant, montèrent à la chambre de Charles. La porte était ouverte. Le jeune homme ne voyait ni n'entendait rien. Plongé dans les larmes, il poussait des plaintes inarticulées.

— Comme il aime son père? dit Eugénie à voix basse.

Il était impossible de méconnaître dans l'accent de ces paroles les espérances d'un cœur à son insu passionné. Aussi madame Grandet jeta-t-elle à sa fille un regard empreint de maternité, puis tout bas à l'oreille : — Prends garde, tu l'aimerais, dit-elle.

— L'aimer! reprit Eugénie. Ah! si tu savais ce que mon père a dit!

Charles se retourna, aperçut sa tante et sa cousine.

— J'ai perdu mon père, mon pauvre père! S'il m'avait confié le secret de son malheur, nous aurions travaillé tous deux à le réparer. Mon Dieu, mon bon père! je comptais si bien le revoir que je l'ai, je crois, froidement embrassé.

Les sanglots lui coupèrent la parole.

— Nous prierons bien pour lui, dit madame Grandet. Résignez-vous à la volonté de Dieu.

— Mon cousin, dit Eugénie, prenez courage! Votre perte est irréparable : ainsi songez maintenant à sauver votre honneur...

Avec cet instinct, cette finesse de la femme qui a de l'esprit en toute chose, même quand elle console, Eugénie voulait tromper la douleur de son cousin en l'occupant de lui-même.

— Mon honneur?... cria le jeune homme en chassant ses cheveux par un mouvement brusque, et il s'assit sur son lit en se croisant les bras. — Ah! c'est vrai. Mon père, disait mon oncle, a fait faillite. Il poussa un cri déchirant et se cacha le visage dans ses mains. — Laissez-moi, ma cousine, laissez-moi! Mon Dieu! mon Dieu! pardonnez à mon père, il a dû bien souffrir.

Il y avait quelque chose d'horriblement attachant à voir l'expression de cette douleur jeune, vraie, sans calcul, sans arrière-pensée. C'était une pudique douleur que les cœurs simples d'Eugénie et de sa mère comprirent quand Charles fit un geste pour leur demander de l'abandonner à lui-même. Elles descendirent, reprirent en silence leurs places près de la croisée, et travaillèrent pendant une heure environ sans se dire un mot. Eugénie avait aperçu, par le regard furtif qu'elle jeta sur le ménage du jeune homme, ce regard des jeunes filles qui voient tout en un clin d'œil, les jolies bagatelles de sa toilette, ses ciseaux, ses rasoirs enrichis d'or. Cette échappée d'un luxe vu à travers la douleur lui rendit Charles encore plus intéressant, par contraste peut-être. Jamais un événement si grave, jamais un spectacle si dramatique n'avait frappé l'imagination de ces deux créatures incessamment plongées dans le calme et la solitude.

— Maman, dit Eugénie, nous porterons le deuil de mon oncle.

— Ton père décidera de cela, répondit madame Grandet.

Elles restèrent de nouveau silencieuses. Eugénie tirait ses points avec une régularité de mouvement qui eût dévoilé à un observateur les fécondes pensées de sa méditation. Le premier désir de cette adorable fille était de partager le deuil de son cousin. Vers quatre heures, un coup de marteau brusque retentit au cœur de madame Grandet.

— Qu'a donc ton père? dit-elle à sa fille.

Le vigneron entra joyeux. Après avoir ôté ses gants, il se frotta les mains à s'en emporter la peau, si l'épiderme n'en eût pas été tanné comme du cuir de Russie, sauf l'odeur des mélèzes et de l'encens. Il se promenait, il regardait le temps. Enfin son secret lui échappa.

— Ma femme, dit-il sans bégayer, je les ai tous attrapés. Notre vin est vendu! Les Hollandais et les Belges partaient ce matin, je me suis promené sur la place, devant leur auberge, en ayant l'air de bêtiser. Chose, que tu connais, est venu à moi. Les propriétaires de tous les bons vignobles gardent leur récolte et veulent attendre, je ne les en ai pas empêchés. Notre Belge était désespéré. J'ai vu cela. Affaire faite, il prend notre récolte à deux cents francs la pièce, moitié comptant. Je suis payé en or. Les billets sont faits, voilà six louis pour toi. Dans trois mois, les vins baisseront.

Ces derniers mots furent prononcés d'un ton calme, mais si profondément ironique, que les gens de Saumur, groupés en ce moment sur la place et ameutés par la nouvelle de la vente que venait de faire Grandet, en auraient frémi s'ils les eussent entendus. Une peur panique eût fait tomber les vins de cinquante pour cent.

— Vous avez mille pièces cette année, mon père? dit Eugénie.

— Oui, *fifille*.

Ce mot était l'expression superlative de la joie du vieux tonnelier.

— Cela fait deux cent mille pièces de vingt sous.

— Oui, mademoiselle Grandet.

— Eh! bien, mon père, vous pouvez facilement secourir Charles.

L'étonnement, la colère, la stupéfaction de Balthazar en apercevant le *Mane-Tekel-Pharès*[1] ne sauraient se comparer au froid courroux de Grandet qui, ne pensant plus à son neveu, le retrouvait logé au cœur et dans les calculs de sa fille.

— Ah! çà, depuis que ce mirliflor a mis le pied dans *ma* maison, tout y va de travers. Vous vous donnez des airs d'acheter des dragées, de faire des noces et des festins. Je ne veux pas de ces choses-là. Je sais, à mon âge, comment je dois me conduire, peut-être! D'ailleurs je n'ai de leçons à prendre ni de ma fille ni de personne. Je ferai pour mon neveu ce qu'il sera convenable de faire, vous n'avez pas à y fourrer le nez. Quant à toi, Eugénie, ajouta-t-il en se tournant vers elle, ne m'en parle plus, sinon je t'envoie à l'abbaye de Noyers avec Nanon voir si j'y suis; et pas plus tard què demain, si tu bronches. Où est-il donc, ce garçon, est-il descendu?

— Non, mon ami, répondit madame Grandet.

— Eh! bien, que fait-il donc?

— Il pleure son père, répondit Eugénie.

Grandet regarda sa fille sans trouver un mot à dire. Il était un peu père, lui. Après avoir fait un ou deux tours dans la salle, il monta promptement à son cabinet pour y méditer un placement dans les fonds publics. Ses deux mille arpents de forêt coupés à blanc lui avaient donné six cent mille francs; en joignant à cette somme l'argent de ses peupliers, ses revenus de l'année dernière et de l'année courante, outre les deux cent mille francs du marché qu'il venait de conclure, il pouvait faire une masse de neuf cent mille francs. Les vingt pour cent à gagner en peu de temps sur les rentes, qui étaient à 70 francs, le tentaient. Il chiffra sa spéculation sur le journal où la mort de son frère était annoncée, en entendant, sans les écouter, les gémissements de son neveu. Nanon vint cogner au mur pour inviter son maître à descendre, le dîner était servi. Sous la voûte et à la dernière marche de l'escalier, Grandet disait en lui-même : — Puisque je toucherai mes intérêts à huit, je ferai cette affaire. En deux ans, j'aurai quinze cent mille francs que je retirerai de Paris en bon or.

— Eh! bien, où donc est mon neveu?

— Il dit qu'il ne veut pas manger, répondit Nanon. Ça n'est pas sain.

— Autant d'économisé, lui répliqua son maître.

— Dame, *voui,* dit-elle.

— Bah! il ne pleurera pas toujours. La faim chasse le loup hors du bois.

Le dîner fut étrangement silencieux.

— Mon bon ami, dit madame Grandet lorsque la nappe fut ôtée, il faut que nous prenions le deuil.

— En vérité, madame Grandet, vous ne savez quoi vous inventer pour dépenser de l'argent. Le deuil est dans le cœur et non dans les habits.

— Mais le deuil d'un frère est indispensable, et l'Église nous ordonne de...

— Achetez votre deuil sur vos six louis. Vous me donnerez un crêpe, cela me suffira.

Eugénie leva les yeux au ciel sans mot dire. Pour la première fois dans sa vie, ses généreux penchants endormis, comprimés, mais subitement éveillés, étaient à tout moment froissés. Cette soirée fut semblable en apparence à mille soirées de leur existence monotone, mais ce fut certes la plus horrible. Eugénie travailla sans lever la tête, et ne se servit point du nécessaire que Charles avait dédaigné la veille. Madame Grandet tricota ses manches. Grandet tourna ses pouces pendant quatre heures, abîmé dans des calculs dont les résultats devaient, le lendemain, étonner Saumur. Personne ne vint, ce jour-là, visiter la famille. En ce moment, la ville entière retentissait du tour de force de Grandet, et de la faillite de son frère et de l'arrivée de son neveu. .Pour obéir au besoin de bavarder sur leurs intérêts communs,

tous les propriétaires de vignobles des hautes et
moyennes sociétés de Saumur étaient chez monsieur des Grassins, où se fulminèrent de terribles
imprécations contre l'ancien maire. Nanon filait,
et le bruit de son rouet fut la seule voix qui se
fît entendre sous les planchers grisâtres de la
salle.

— Nous n'usons point nos langues, dit-elle en
montrant ses dents blanches et grosses comme des
amandes pelées.

— Ne faut rien user, répondit Grandet en se
réveillant de ses méditations. Il se voyait en perspective huit millions dans trois ans, et voguait
sur cette longue nappe d'or. — Couchons-nous.
J'irai dire bonsoir à mon neveu pour tout
le monde, et voir s'il veut prendre quelque
chose.

Madame Grandet resta sur le palier du premier étage pour entendre la conversation qui
allait avoir lieu entre Charles et le bonhomme.
Eugénie, plus hardie que sa mère, monta deux
marches.

— Hé! bien, mon neveu, vous avez du chagrin.
Oui, pleurez, c'est naturel. Un père est un père.
Mais faut prendre notre mal en patience. Je m'occupe de vous pendant que vous pleurez. Je suis
un bon parent, voyez-vous. Allons, du courage.
Voulez-vous boire un petit verre de vin? Le vin
ne coûte rien à Saumur, on y offre du vin comme
dans les Indes une tasse de thé. — Mais, dit Grandet en continuant, vous êtes sans lumière. Mauvais, mauvais! faut voir clair à ce que l'on fait.

Grandet marcha vers la cheminée. — Tiens!
s'écria-t-il, voilà de la bougie. Où diable a-t-on
pêché de la bougie? Les garces démoliraient le
plancher de ma maison pour cuire des œufs à ce
garçon-là.

En entendant ces mots, la mère et la fille rentrèrent dans leurs chambres et se fourrèrent dans
leurs lits avec la célérité de souris effrayées qui
rentrent dans leurs trous.

— Madame Grandet, vous avez donc un trésor?
dit l'homme en entrant dans la chambre de sa
femme.

— Mon ami, je fais mes prières, attendez,
répondit d'une voix altérée la pauvre mère.

— Que le diable emporte ton bon Dieu! répliqua Grandet en grommelant.

Les avares ne croient pas à une vie à venir, le
présent est tout pour eux. Cette réflexion jette une
horrible clarté sur l'époque actuelle, où, plus
qu'en aucun autre temps, l'argent domine les
lois, la politique et les mœurs. Institutions, livres,
hommes et doctrines, tout conspire à miner la
croyance d'une vie future sur laquelle l'édifice
social est appuyé depuis dix-huit cents ans. Maintenant le cercueil est une transition peu redoutée.
L'avenir, qui nous attendait par delà le requiem,
a été transposé dans le présent. Arriver *per fas et
nefas*[1] au paradis terrestre du luxe et des jouissances vaniteuses, pétrifier son cœur et se macérer le
corps en vue de possessions passagères, comme on
souffrait le martyre de la vie en vue de biens éternels, est la pensée générale! pensée d'ailleurs

écrite partout, jusque dans les lois, qui demandent au législateur : Que payes-tu? au lieu de lui
dire : Que penses-tu? Quand cette doctrine aura
passé de la bourgeoisie au peuple, que deviendra
le pays?

— Madame Grandet, as-tu fini? dit le vieux
tonnelier.

— Mon ami, je prie pour toi.

— Très-bien! bonsoir. Demain matin, nous
causerons.

La pauvre femme s'endormit comme l'écolier
qui, n'ayant pas appris ses leçons, craint de trouver à son réveil le visage irrité du maître. Au
moment où, par frayeur, elle se roulait dans ses
draps pour ne rien entendre, Eugénie se coula
près d'elle, en chemise, pieds nus, et vint la baiser
au front.

— Oh! bonne mère, dit-elle, demain, je lui
dirai que c'est moi.

— Non, il t'enverrait à Noyers. Laisse-moi faire,
il ne me mangera pas.

— Entends-tu, maman?

— Quoi?

— Hé! bien, *il* pleure toujours.

— Va donc te coucher, ma fille. Tu gagneras
froid aux pieds. Le carreau est humide.

Ainsi se passa la journée solennelle qui devait
peser sur toute la vie de la riche et pauvre héritière dont le sommeil ne fut plus aussi complet
ni aussi pur qu'il l'avait été jusqu'alors. Assez
souvent certaines actions de la vie humaine paraissent, littérairement parlant, invraisemblables,

quoique vraies. Mais ne serait-ce pas qu'on omet presque toujours de répandre sur nos détermi-nations spontanées une sorte de lumière psycho-logique, en n'expliquant pas les raisons mysté-rieusement conçues qui les ont nécessitées? Peut-être la profonde passion d'Eugénie devrait-elle être analysée dans ses fibrilles les plus délicates; car elle devint, diraient quelques railleurs, une maladie, et influença toute son existence. Beau-coup de gens aiment mieux nier les dénouements, que de mesurer la force des liens, des nœuds, des attaches qui soudent secrètement un fait à un autre dans l'ordre moral. Ici donc le passé d'Eu-génie servira, pour les observateurs de la nature humaine, de garantie à la naïveté de son irréfle-xion et à la soudaineté des effusions de son âme. Plus sa vie avait été tranquille, plus vivement la pitié féminine, le plus ingénieux des sentiments, se déploya dans son âme. Aussi, troublée par les événements de la journée, s'éveilla-t-elle, à plu-sieurs reprises, pour écouter son cousin, croyant en avoir entendu les soupirs qui depuis la veille lui retentissaient au cœur : tantôt elle le voyait expirant de chagrin, tantôt elle le rêvait mourant de faim. Vers le matin, elle entendit certainement une terrible exclamation. Aussitôt elle se vêtit, et accourut au petit jour, d'un pied léger, auprès de son cousin qui avait laissé sa porte ouverte. La bougie avait brûlé dans la bobèche du flambeau. Charles, vaincu par la nature, dormait habillé, assis dans un fauteuil, la tête renversée sur le lit; il rêvait comme rêvent les gens qui ont l'estomac

vide. Eugénie put pleurer à son aise; elle put
admirer ce jeune et beau visage, marbré par la
douleur, ces yeux gonflés par les larmes, et qui
tout endormis semblaient encore verser des pleurs.
Charles devina sympathiquement la présence
d'Eugénie, il ouvrit les yeux, et la vit attendrie.

— Pardon, ma cousine, dit-il, ne sachant évidemment ni l'heure qu'il était ni le lieu où il se
trouvait.

— Il y a des cœurs qui vous entendent ici, mon
cousin, et *nous* avons cru que vous aviez besoin
de quelque chose. Vous devriez vous coucher,
vous vous fatiguez en restant ainsi.

— Cela est vrai.

— Hé! bien, adieu.

Elle se sauva, honteuse et heureuse d'être venue.
L'innocence ose seule de telles hardiesses. Instruite, la Vertu calcule aussi bien que le Vice.
Eugénie, qui, près de son cousin, n'avait pas trem-
blé, put à peine se tenir sur ses jambes quand elle
fut dans sa chambre. Son ignorante vie avait cessé
tout à coup, elle raisonna, se fit mille reproches.
Quelle idée va-t-il prendre de moi? Il croira que
je l'aime. C'était précisément ce qu'elle désirait
le plus de lui voir croire. L'amour franc a sa pres-
cience et sait que l'amour excite l'amour. Quel
événement pour cette jeune fille solitaire, d'être
ainsi entrée furtivement chez un jeune homme!
N'y a-t-il pas des pensées, des actions qui, en
amour, équivalent, pour certaines âmes, à de
saintes fiançailles! Une heure après, elle entra
chez sa mère, et l'habilla suivant son habitude.

Puis elles vinrent s'asseoir à leurs places devant la fenêtre et attendirent Grandet avec cette anxiété qui glace le cœur ou l'échauffe, le serre ou le dilate suivant les caractères, alors que l'on redoute une scène, une punition; sentiment d'ailleurs si naturel, que les animaux domestiques l'éprouvent au point de crier pour le faible mal d'une correction, eux qui se taisent quand ils se blessent par inadvertance. Le bonhomme descendit, mais il parla d'un air distrait à sa femme, embrassa Eugénie, et se mit à table sans paraître penser à ses menaces de la veille.

— Que devient mon neveu? l'enfant n'est pas gênant.

— Monsieur, il dort, répondit Nanon.

— Tant mieux, il n'a pas besoin de bougie, dit Grandet d'un ton goguenard.

Cette clémence insolite, cette amère gaieté frappèrent madame Grandet qui regarda son mari fort attentivement. Le bonhomme... Ici peut-être est-il convenable de faire observer qu'en Touraine, en Anjou, en Poitou, dans la Bretagne, le mot bonhomme, déjà souvent employé pour désigner Grandet, est décerné aux hommes les plus cruels comme aux plus bonasses, aussitôt qu'ils sont arrivés à un certain âge. Ce titre ne préjuge rien sur la mansuétude individuelle. Le bonhomme, donc, prit son chapeau, ses gants, et dit : — Je vais muser sur la place pour rencontrer nos Cruchot.

— Eugénie, ton père a décidément quelque chose.

En effet, peu dormeur, Grandet employait la moitié de ses nuits aux calculs préliminaires qui donnaient à ses vues, à ses observations, à ses plans, leur étonnante justesse et leur assuraient cette constante réussite de laquelle s'émerveillaient les Saumurois. Tout pouvoir humain est un composé de patience et de temps. Les gens puissants veulent et veillent. La vie de l'avare est un constant exercice de la puissance humaine mise au service de la personnalité. Il ne s'appuie que sur deux sentiments : l'amour-propre et l'intérêt; mais l'intérêt étant en quelque sorte l'amour-propre solide et bien entendu, l'attestation continue d'une supériorité réelle, l'amour-propre et l'intérêt sont deux parties d'un même tout, l'égoïsme. De là vient peut-être la prodigieuse curiosité qu'excitent les avares habilement mis en scène. Chacun tient par un fil à ces personnages qui s'attaquent à tous les sentiments humains, en les résumant tous. Où est l'homme sans désir, et quel désir social se résoudra sans argent? Grandet avait bien réellement quelque chose, suivant l'expression de sa femme. Il se rencontrait en lui, comme chez tous les avares, un persistant besoin de jouer une partie avec les autres hommes, de leur gagner légalement leurs écus. Imposer autrui, n'est-ce pas faire acte de pouvoir, se donner perpétuellement le droit de mépriser ceux qui, trop faibles, se laissent ici-bas dévorer? Oh! qui a bien compris l'agneau paisiblement couché aux pieds de Dieu, le plus touchant emblème de toutes les victimes terrestres, celui de leur avenir, enfin la

Souffrance et la Faiblesse glorifiées? Cet agneau,
l'avare le laisse s'engraisser, il le parque, le tue, le
cuit, le mange et le méprise. La pâture des avares
se compose d'argent et de dédain. Pendant la nuit,
les idées du bonhomme avaient pris un autre
cours : de là, sa clémence. Il avait ourdi une trame
pour se moquer des Parisiens, pour les tordre, les
rouler, les pétrir, les faire aller, venir, suer, espé-
rer, pâlir; pour s'amuser d'eux, lui, ancien tonnelier au fond de sa salle grise, en montant l'escalier
vermoulu de sa maison de Saumur. Son neveu
l'avait occupé. Il voulait sauver l'honneur de son
frère mort sans qu'il en coûtât un sou ni à son
neveu ni à lui. Ses fonds allaient être placés pour
trois ans, il n'avait plus qu'à gérer ses biens, il
fallait donc un aliment à son activité malicieuse
et il l'avait trouvé dans la faillite de son frère. Ne
se sentant rien entre les pattes à pressurer, il voulait concasser les Parisiens au profit de Charles,
et se montrer excellent frère à bon marché. L'honneur de la famille entrait pour si peu de chose
dans son projet, que sa bonne volonté doit être
comparée au besoin qu'éprouvent les joueurs de
voir bien jouer une partie dans laquelle ils n'ont
pas d'enjeu. Et les Cruchot lui étaient nécessaires,
et il ne voulait pas les aller chercher, et il avait
décidé de les faire arriver chez lui, et d'y commencer ce soir même la comédie dont le plan venait
d'être conçu, afin d'être le lendemain, sans qu'il
lui en coûtât un denier, l'objet de l'admiration de
sa ville. En l'absence de son père, Eugénie eut le
bonheur de pouvoir s'occuper ouvertement de

son bien-aimé cousin, d'épancher sur lui sans
crainte les trésors de sa pitié, l'une des sublimes
supériorités de la femme, la seule qu'elle veuille
faire sentir, la seule qu'elle pardonne à l'homme
de lui laisser prendre sur lui. Trois ou quatre fois,
Eugénie alla écouter la respiration de son cousin;
savoir s'il dormait, s'il se réveillait; puis, quand
il se leva, la crème, le café, les œufs, les fruits, les
assiettes, le verre, tout ce qui faisait partie du
déjeuner, fut pour elle l'objet de quelque soin.
Elle grimpa lestement dans le vieil escalier pour
écouter le bruit que faisait son cousin. S'habil-
lait-il? pleurait-il encore? Elle vint jusqu'à la
porte.

— Mon cousin?

— Ma cousine.

— Voulez-vous déjeuner dans la salle ou dans
votre chambre?

— Où vous voudrez.

— Comment vous trouvez-vous?

— Ma chère cousine, j'ai honte d'avoir faim.

Cette conversation à travers la porte était pour
Eugénie tout un épisode de roman.

— Eh! bien, nous vous apporterons à déjeuner
dans votre chambre, afin de ne pas contrarier mon
père. Elle descendit dans la cuisine avec la légè-
reté d'un oiseau. — Nanon, va donc faire sa chambre.

Cet escalier si souvent monté, descendu, où
retentissait le moindre bruit, semblait à Eugénie
avoir perdu son caractère de vétusté; elle le voyait
lumineux, il parlait, il était jeune comme elle,

jeune comme son amour auquel il servait. Enfin
sa mère, sa bonne et indulgente mère, voulut bien
se prêter aux fantaisies de son amour, et lorsque
la chambre de Charles fut faite, elles allèrent
toutes deux tenir compagnie au malheureux : la
charité chrétienne n'ordonnait-elle pas de le
consoler? Ces deux femmes puisèrent dans la
religion bon nombre de petits sophismes pour se
justifier leurs déportements. Charles Grandet se
vit donc l'objet des soins les plus affectueux et
les plus tendres. Son cœur endolori sentit vivement la douceur de cette amitié veloutée, de cette
exquise sympathie, que ces deux âmes toujours
contraintes surent déployer en se trouvant libres
un moment dans la région des souffrances, leur
sphère naturelle. Autorisée par la parenté, Eugénie se mit à ranger le linge, les objets de toilette
que son cousin avait apportés, et put s'émerveiller
à son aise de chaque luxueuse babiole, des colifichets d'argent, d'or travaillé qui lui tombaient
sous la main, et qu'elle tenait long-temps sous
prétexte de les examiner. Charles ne vit pas sans
un attendrissement profond l'intérêt généreux
que lui portaient sa tante et sa cousine, il connaissait assez la société de Paris pour savoir que dans
sa position il n'y eût trouvé que des cœurs indif-
férents ou froids, Eugénie lui apparut alors dans
toute la splendeur de sa beauté spéciale et il
admira dès lors l'innocence de ces mœurs dont
il se moquait la veille. Aussi, quand Eugénie prit
des mains de Nanon le bol de faïence plein de
café à la crème pour le servir à son cousin avec

toute l'ingénuité du sentiment, en lui jetant
un bon regard, les yeux du parisien se mouil-
lèrent-ils de larmes, il lui prit la main et la
baisa.

— Hé! bien, qu'avez-vous encore? demanda-
t-elle.

— Oh! c'est des larmes de reconnaissance,
répondit-il.

Eugénie se tourna brusquement vers la cheminée pour prendre les flambeaux.

— Nanon, tenez, emportez, dit-elle.

Quand elle regarda son cousin, elle était bien
rouge encore, mais au moins ses regards purent
mentir et ne pas peindre la joie excessive qui lui
inondait le cœur; mais leurs yeux exprimèrent un
même sentiment, comme leurs âmes se fondirent
dans une même pensée : l'avenir était à eux. Cette
douce émotion fut d'autant plus délicieuse pour
Charles au milieu de son immense chagrin, qu'elle
était moins attendue. Un coup de marteau rappela
les deux femmes à leurs places. Par bonheur, elles
purent redescendre assez rapidement l'escalier
pour se trouver à l'ouvrage quand Grandet entra;
s'il les eût rencontrées sous la voûte, il n'en aurait
pas fallu davantage pour exciter ses soupçons.
Après le déjeuner, que le bonhomme fit sur le
pouce, le garde, auquel l'indemnité promise
n'avait pas encore été donnée, arriva de Froidfond, d'où il apportait un lièvre, des perdreaux
tués dans le parc, des anguilles et deux brochets
dus par les meuniers.

— Eh! eh! ce pauvre Cornoiller, il vient comme

marée en carême[1]. Est-ce bon à manger, ça ?

— Oui, mon cher généreux monsieur, c'est tué depuis deux jours.

— Allons, Nanon, haut le pied, dit le bon-homme. Prends-moi cela, ce sera pour le dîner, je régale deux Cruchot.

Nanon ouvrit des yeux bêtes et regarda tout le monde.

— Eh ! bien, dit-elle, où que je trouverai du lard et des épices ?

— Ma femme, dit Grandet, donne six francs à Nanon, et fais-moi souvenir d'aller à la cave cher-cher du bon vin.

— Eh ! bien, donc, monsieur Grandet, reprit le garde qui avait préparé sa harangue afin de faire décider la question de ses appointements, monsieur Grandet...

— Ta, ta, ta, ta, dit Grandet, je sais ce que tu veux dire, tu es un bon diable, nous verrons cela demain, je suis trop pressé aujourd'hui. — Ma femme, donne-lui cent sous, dit-il à madame Grandet.

Il décampa. La pauvre femme fut trop heureuse d'acheter la paix pour onze francs. Elle savait que Grandet se taisait pendant quinze jours, après avoir repris, pièce à pièce, l'argent qu'il avait donné.

— Tiens, Cornoiller, dit-elle en lui glissant dix francs dans la main, quelque jour nous reconnaî-trons tes services.

Cornoiller n'eut rien à dire. Il partit.

— Madame, dit Nanon, qui avait mis sa coiffe

noire et pris son panier, je n'ai besoin que de trois francs, gardez le reste. Allez, ça ira tout de même.

— Fais un bon dîner, Nanon, mon cousin descendra, dit Eugénie.

— Décidément, il se passe ici quelque chose d'extraordinaire, dit madame Grandet. Voici la troisième fois que, depuis notre mariage, ton père donne à dîner.

Vers quatre heures, au moment où Eugénie et sa mère avaient fini de mettre un couvert pour six personnes, et où le maître du logis avait monté quelques bouteilles de ces vins exquis que conservent les provinciaux avec amour, Charles vint dans la salle. Le jeune homme était pâle. Ses gestes, sa contenance, ses regards et le son de sa voix eurent une tristesse pleine de grâce. Il ne jouait pas la douleur, il souffrait véritablement, et le voile étendu sur ses traits par la peine lui donnait cet air intéressant qui plaît tant aux femmes. Eugénie l'en aima bien davantage. Peut-être aussi le malheur l'avait-il rapproché d'elle. Charles n'était plus ce riche et beau jeune homme placé dans une sphère inabordable pour elle; mais un parent plongé dans une effroyable misère. La misère enfante l'égalité. La femme a cela de commun avec l'ange que les êtres souffrants lui appartiennent. Charles et Eugénie s'entendirent et se parlèrent des yeux seulement; car le pauvre dandy déchu, l'orphelin se mit dans un coin, s'y tint muet, calme et fier; mais, de moment en moment, le regard doux et caressant de sa cou-

sine venait luire sur lui, le contraignait à quitter
ses tristes pensées, à s'élancer avec elle dans les
champs de l'Espérance et de l'Avenir où elle
aimait à s'engager avec lui. En ce moment, la
ville de Saumur était plus émue du dîner offert
par Grandet aux Cruchot qu'elle ne l'avait été la
veille par la vente de sa récolte qui constituait
un crime de haute trahison envers le vignoble.
Si le politique vigneron eût donné son dîner dans
la même pensée qui coûta la queue au chien d'Al-
cibiade¹, il aurait été peut-être un grand homme;
mais trop supérieur à une ville de laquelle il se
jouait sans cesse, il ne faisait aucun cas de Saumur.
Les des Grassins apprirent bientôt la mort vio-
lente et la faillite probable du père de Charles,
ils résolurent d'aller dès le soir même chez leur
client afin de prendre part à son malheur et lui
donner des signes d'amitié, tout en s'informant
des motifs qui pouvaient l'avoir déterminé à inviter, en semblable occurrence, les Cruchot à dîner.
A cinq heures précises, le président C. de Bonfons
et son oncle le notaire arrivèrent endimanchés
jusqu'aux dents. Les convives se mirent à table
et commencèrent par manger notablement bien.
Grandet était grave, Charles silencieux, Eugénie
muette, madame Grandet ne parla pas plus que
de coutume, en sorte que ce dîner fut un véritable
repas de condoléance. Quand on se leva de table,
Charles dit à sa tante et à son oncle : — Permettez-
moi de me retirer. Je suis obligé de m'occuper
d'une longue et triste correspondance.

— Faites, mon neveu.

Lorsque après son départ le bonhomme put présumer que Charles ne pouvait rien entendre, et devait être plongé dans ses écritures, il regarda sournoisement sa femme.

— Madame Grandet, ce que nous avons à dire serait du latin pour vous, il est sept heures et demie, vous devriez aller vous serrer dans votre portefeuille. Bonne nuit, ma fille.

Il embrassa Eugénie, et les deux femmes sortirent. Là commença la scène où le père Grandet, plus qu'en aucun autre moment de sa vie, employa l'adresse qu'il avait acquise dans le commerce des hommes, et qui lui valait souvent, de la part de ceux dont il mordait un peu trop rudement la peau, le surnom de *vieux chien*. Si le maire de Saumur eût porté son ambition plus haut, si d'heureuses circonstances, en le faisant arriver vers les sphères supérieures de la Société, l'eussent envoyé dans les congrès où se traitaient les affaires des nations, et qu'il s'y fût servi du génie dont l'avait doté son intérêt personnel, nul doute qu'il n'y eût été glorieusement utile à la France. Néanmoins, peut-être aussi serait-il également probable que, sorti de Saumur, le bonhomme n'aurait fait qu'une pauvre figure. Peut-être en est-il des esprits comme de certains animaux, qui n'engendrent plus transplantés hors des climats où ils naissent.

— Mon... on... on... on... sieur le pré... pré... président, vouoouous' di... di... di... disiiieeez que la faaaaiiillite...

Le bredouillement affecté depuis si longtemps

par le bonhomme et qui passait pour naturel,
aussi bien que la surdité dont il se plaignait par
les temps de pluie, devint, en cette conjoncture,
si fatigant pour les deux Cruchot, qu'en écou-
tant le vigneron ils grimaçaient à leur insu, en
faisant des efforts comme s'ils voulaient achever
les mots dans lesquels il s'empêtrait à plaisir.
Ici, peut-être, devient-il nécessaire de donner
l'histoire du bégayement et de la surdité de
Grandet. Personne, dans l'Anjou, n'entendait
mieux et ne pouvait prononcer plus nettement
le français angevin que le rusé vigneron. Jadis,
malgré toute sa finesse, il avait été dupé par un
Israélite qui, dans la discussion, appliquait sa
main à son oreille en guise de cornet, sous prétexte de mieux entendre, et baragouinait si bien
en cherchant ses mots, que Grandet, victime de
son humanité, se crut obligé de suggérer à ce
malin Juif les mots et les idées que paraissait
chercher le Juif, d'achever lui-même les raisonnements dudit Juif, de parler comme devait parler le damné Juif, d'être enfin le Juif et non
Grandet. Le tonnelier sortit de ce combat bizarre, ayant conclu le seul marché dont il ait eu
à se plaindre pendant le cours de sa vie commerciale. Mais s'il y perdit pécuniairement parlant, il y gagna moralement une bonne leçon,
et, plus tard, il en recueillit les fruits. Aussi le
bonhomme finit-il par bénir le Juif qui lui avait
appris l'art d'impatienter son adversaire com-
mercial; et, en l'occupant à exprimer sa pensée,
de lui faire constamment perdre de vue la sienne.

Or, aucune affaire n'exigea, plus que celle dont
il s'agissait, l'emploi de la surdité, du bredouillement, et des ambages incompréhensibles dans
lesquels Grandet enveloppait ses idées. D'abord,
il ne voulait pas endosser la responsabilité de
ses idées; puis, il voulait rester maître de sa
parole, et laisser en doute ses véritables intentions.

— Monsieur de Bon... Bon... Bonfons... Pour
la seconde fois, depuis trois ans, Grandet nommait Cruchot neveu monsieur de Bonfons. Le
président put se croire choisi pour gendre par
l'artificieux bonhomme. — Voooouous di... di...
di... disiez donc que les faiiiillites peu... peu...
peu... peuvent, dandans ce...ertains cas, être
empê... pê... pê... chées pa... par...

— Par les tribunaux de commerce eux-mêmes.
Cela se voit tous les jours, dit monsieur C. de
Bonfons enfourchant l'idée du père Grandet ou
croyant la deviner et voulant affectueusement
la lui expliquer. Écoutez?

— J'écoucoute, répondit humblement le bonhomme en prenant la malicieuse contenance d'un
enfant qui rit intérieurement de son professeur
tout en paraissant lui prêter la plus grande
attention.

— Quand un homme considérable et considéré, comme l'était, par exemple, défunt monsieur votre frère à Paris...

— Mon... on frère, oui.

— Est menacé d'une déconfiture...

— Çaaaa s'aappelle dé, dé, déconfiture?

— Oui. Que sa faillite devient imminente, le tribunal de commerce, dont il est justiciable (suivez bien), a la faculté, par un jugement, de nommer, à sa maison de commerce, des liquidateurs. Liquider n'est pas faire faillite, comprenez-vous? En faisant faillite, un homme est déshonoré; mais en liquidant, il reste honnête homme.

— C'est bien di, di, di, différent, si çaâââ ne coû, ou, ou, ou, oûte pas, pas, pas plus cher, dit Grandet.

— Mais une liquidation peut encore se faire, même sans le secours du tribunal de commerce. Car, dit le président en humant sa prise de tabac, comment se déclare une faillite?

— Oui, je n'y ai jamais pen, pen, pensé, répondit Grandet.

— Premièrement, reprit le magistrat, par le dépôt du bilan au greffe du tribunal, que fait le négociant lui-même, ou son fondé de pouvoirs, dûment enregistré. Deuxièmement, à la requête des créanciers. Or, si le négociant ne dépose pas de bilan, si aucun créancier ne requiert du tribunal un jugement qui déclare le susdit négociant en faillite, qu'arriverait-il?

— Oui, i, i, voy, voy... ons.

— Alors la famille du décédé, ses représentants, son hoirie; ou le négociant, s'il n'est pas mort; ou ses amis, s'il est caché, liquident. Peut-être voulez-vous liquider les affaires de votre frère? demanda le président.

— Ah! Grandet, s'écria le notaire, ce serait

bien. Il y a de l'honneur, au fond de nos provinces. Si vous sauviez votre nom, car c'est votre
nom, vous seriez un homme...

— Sublime, dit le président en interrompant
son oncle.

— Ceertainement, répliqua le vieux vigneron,
mon, mon fffr, fre, frère se no, no, no noom-
mait Grandet tou... out comme moi. Cé, cé,
c'es, c'est sûr et certain. Je, je, je ne ne dis pa
pas non. Et, et, et, cette li, li, li, liquidation
pou, pou, pourrait dàns tooous llles cas, être
sooous tous lles ra, ra, rapports très-avanvanta-
tageuse aux in, in, in, intérêts de mon ne, ne,
neveu, que j'ai, j'ai, j'aime. Mais faut voir. Je ne
co, co, co, connais pas *llles malins* de Paris. Je...
suis à Sau, au, aumur, moi, voyez-vous! Mes
prooovins! mes fooossés, et, en, enfin j'ai mes
aaaffaires. Je n'ai jamais fait de bi, bi, billets.
Qu'est-ce qu'un billet? J'en, j'en, j'en ai beau,
beaucoup reçu, je n'en ai jamais si, si, signé. Ça,
aaa se ssse touche, ça s'essscooompte. Voilllà
tooout ce qu, qu, que je sais. J'ai en, en, en,
entendu di, di, dire qu'onooon pou, ou, ouvait
rachechecheter les bi, bi, bi...

— Oui, dit le président. L'on peut acquérir
les billets sur la place, moyennant tant pour cent.
Comprenez-vous?

Grandet se fit un cornet de sa main, l'appliqua
sur son oreille, et le président lui répéta sa
phrase.

— Mais, répondit le vigneron, il y a ddddonc à
boire et à manger dans, dans tout cela. Je, je, je

ne sais rien, à mon ââââge, de toooutes ce, ce, ces choooses-là. Je doi, dois re, ester i, i, ici pour ve, ve, veiller au grain. Le grain, s'aama, masse, et c'e, c'e, c'est aaavec le grain qu'on pai, paye. Aavant, tout, faut, ve, ve, veiller aux aux ré, ré, récoltes. J'ai des aaaffaires ma, ma, majeures à Froifond et des inté, té, téressantes. Je ne puis pas a, a, abandonner ma, ma, ma, maison pooour des *em, em, embrrrrouuouillllami gentes* de, de, de tooous les di, diaâblles, où je ne cooompre, prends rien. Voous dites que, que je devrais, pour li, li, li, liquider, pour arrêter la déclaration de faillite, être à Paris. On ne peut pas se trooou, ouver à la fois en, en, en deux endroits, à moins d'être pe, pe, pe, petit oiseau... Et...

— Et, je vous entends, s'écria le notaire. Eh! bien, mon vieil ami, vous avez des amis, de vieux amis, capables de dévouement pour vous.

— Allons donc, pensait en lui-même le vigneron, décidez-vous donc !

— Et si quelqu'un partait pour Paris, y cherchait le plus fort créancier de votre frère Guillaume, lui disait...

— Mi, min, minute, ici, reprit le bonhomme, lui disait. Quoi? Quelque, que cho, chooo, chose co, co, comme ça : — Monsieur Grandet de Saumur pa, pa, par ci, monsieur Grandet, det, det de Saumur par là. Il aime son frère, il aime son ne, ne, neveu. Grandet est un bon pa, pa, parent, et il a de très-bonnes intentions. Il a bien vendu sa ré, ré, récolte. Ne déclarez pas la fa, fa, fâ, fâ, faillite, aaassemblez-

vous, no, no, nommez des li, li, liquidateurs.
Aaalors Grandet ve, éé, erra. Voous au, au, aurez
ez bien davantage en liquidant qu'en lai, lai, laissant les gens de justice y mettre le né, né, nez...
Hein! pas vrai?

— Juste! dit le président.

— Parce que, voyez-vous, monsieur de Bon,
Bon, Bon, fons, faut voir, avant de se dé, décider.
Qui ne, ne, ne, peut, ne, ne peut. En toute af,
af, affaire oonénéreuse, poour ne pas se ru, ru,
rui, ruiner, il faut connaître les ressources et les
charges. Hein! pas vrai?

— Certainement, dit le président. Je suis d'avis,
moi, qu'en quelques mois de temps l'on pourra
racheter les créances pour une somme de, et
payer intégralement par arrangement. Ha! ha!
l'on mène les chiens bien loin en leur montrant
un morceau de lard. Quand il n'y a pas eu
de déclaration de faillite et que vous tenez les
titres de créances, vous devenez blanc comme
neige.

— Comme né, né, neige, répéta Grandet en
refaisant un cornet de sa main. Je ne comprends
pas la né, né, neige.

— Mais, cria le président, écoutez-moi donc,
alors.

— J'é, j'é, j'écoute.

— Un effet est une marchandise qui peut avoir
sa hausse et sa baisse. Ceci est une déduction
du principe de Jérémie Bentham[1] sur l'usure.
Ce publiciste a prouvé que le préjugé qui frappait de réprobation les usuriers était une sottise.

— Ouais! fit le bonhomme.

— Attendu qu'en principe, selon Bentham, l'argent est une marchandise, et que ce qui repré- sente l'argent devient également marchandise, reprit le président; attendu qu'il est notoire que, soumise aux variations habituelles qui régissent les choses commerciales, la marchandise-billet, portant telle ou telle signature, comme tel ou tel article, abonde ou manque sur la place, qu'elle est chère ou tombe à rien, le tribunal ordonne... (tiens! que je suis bête, pardon), je suis d'avis que vous pourrez racheter votre frère pour vingt-cinq du cent.

— Vooous le no, no, no, nommez Jé, Jé, Jé, Jérémie Ben...

— Bentham, un Anglais.

— Ce Jérémie-là nous fera éviter bien des lamentations dans les affaires, dit le notaire en riant.

— Ces Anglais ont qué, qué, quelquefois du bon, on sens, dit Grandet. Ainsi, se, se, se, selon Ben, Ben, Ben, Bentham, si les effets de mon frère... va, va, va, va, valent... ne valent pas. Si. Je, je, je, dis bien, n'est-ce pas? Cela me paraît clair... Les créanciers seraient... Non, ne seraient pas. Je m'een, entends.

— Laissez-moi vous expliquer tout cela, dit le président. En Droit, si vous possédez les titres de toutes les créances dues par la maison Gran- det, votre frère ou ses hoirs ne doivent rien à personne. Bien.

— Bien, répéta le bonhomme.

— En équité, si les effets de votre frère se négocient (négocient, entendez-vous bien ce terme?) sur la place à tant pour cent de perte; si l'un de vos amis a passé par là; s'il les a rachetés, les créanciers n'ayant été contraints par aucune violence à les donner, la succession de feu Grandet de Paris se trouve loyalement quitte.

— C'est vrai, les a, a, a, affaires sont les affaires, dit le tonnelier. Cela pooooosé... Mais, néanmoins, vous compre, ne, ne, ne, nez, que c'est di, di, di, difficile. Je, je, je n'ai pas d'aaargent, ni, ni, ni le temps, ni le temps, ni...

— Oui, vous ne pouvez pas vous déranger. Hé! bien, je vous offre d'aller à Paris (vous me tiendriez compte du voyage, c'est une misère). J'y vois les créanciers, je leur parle, j'atermoie, et tout s'arrange avec un supplément de payement que vous ajoutez aux valeurs de la liquidation, afin de rentrer dans les titres de créances.

— Mais nooouous verrons cela, je ne, ne, ne peux pas, je, je, je ne veux pas m'en, en, en, engager sans, sans, que... Qui, qui, qui, ne, ne peut, ne peut. Vooouous comprenez?

— Cela est juste.

— J'ai la tête ca, ca, cassée de ce que, que vooous, vous m'a, a, a, avez dé, dé, décliqué là. Voilà la, la, la première fois de ma vie que je, je suis fooorcé de son, songer à de...

— Oui, vous n'êtes pas jurisconsulte.

— Je, je suis un pau, pau, pauvre vigneron,

et ne sais rien de ce que vous, vous, vous venez
de dire; il fau, fau, faut que j'é, j'é, j'étudie
çççà.

— Hé! bien, reprit le président en se posant
comme pour résumer la discussion.

— Mon neveu?... fit le notaire d'un ton de
reproche en l'interrompant.

— Hé! bien, mon oncle, répondit le président.

— Laisse donc monsieur Grandet t'expliquer
ses intentions. Il s'agit en ce moment d'un mandat important. Notre cher ami doit le définir
congrûm...

Un coup de marteau qui annonça l'arrivée de
la famille des Grassins, leur entrée et leurs salu-
tations empêchèrent Cruchot d'achever sa phrase.
Le notaire fut content de cette interruption; déjà
Grandet le regardait de travers, et sa loupe indi-
quait un orage intérieur; mais d'abord le prudent notaire ne trouvait pas convenable à un
président de tribunal de première instance d'aller à Paris pour y faire capituler des créanciers
et y prêter les mains à un tripotage qui froissait
les lois de la stricte probité; puis, n'ayant pas
encore entendu le père Grandet exprimant la
moindre velléité de payer quoi que ce fût, il
tremblait instinctivement de voir son neveu
engagé dans cette affaire. Il profita donc du moment où les des Grassins entraient pour prendre
le président par le bras et l'attirer dans l'embrasure de la fenêtre.

— Tu t'es bien suffisamment montré, mon
neveu; mais assez de dévouement comme ça.

L'envie d'avoir la fille t'aveugle. Diable! il n'y faut pas aller comme une corneille qui abat des noix. Laisse-moi maintenant conduire la barque, aide seulement à la manœuvre. Est-ce bien ton rôle de compromettre ta dignité de magistrat dans une pareille...

Il n'acheva pas; il entendait monsieur des Grassins disant au vieux tonnelier en lui tendant la main : — Grandet, nous avons appris l'affreux malheur arrivé dans votre famille, le désastre de la maison Guillaume Grandet et la mort de votre frère; nous venons vous exprimer toute la part que nous prenons à ce triste événement.

— Il n'y a d'autre malheur, dit le notaire en interrompant le banquier, que la mort de monsieur Grandet junior. Encore ne se serait-il pas tué s'il avait eu l'idée d'appeler son frère à son secours. Notre vieil ami, qui a de l'honneur jusqu'au bout des ongles, compte liquider les dettes de la maison Grandet de Paris. Mon neveu le président, pour lui éviter les tracas d'une affaire toute judiciaire, lui offre de partir sur-le-champ pour Paris, afin de transiger avec les créanciers et les satisfaire convenablement.

Ces paroles, confirmées par l'attitude du vigneron, qui se caressait le menton, surprirent étrangement les trois des Grassins, qui pendant le chemin avaient médit tout à loisir de l'avarice de Grandet en l'accusant presque d'un fratricide.

— Ah! je le savais bien, s'écria le banquier en regardant sa femme. Que te disais-je en route, madame des Grassins? Grandet a de l'honneur jusqu'au bout des cheveux, et ne souffrira pas que son nom reçoive la plus légère atteinte! L'argent sans l'honneur est une maladie. Il y a de l'honneur dans nos provinces! Cela est bien, très-bien, Grandet. Je suis un vieux militaire, je ne sais pas déguiser ma pensée; je la dis rudement : cela est, mille tonnerres! sublime.

— Aaalors llle su... su... sub... sublime est bi... bi... bien cher, répondit le bonhomme pendant que le banquier lui secouait chaleureusement la main.

— Mais ceci, mon brave Grandet, n'en déplaise à monsieur le président, reprit des Grassins, est une affaire purement commerciale, et veut un négociant consommé. Ne faut-il pas se connaître aux comptes de retour, débours, calculs d'intérêts? Je dois aller à Paris pour mes affaires, et je pourrais alors me charger de...

— Nous verrions donc à tâ... tâ... tâcher de nous aaaarranger tou... tous deux dans les po... po... po... possibilités relatives et sans m'en... m'en... m'engager à quelque chose que je... je... je ne vooooou... oudrais pas faire, dit Grandet en bégayant. Parce que, voyez-vous, monsieur le président me demandait naturellement les frais du voyage.

Le bonhomme ne bredouilla plus ces derniers mots.

— Eh! dit madame des Grassins, mais c'est un plaisir que d'être à Paris. Je payerais volontiers pour y aller, moi.

Et elle fit un signe à son mari comme pour l'encourager à souffler cette commission à leurs adversaires coûte que coûte; puis elle regarda fort ironiquement les deux Cruchot, qui prirent une mine piteuse. Grandet saisit alors le banquier par un des boutons de son habit et l'attira dans un coin.

— J'aurais bien plus de confiance en vous que dans le président, lui dit-il. Puis il y a des anguilles sous roche, ajouta-t-il en remuant sa loupe. Je veux me mettre dans la rente; j'ai quelques milliers de francs de rente à faire acheter, et je ne veux placer qu'à soixante-dix francs. Cette mécanique baisse, dit-on, à la fin des mois. Vous vous connaissez à ça, pas vrai?

— Pardieu! Eh! bien, j'aurais donc quelques mille livres de rente à lever pour vous?

— Pas grand'chose pour commencer. *Motus!* Je veux jouer ce jeu-là sans qu'on n'en sache rien. Vous me concluriez un marché pour la fin du mois; mais n'en dites rien aux Cruchot, ça les taquinerait. Puisque vous allez à Paris, nous y verrons en même temps, pour mon pauvre neveu, de quelle couleur sont les atouts.

— Voilà qui est entendu. Je partirai demain en poste, dit à haute voix des Grassins, et je viendrai prendre vos dernières instructions à... à quelle heure?

— A cinq heures, avant le dîner, dit le vigneron en se frottant les mains.

Les deux partis restèrent encore quelques
instants en présence. Des Grassins dit après une
pause en frappant sur l'épaule de Grandet : — Il
fait bon avoir de bons parents comme ça...

— Oui, oui, sans que ça paraisse, répondit
Grandet, je suis un bon pa... parent. J'aimais
mon frère, et je le prouverai bien si si ça ne
ne coûte pas...

— Nous allons vous quitter, Grandet, lui dit
le banquier en l'interrompant heureusement
avant qu'il n'achevât sa phrase. Si j'avance
mon départ, il faut mettre en ordre quelques
affaires.

— Bien, bien. Moi-même, raa...apport à ce
que vouvous savez, je je vais me rereretirer dans
ma cham...ambre des dédélibérations, comme
dit le président Cruchot.

— Peste! je ne suis plus monsieur de Bonfons,
pensa tristement le magistrat dont la figure prit
l'expression de celle d'un juge ennuyé par une
plaidoirie.

Les chefs des deux familles rivales s'en allèrent
ensemble. Ni les uns ni les autres ne songeaient
plus à la trahison dont. s'était rendu coupable
Grandet le matin envers le pays vignoble, et se
sondèrent mutuellement, mais en vain, pour
connaître ce qu'ils pensaient sur les intentions
réelles du bonhomme en cette nouvelle affaire.

— Venez-vous chez madame d'Orsonval avec
nous? dit des Grassins au notaire.

— Nous irons plus tard, répondit le président. Si mon oncle le permet, j'ai promis à mademoiselle de Gribeaucourt de lui dire un petit bonsoir, et nous nous y rendrons d'abord.

— Au revoir donc, messieurs, dit madame des Grassins. Et, quand les des Grassins furent à quelques pas des deux Cruchot, Adolphe dit à son père : — Ils fument joliment, hein?

— Tais-toi donc, mon fils, lui répliqua sa mère, ils peuvent encore nous entendre. D'ailleurs ce que tu dis n'est pas de bon goût et sent l'École de Droit.

— Eh! bien, mon oncle, s'écria le magistrat quand il vit les des Grassins éloignés, j'ai commencé par être le président de Bonfons, et j'ai fini par être tout simplement un Cruchot.

— J'ai bien vu que ça te contrariait; mais le vent était aux des Grassins. Es-tu bête, avec tout ton esprit?... Laisse-les s'embarquer sur un *nous verrons* du père Grandet, et tiens-toi tranquille, mon petit : Eugénie n'en sera pas moins ta femme.

En quelques instants la nouvelle de la magnanime résolution de Grandet se répandit dans trois maisons à la fois, et il ne fut plus question dans toute la ville que de ce dévouement fraternel. Chacun pardonnait à Grandet sa vente faite au mépris de la foi jurée entre les propriétaires, en admirant son honneur, en vantant une générosité dont on ne le croyait pas capable. Il est dans le caractère français de s'enthousiasmer, de se colérer, de se passionner pour le météore du moment, pour les bâtons flottants de l'actualité. Les êtres collectifs, les peuples, seraient-ils donc sans mémoire?

Quand le père Grandet eut fermé sa porte, il appela Nanon.

— Ne lâche pas le chien et ne dors pas, nous avons à travailler ensemble. A onze heures Cornoiller doit se trouver à ma porte avec le berlingot[1] de Froidfond. Ecoute-le venir afin de l'empêcher de cogner, et dis-lui d'entrer tout bellement. Les lois de police défendent le tapage nocturne. D'ailleurs le quartier n'a pas besoin de savoir que je vais me mettre en route.

Ayant dit, Grandet remonta dans son laboratoire, où Nanon l'entendit remuant, fouillant, allant, venant, mais avec précaution. Il ne voulait évidemment réveiller ni sa femme ni sa fille, et surtout ne point exciter l'attention de son neveu, qu'il avait commencé par maudire en apercevant de la lumière dans sa chambre. Au milieu de la nuit, Eugénie, préoccupée de son cousin, crût avoir entendu la plainte d'un mourant, et pour elle ce mourant était Charles : elle l'avait quitté si pâle, si désespéré! peut-être s'était-il tué. Soudain elle s'enveloppa d'une coiffe, espèce de pelisse à capuchon, et voulut sortir. D'abord une vive lumière qui passait par les fentes de sa porte lui donna peur du feu; puis elle se rassura bientôt en entendant les pas pesants de Nanon et sa voix mêlée au hennissement de plusieurs chevaux.

— Mon père enlèverait-il mon cousin? se dit-elle en entr'ouvrant sa porte avec assez de précaution pour l'empêcher de crier, mais de manière à voir ce qui se passait dans le corridor.

Tout à coup son œil rencontra celui de son père, dont le regard, quelque vague et insouciant qu'il fût, la glaça de terreur. Le bonhomme et Nanon étaient accouplés par un gros gourdin dont chaque bout reposait sur leur épaule droite et soutenait un câble auquel était attaché un barillet [1] semblable à ceux que le père Grandet s'amusait à faire dans son fournil à ses moments perdus.

— Sainte Vierge! monsieur, ça pèse-t-i?... dit à voix basse la Nanon.

— Quel malheur que ce ne soit que des gros sous! répondit le bonhomme. Prends garde de heurter le chandelier.

Cette scène était éclairée par une seule chandelle placée entre deux barreaux de la rampe.

— Cornoiller, dit Grandet à son garde *in partibus* [2], as-tu pris tes pistolets?

— Non, monsieur. Pardé! quoi qu'il y a donc à craindre pour vos gros sous?...

— Oh! rien, dit le père Grandet.

— D'ailleurs nous irons vite, reprit le garde, vos fermiers ont choisi pour vous leurs meilleurs chevaux.

— Bien, bien. Tu ne leur as pas dit où j'allais?

— Je ne le savais point.

— Bien. La voiture est solide?

— Ça, notre maître? ha! ben, ça porterait trois mille. Qu'est-ce que ça pèse donc vos méchants barils?

— Tiens, dit Nanon, je le savons bien! Y a ben près de dix-huit cents.

— Veux-tu te taire, Nanon! Tu diras à ma femme que je suis allé à la campagne. Je serai revenu pour dîner. Va bon train, Cornoiller, faut être à Angers avant neuf heures.

La voiture partit. Nanon verrouilla la grande porte, lâcha le chien, se coucha l'épaule meurtrie, et personne dans le quartier ne soupçonna ni le départ de Grandet ni l'objet de son voyage. La discrétion du bonhomme était complète. Personne ne voyait jamais un sou dans cette maison pleine d'or. Après avoir appris dans la matinée par les causeries du port que l'or avait doublé de prix par suite de nombreux armements entrepris à Nantes, et que des spéculateurs étaient arrivés à Angers pour en acheter, le vieux vigneron, par un simple emprunt de chevaux fait à ses fermiers, se mit en mesure d'aller y vendre le sien et d'en rapporter en valeurs du receveur-général sur le trésor la somme nécessaire à l'achat de ses rentes après l'avoir grossie de l'agio.

— Mon père s'en va, dit Eugénie qui du haut de l'escalier avait tout entendu. Le silence était rétabli dans la maison, et le lointain roulement de la voiture, qui cessa par degrés, ne retentissait déjà plus dans Saumur endormi. En ce moment, Eugénie entendit en son cœur, avant

de l'écouter par l'oreille, une plainte qui perça
les cloisons, et qui venait de la chambre de son
cousin. Une bande lumineuse, fine autant que le
tranchant d'un sabre, passait par la fente de la
porte et coupait horizontalement les balustres
du vieil escalier. — Il souffre, dit-elle en grim-
pant deux marches. Un second gémissement la
fit arriver sur le palier de la chambre. La porte
était entr'ouverte, elle la poussa. Charles dormait la tête penchée en dehors du vieux fauteuil,
sa main avait laissé tomber la plume et touchait
presque à terre. La respiration saccadée que
nécessitait la posture du jeune homme effraya
soudain Eugénie, qui entra promptement. — Il
doit être bien fatigué, se dit-elle en regardant
une dizaine de lettres cachetées, elle en lut les
adresses : A messieurs Farry, Breilman et Cie,
carrossiers. — A monsieur Buisson, tailleur, etc.
— Il a sans doute arrangé toutes ses affaires pour
pouvoir bientôt quitter la France, pensa-t-elle.
Ses yeux tombèrent sur deux lettres ouvertes.
Ces mots qui en commençaient une : « Ma chère
Annette... » lui causèrent un éblouissement. Son
cœur palpita, ses pieds se clouèrent sur le carreau. Sa chère Annette, il aime, il est aimé! Plus
d'espoir! Que lui dit-il? Ces idées lui traver-
sèrent la tête et le cœur. Elle lisait ces mots partout, même sur les carreaux, en traits de
flammes. — Déjà renoncer à lui! Non, je ne
lirai pas cette lettre. Je dois m'en aller. Si je la
lisais, cependant? Elle regarda Charles, lui prit
doucement la tête, la posa sur le dos du fau-

teuil, et il se laissa faire comme un enfant qui,
même en dormant, connaît encore sa mère et
reçoit, sans s'éveiller, ses soins et ses baisers.
Comme une mère, Eugénie releva la main pen-
dante, et, comme une mère, elle baisa doucement les cheveux. Chère Annette! Un démon
lui criait ces deux mots aux oreilles. — Je sais
que je fais peut-être mal, mais je lirai la lettre,
dit-elle. Eugénie détourna la tête, car sa noble
probité gronda. Pour la première fois de sa vie,
le bien et le mal étaient en présence dans son
cœur. Jusque-là elle n'avait eu à rougir d'aucune
action. La passion, la curiosité l'emportèrent.
A chaque phrase, son cœur se gonfla davantage,
et l'ardeur piquante qui anima sa vie pendant
cette lecture lui rendit encore plus friands les
plaisirs du premier amour.

« Ma chère Annette, rien ne devait nous séparer, si ce n'est le malheur qui m'accable et
qu'aucune prudence humaine n'aurait su prévoir. Mon père s'est tué, sa fortune et la mienne
sont entièrement perdues. Je suis orphelin à un
âge où, par la nature de mon éducation, je puis
passer pour un enfant; et je dois néanmoins
me relever homme de l'abîme où je suis tombé.
Je viens d'employer une partie de cette nuit à
faire mes calculs. Si je veux quitter la France
en honnête homme, et ce n'est pas un doute,
je n'ai pas cent francs à moi pour aller tenter
le sort aux Indes ou en Amérique. Oui, ma
pauvre Anna, j'irai chercher la fortune sous les
climats les plus meurtriers. Sous de tels cieux,

elle est sûre et prompte, m'a-t-on dit. Quant à
rester à Paris, je ne saurais. Ni mon âme ni
mon visage ne sont faits à supporter les affronts,
la froideur, le dédain qui attendent l'homme
ruiné, le fils du failli! Bon Dieu! devoir quatre
millions?... J'y serais tué en duel dans la première semaine. Aussi n'y retournerai-je point.
Ton amour, le plus tendre et le plus dévoué qui
jamais ait ennobli le cœur d'un homme, ne saurait m'y attirer. Hélas! ma bien-aimée, je n'ai
point assez d'argent pour aller là où tu es,
donner, recevoir un dernier baiser, un baiser
où je puiserais la force nécessaire à mon entreprise. »

— Pauvre Charles, j'ai bien fait de lire! J'ai
de l'or, je le lui donnerai, dit Eugénie.

Elle reprit sa lecture après avoir essuyé ses
pleurs.

« Je n'avais point encore songé aux malheurs
de la misère. Si j'ai les cent louis indispensables
au passage, je n'aurai pas un sou pour me faire
une pacotille. Mais non, je n'aurai ni cent louis
ni un louis, je ne connaîtrai ce qui me restera
d'argent qu'après le règlement de mes dettes à
Paris. Si je n'ai rien, j'irai tranquillement à
Nantes, je m'y embarquerai simple matelot, et
je commencerai là-bas comme ont commencé
les hommes d'énergie qui, jeunes, n'avaient pas
un sou, et sont revenus, riches, des Indes. Depuis
ce matin, j'ai froidement envisagé mon avenir.
Il est plus horrible pour moi que pour tout
autre, moi choyé par une mère qui m'adorait,

chéri par le meilleur des pères, et qui, à mon
début dans le monde, ai rencontré l'amour
d'une Anna! Je n'ai connu que les fleurs de la
vie : ce bonheur ne pouvait pas durer. J'ai
néanmoins, ma chère Annette, plus de courage
qu'il n'était permis à un insouciant jeune
homme d'en avoir, surtout à un jeune homme
habitué aux cajoleries de la plus délicieuse
femme de Paris, bercé dans les joies de la famille,
à qui tout souriait au logis, et dont les désirs
étaient des lois pour un père... Oh! mon père,
Annette, il est mort... Eh! bien, j'ai réfléchi à
ma position, j'ai réfléchi à la tienne aussi. J'ai
bien vieilli en vingt-quatre heures. Chère Anna,
si, pour me garder près de toi, dans Paris, tu
sacrifiais toutes les jouissances de ton luxe, ta
toilette, ta loge à l'Opéra, nous n'arriverions
pas encore au chiffre des dépenses nécessaires
à ma vie dissipée; puis je ne saurais accepter
tant de sacrifices. Nous nous quittons donc
aujourd'hui pour toujours. »

— Il la quitte, Sainte Vierge! Oh! bonheur!

Eugénie sauta de joie. Charles fit un mouvement, elle en eut froid de terreur; mais, heureusement pour elle, il ne s'éveilla pas. Elle
reprit :

« Quand reviendrai-je? je ne sais. Le climat
des Indes vieillit promptement un Européen, et
surtout un Européen qui travaille. Mettons-
nous à dix ans d'ici. Dans dix ans, ta fille aura
dix-huit ans, elle sera ta compagnie, ton espion.
Pour toi, le monde sera bien cruel, ta fille le

sera peut-être davantage. Nous avons vu des
exemples de ces jugements mondains et de ces
ingratitudes de jeunes filles; sachons en profiter. Garde au fond de ton âme comme je le gar-
derai moi-même le souvenir de ces quatre années de bonheur, et sois fidèle, si tu peux, à ton
pauvre ami. Je ne saurais toutefois l'exiger,
parce que, vois-tu, ma chère Annette, je dois me
conformer à ma position, voir bourgeoisement
la vie, et la chiffrer au plus vrai. Donc je dois
penser au mariage, qui devient une des nécessi-
tés de ma nouvelle existence; et je t'avouerai que
j'ai trouvé ici, à Saumur, chez mon oncle, une
cousine dont les manières, la figure, l'esprit et
le cœur te plairaient, et qui, en outre, me paraît
avoir... »

— Il devait être bien fatigué, pour avoir cessé
de lui écrire, se dit Eugénie en voyant la lettre
arrêtée au milieu de cette phrase.

Elle le justifiait! N'était-il pas impossible alors
que cette innocente fille s'aperçût de la froideur
empreinte dans cette lettre? Aux jeunes filles
religieusement élevées, ignorantes et pures, tout
est amour dès qu'elles mettent le pied dans les
régions enchantées de l'amour. Elles y marchent
entourées de la céleste lumière que leur âme
projette, et qui rejaillit en rayons sur leur amant;
elles le colorent des feux de leur propre sentiment et lui prêtent leurs belles pensées. Les
erreurs de la femme viennent presque toujours
de sa croyance au bien, ou de sa confiance dans
le vrai. Pour Eugénie, ces mots : Ma chère

Annette, ma bien-aimée, lui résonnaient au
cœur comme le plus joli langage de l'amour,
et lui caressaient l'âme comme, dans son enfance,
les notes divines du *Venite adoremus,* redites par
l'orgue, lui caressèrent l'oreille. D'ailleurs, les
larmes qui baignaient encore les yeux de Charles
lui accusaient toutes les noblesses de cœur par
lesquelles une jeune fille doit être séduite. Pou-
vait-elle savoir que si Charles aimait tant son
père et le pleurait si véritablement, cette tendresse venait moins de la bonté de son cœur
que des bontés paternelles? Monsieur et madame Guillaume Grandet, en satisfaisant toujours les fantaisies de leur fils, en lui donnant
tous les plaisirs de la fortune, l'avaient empêché
de faire les horribles calculs dont sont plus ou
moins coupables, à Paris, la plupart des enfants
quand, en présence des jouissances parisiennes,
ils forment des désirs et conçoivent des plans
qu'ils voient avec chagrin incessamment ajour-
nés et retardés par la vie de leurs parents. La
prodigalité du père alla donc jusqu'à semer
dans le cœur de son fils un amour filial vrai,
sans arrière-pensée. Néanmoins, Charles était
un enfant de Paris, habitué par les mœurs de
Paris, par Annette elle-même, à tout calculer,
déjà vieillard sous le masque du jeune homme.
Il avait reçu l'épouvantable éducation de ce
monde, où, dans une soirée, il se commet en
pensées, en paroles, plus de crimes que la Justice n'en punit aux Cours d'assises, où les bons
mots assassinent les plus grandes idées, où l'on

ne passe pour fort qu'autant que l'on voit juste;
et là, voir juste, c'est ne croire à rien, ni aux
sentiments, ni aux hommes, ni même aux événements : on y fait de faux événements. Là, pour
voir juste, il faut peser, chaque matin, la bourse
d'un ami, savoir se mettre politiquement au-
dessus de tout ce qui arrive; provisoirement, ne
rien admirer, ni les œuvres d'art, ni les nobles
actions, et donner pour mobile à toute chose
l'intérêt personnel. Après mille folies, la grande
dame, la belle Annette, forçait Charles à penser
gravement; elle lui parlait de sa position future,
en lui passant dans les cheveux une main par-
fumée; en lui refaisant une boucle, elle lui faisait
calculer la vie : elle le féminisait et le matéria-
lisait. Double corruption, mais corruption élégante et fine, de bon goût.

— Vous êtes niais, Charles, lui disait-elle.
J'aurai bien de la peine à vous apprendre le
monde. Vous avez été très-mal pour monsieur
des Lupeaulx [1]. Je sais bien que c'est un homme
peu honorable; mais attendez qu'il soit sans
pouvoir, alors vous le mépriserez à votre aise.
Savez-vous ce que madame Campan nous disait?
— Mes enfants, tant qu'un homme est au Minis-
tère, adorez-le; tombe-t-il, aidez à le traîner à
la voirie. Puissant, il est une espèce de dieu;
détruit, il est au-dessous de Marat dans son
égout, parce qu'il vit et que Marat était mort.
La vie est une suite de combinaisons, et il faut
les étudier, les suivre, pour arriver à se main-
tenir toujours en bonne position.

Charles était un homme trop à la mode, il avait été trop constamment heureux par ses parents, trop adulé par le monde pour avoir de grands sentiments. Le grain d'or que sa mère lui avait jeté au cœur s'était étendu dans la filière parisienne, il l'avait employé en superficie et devait l'user par le frottement. Mais Charles n'avait encore que vingt et un ans. A cet âge, la fraîcheur de la vie semble inséparable de la candeur de l'âme. La voix, le regard, la figure paraissent en harmonie avec les sentiments. Aussi le juge le plus dur, l'avoué le plus incrédule, l'usurier le moins facile hésitent-ils toujours à croire à la vieillesse du cœur, à la corruption des calculs, quand les yeux nagent encore dans un fluide pur, et qu'il n'y a point de rides sur le front. Charles n'avait jamais eu l'occasion d'appliquer les maximes de la morale parisienne, et jusqu'à ce jour il était beau d'inexpérience. Mais, à son insu, l'égoïsme lui avait été inoculé. Les germes de l'économie politique à l'usage du Parisien, latents en son cœur, ne devaient pas tarder à y fleurir, aussitôt que de spectateur oisif il deviendrait acteur dans le drame de la vie réelle. Presque toutes les jeunes filles s'abandonnent aux douces promesses de ces dehors; mais Eugénie eût-elle été prudente et observatrice autant que le sont certaines filles en province, aurait-elle pu se défier de son cousin, quand, chez lui, les manières, les paroles et les actions s'accordaient encore avec les inspirations du cœur? Un hasard, fatal pour elle, lui fit essuyer

les dernières effusions de sensibilité vraie qui fût
en ce jeune cœur, et entendre, pour ainsi dire,
les derniers soupirs de la conscience. Elle laissa
donc cette lettre pour elle pleine d'amour, et se
mit complaisamment à contempler son cousin
endormi : les fraîches illusions de la vie jouaient
encore pour elle sur ce visage, elle se jura
d'abord à elle-même de l'aimer toujours. Puis
elle jeta les yeux sur l'autre lettre sans attacher
beaucoup d'importance à cette indiscrétion; et,
si elle commença de la lire, ce fut pour acquérir
de nouvelles preuves des nobles qualités que,
semblable à toutes les femmes, elle prêtait à
celui qu'elle choisissait.

« Mon cher Alphonse, au moment où tu liras
cette lettre je n'aurai plus d'amis; mais je t'avoue
qu'en doutant de ces gens du monde habitués à
prodiguer ce mot, je n'ai pas douté de ton amitié. Je te charge donc d'arranger mes affaires,
et compte sur toi, pour tirer un bon parti de
tout ce que je possède. Tu dois maintenant
connaître ma position. Je n'ai plus rien, et veux
partir pour les Indes. Je viens d'écrire à toutes
les personnes auxquelles je crois devoir quelqu'argent, et tu en trouveras ci-joint la liste
aussi exacte qu'il m'est possible de la donner de
mémoire. Ma bibliothèque, mes meubles, mes
voitures, mes chevaux, etc., suffiront, je crois,
à payer mes dettes. Je ne veux me réserver que
les babioles sans valeur qui seront susceptibles
de me faire un commencement de pacotille. Mon
cher Alphonse, je t'enverrai d'ici, pour cette

vente, une procuration régulière, en cas de contestations. Tu m'adresseras toutes mes armes. Puis tu garderas pour toi Briton. Personne ne voudrait donner le prix de cette admirable bête, j'aime mieux te l'offrir, comme la bague d'usage que lègue un mourant à son exécuteur testamentaire. On m'a fait une très-*comfortable* voiture de voyage chez les Farry, Breilman et Cie, mais ils ne l'ont pas livrée, obtiens d'eux qu'ils la gardent sans me demander d'indemnité; s'ils se refusaient à cet arrangement, évite tout ce qui pourrait entacher ma loyauté, dans les circonstances où je me trouve. Je dois six louis à l'insulaire, perdus au jeu, ne manque pas de les lui...

— Cher cousin, dit Eugénie en laissant la lettre, et se sauvant à petits pas chez elle avec une des bougies allumées. Là ce ne fut pas sans une vive émotion de plaisir qu'elle ouvrit le tiroir d'un vieux meuble en chêne, l'un des plus beaux ouvrages de l'époque nommée la *Renaissance,* et sur lequel se voyait encore, à demi effacée, la fameuse Salamandre royale[1]. Elle y prit une grosse bourse en velours rouge à glands d'or, et bordée de cannetille usée, provenant de la succession de sa grand'mère. Puis elle pesa fort orgueilleusement cette bourse, et se plut à vérifier le compte oublié de son petit pécule. Elle sépara d'abord vingt portugaises encore neuves, frappées sous le règne de Jean V, en 1725, valant réellement au change cinq lisbonines ou chacune cent soixante-huit francs

soixante-quatre centimes, lui disait son père,
mais dont la valeur conventionnelle était de
cent quatre-vingts francs, attendu la rareté, la
beauté desdites pièces qui reluisaient comme
des soleils. ITEM, cinq génovines ou pièces de
cent livres de Gênes, autre monnaie rare et
valant quatre-vingt-sept francs au change, mais
cent francs pour les amateurs d'or. Elles lui
venaient du vieux monsieur La Bertellière.
ITEM, trois quadruples d'or espagnols de Phi-
lippe V, frappés en 1729, donnés par madame
Gentillet, qui, en les lui offrant, lui disait toujours la même phrase : — Ce cher serin-là, ce
petit jaunet, vaut quatre-vingt-dix-huit livres !
Gardez-le bien, ma mignonne, ce sera la fleur
de votre trésor. ITEM, ce que son père estimait
le plus (l'or de ces pièces était à vingt-trois
carats et une fraction), cent ducats de Hollande,
fabriqués en l'an 1756, et valant près de treize
francs. ITEM, une grande curiosité !... des espèces
de médailles précieuses aux avares, trois roupies
au signe de la Balance, et cinq roupies au signe
de Vierge, toutes d'or pur à vingt-quatre carats,
la magnifique monnaie du Grand-Mogol, et
dont chacune valait trente-sept francs quarante
centimes au poids; mais au moins cinquante
francs pour les connaisseurs qui aiment à manier
l'or. ITEM, le napoléon de quarante francs reçu
l'avant-veille, et qu'elle avait négligemment mis
dans sa bourse rouge. Ce trésor contenait des
pièces neuves et vierges, de véritables morceaux
d'art desquels le père Grandet s'informait par-

fois et qu'il voulait revoir, afin de détailler à
sa fille les vertus intrinsèques, comme la beauté
du cordon, la clarté du plat, la richesse des
lettres dont les vives arêtes n'étaient pas encore
rayées. Mais elle ne pensait ni à ces raretés, ni
à la manie de son père, ni au danger qu'il y avait
pour elle de se démunir d'un trésor si cher à
son père; non, elle songeait à son cousin, et
parvint enfin à comprendre, après quelques
fautes de calcul, qu'elle possédait environ cinq
mille huit cents francs en valeurs réelles, qui,
conventionnellement, pouvaient se vendre près
de deux mille écus. A la vue de ses richesses,
elle se mit à applaudir en battant des mains,
comme un enfant forcé de perdre son trop plein
de joie dans les naïfs mouvements du corps.
Ainsi le père et la fille avaient compté chacun
leur fortune : lui, pour aller vendre son or;
Eugénie, pour jeter le sien dans un océan d'affection. Elle remit les pièces dans la vieille
bourse, la prit et remonta sans hésitation. La
misère secrète de son cousin lui faisait oublier
la nuit, les convenances; puis, elle était forte de
sa conscience, de son dévouement, de son bonheur. Au moment où elle se montra sur le seuil
e la porte, en tenant d'une main la bougie,
de l'autre sa bourse, Charles se réveilla, vit
sa cousine et resta béant de surprise. Eugénie s'avança, posa le flambeau sur la table
et dit d'une voix émue : — Mon cousin,
j'ai à vous demander pardon d'une faute
grave que j'ai commise envers vous; mais Dieu

me le pardonnera, ce péché, si vous voulez
l'effacer.

— Qu'est-ce donc? dit Charles en se frottant
les yeux.

— J'ai lu ces deux lettres.

Charles rougit.

— Comment cela s'est-il fait? reprit-elle, pourquoi suis-je montée? En vérité, maintenant je
ne le sais plus. Mais, je suis tentée de ne pas
trop me repentir d'avoir lu ces lettres, puisqu'elles m'ont fait connaître votre cœur, votre
âme et...

— Et quoi? demanda Charles.

— Et vos projets, la nécessité où vous êtes
d'avoir une somme...

— Ma chère cousine...

— Chut, chut, mon cousin, pas si haut, n'éveil-
lons personne. Voici, dit-elle en ouvrant la
bourse, les économies d'une pauvre fille qui n'a
besoin de rien. Charles, acceptez-les. Ce matin,
j'ignorais ce qu'était l'argent, vous me l'avez
appris, ce n'est qu'un moyen, voilà tout. Un cousin est presque un frère, vous pouvez bien em-
prunter la bourse de votre sœur.

Eugénie, autant femme que jeune fille, n'avait
pas prévu des refus, et son cousin restait
muet.

— Eh! bien, vous refuseriez? demanda Eugénie
dont les palpitations retentïrent au milieu du
profond silence.

L'hésitation de son cousin l'humilia; mais
la nécessité dans laquelle il se trouvait se repré-

senta plus vivement à son esprit, et elle plia le genou.

— Je ne me relèverai pas que vous n'ayez pris cet or! dit-elle. Mon cousin, de grâce, une réponse?... que je sache si vous m'honorez, si vous êtes généreux, si...

En entendant le cri d'un noble désespoir, Charles laissa tomber des larmes sur les mains de sa cousine, qu'il saisit afin de l'empêcher de s'agenouiller. En recevant ces larmes chaudes, Eugénie sauta sur la bourse, la lui versa sur la table.

— Eh! bien, oui, n'est-ce pas? dit-elle en pleurant de joie. Ne craignez rien, mon cousin, vous serez riche. Cet or vous portera bonheur; un jour vous me le rendrez; d'ailleurs, nous nous associerons; enfin je passerai par toutes les conditions que vous m'imposerez. Mais vous devriez ne pas donner tant de prix à ce don.

Charles put enfin exprimer ses sentiments.

— Oui, Eugénie, j'aurais l'âme bien petite, si je n'acceptais pas. Cependant, rien pour rien, confiance pour confiance.

— Que voulez-vous, dit-elle effrayée.

— Écoutez, ma chère cousine, j'ai là... Il s'interrompit pour montrer sur la commode une caisse carrée enveloppée d'un surtout de cuir. — Là, voyez-vous, une chose qui m'est aussi précieuse que la vie. Cette boîte est un présent de ma mère. Depuis ce matin je pensais que, si elle pouvait sortir de sa tombe, elle vendrait elle-même l'or que sa tendresse lui a fait prodiguer dans ce nécessaire; mais, accomplie par moi, cette action me paraîtrait un sacrilége. Eugénie serra convulsivement la main de son cousin en entendant ces derniers mots. — Non, reprit-il après une légère pause, pendant laquelle tous deux ils se jetèrent un regard humide, non, je ne veux ni le détruire, ni le risquer dans mes voyages. Chère Eugénie, vous en serez dépositaire. Jamais ami n'aura confié quelque chose de plus sacré à son ami. Soyez-en juge. Il alla prendre la boîte, la sortit du fourreau, l'ouvrit et montra tristement à sa cousine émerveillée un nécessaire où le travail donnait à l'or un prix bien supérieur à celui de son poids. — Ce que vous admirez n'est rien, dit-il en poussant un ressort qui fit partir un double fond. Voilà ce qui, pour moi, vaut la terre entière. Il tira deux portraits, deux chefs-d'œuvre de madame de Mirbel, richement entourés de perles.

— Oh! la belle personne, n'est-ce pas cette dame à qui vous écriv...

— Non, dit-il en souriant. Cette femme est ma mère, et voici mon père, qui sont votre tante et votre oncle. Eugénie, je devrais vous supplier à genoux de me garder ce trésor. Si je périssais en perdant votre petite fortune, cet or vous dédommagerait; et, à vous seule, je puis laisser les deux portraits, vous êtes digne de les conserver; mais détruisez-les, afin qu'après vous ils n'aillent pas en d'autres mains... Eugénie se taisait. — Hé! bien, oui, n'est-ce pas? ajouta-t-il avec grâce.

En entendant les mots qu'elle venait de dire
à son cousin, elle lui jeta son premier regard de
femme aimante, un de ces regards où il y a
presque autant de coquetterie que de profondeur;
il lui prit la main et la baisa.

— Ange de pureté! entre nous, n'est-ce pas?...
l'argent ne sera jamais rien. Le sentiment, qui en
fait quelque chose, sera tout désormais.

— Vous ressemblez à votre mère. Avait-elle la
voix aussi douce que la vôtre?

— Oh! bien plus douce...

— Oui, pour vous, dit-elle en abaissant ses
paupières. Allons, Charles, couchez-vous, je le
veux, vous êtes fatigué. A demain.

Elle dégagea doucement sa main d'entre celles
de son cousin, qui la reconduisit en l'éclairant.
Quand ils furent tous deux sur le seuil de
la porte : — Ah! pourquoi suis-je ruiné, dit-
il.

— Bah! mon père est riche, je le crois, répondit-elle.

— Pauvre enfant, reprit Charles en avançant
un pied dans la chambre et s'appuyant le dos
au mur, il n'aurait pas laissé mourir le mien,
il ne vous laisserait pas dans ce dénûment, enfin
il vivrait autrement.

— Mais il a Froidfond.

— Et que vaut Froidfond?

— Je ne sais pas; mais il a Noyers.

— Quelque mauvaise ferme!

— Il a des vignes et des prés...

— Des misères, dit Charles d'un air dédaigneux. Si votre père avait seulement vingt-quatre mille livres de rente, habiteriez-vous cette chambre froide et nue? ajouta-t-il en avançant le pied gauche. — Là seront donc mes trésors, dit-il en montrant le vieux bahut pour voiler sa pensée.

— Allez dormir, dit-elle en l'empêchant d'entrer dans une chambre en désordre.

Charles se retira, et ils se dirent bonsoir par un mutuel sourire.

Tous deux ils s'endormirent dans le même rêve, et Charles commença dès lors à jeter quelques roses sur son deuil. Le lendemain matin, madame Grandet trouva sa fille se promenant avant le déjeuner en compagnie de Charles. Le jeune homme était encore triste comme devait l'être un malheureux descendu pour ainsi dire au fond de ses chagrins, et qui, en mesurant la profondeur de l'abîme où il était tombé, avait senti tout le poids de sa vie future.

— Mon père ne reviendra que pour le dîner, dit Eugénie en voyant l'inquiétude peinte sur le visage de sa mère.

Il était facile de voir dans les manières, sur la figure d'Eugénie et dans la singulière douceur que contracta sa voix, une conformité de pensée entre elle et son cousin. Leurs âmes s'étaient ardemment épousées avant peut-être même d'avoir bien éprouvé la force des sentiments par lesquels ils s'unissaient l'un à l'autre. Charles resta dans la salle, et sa mélancolie y fut respectée.

Chacune des trois femmes eut à s'occuper. Grandet ayant oublié ses affaires, il vint un assez grand nombre de personnes. Le couvreur, le plombier, le maçon, les terrassiers, le charpentier, des closiers [1], des fermiers, les uns pour conclure des marchés relatifs à des réparations, les autres pour payer des fermages ou recevoir de l'argent. Madame Grandet et Eugénie furent donc obligées d'aller et de venir, de répondre aux interminables discours des ouvriers et des gens de la campagne. Nanon encaissait les redevances dans sa cuisine. Elle attendait toujours les ordres de son maître pour savoir ce qui devait être gardé pour la maison ou vendu au marché. L'habitude du bonhomme était, comme celle d'un grand nombre de gentilshommes campagnards, de boire son mauvais vin et de manger ses fruits gâtés. Vers cinq heures du soir, Grandet revint d'Angers ayant eu quatorze mille francs de son or, et tenant dans son portefeuille des bons royaux qui lui portaient intérêt jusqu'au jour où il aurait à payer ses rentes. Il avait laissé Cornoiller à Angers, pour y soigner les chevaux à demi fourbus, et les ramener lentement après les avoir bien fait reposer.

— Je reviens d'Angers, ma femme, dit-il. J'ai faim.

Nanon lui cria de la cuisine : — Est-ce que vous n'avez rien mangé depuis hier?

— Rien, répondit le bonhomme.

Nanon apporta la soupe. Des Grassins vint prendre les ordres de son client au moment où la famille était à table. Le père Grandet n'avait seulement pas vu son neveu.

— Mangez tranquillement, Grandet, dit le banquier. Nous causerons. Savez-vous ce que vaut l'or à Angers, où l'on en est venu chercher pour Nantes ? je vais en envoyer.

— N'en envoyez pas, répondit le bonhomme, il y en a déjà suffisamment. Nous sommes trop bons amis pour que je ne vous évite pas une perte de temps.

— Mais l'or y vaut treize francs cinquante centimes.

— Dites donc valait.

— D'où diable en serait-il venu ?

— Je suis allé cette nuit à Angers, lui répondit Grandet à voix basse.

Le banquier tressaillit de surprise. Puis une conversation s'établit entre eux d'oreille à oreille, pendant laquelle des Grassins et Grandet regardèrent Charles à plusieurs reprises. Au moment où sans doute l'ancien tonnelier dit au banquier de lui acheter cent mille livres de rente, des Grassins laissa derechef échapper un geste d'étonnement.

— Monsieur Grandet, dit-il à Charles, je pars pour Paris ; et, si vous aviez des commissions à me donner...

— Aucune, monsieur. Je vous remercie, répondit Charles.

— Remerciez-le mieux que ça, mon neveu. Monsieur va pour arranger les affaires de la maison Guillaume Grandet.

— Y aurait-il donc quelque espoir, demanda Charles.

— Mais, s'écria le tonnelier avec un orgueil bien joué, n'êtes-vous pas mon neveu? votre honneur est le nôtre. Ne vous nommez-vous pas Grandet?

Charles se leva, saisit le père Grandet, l'embrassa, pâlit et sortit. Eugénie contemplait son père avec admiration.

— Allons, adieu; mon bon des Grassins, tout à vous, et emboisez-moi [1] bien ces gens-là ! Les deux diplomates se donnèrent une poignée de main, l'ancien tonnelier reconduisit le banquier jusqu'à la porte; puis, après l'avoir fermée, il revint et dit à Nanon en se plongeant dans son fauteuil : — Donne-moi du cassis? Mais trop ému pour rester en place, il se leva, regarda le portrait de monsieur de La Bertellière et se mit à chanter, en faisant ce que Nanon appelait des pas de danse :

> Dans les gardes françaises
> J'avais un bon papa [2].

Nanon, madame Grandet, Eugénie s'examinèrent mutuellement et en silence. La joie du vigneron les épouvantait toujours quand elle arrivait à son apogée. La soirée fut bientôt finie. D'abord le père Grandet voulut se coucher de bonne heure; et, lorsqu'il se couchait, chez lui tout devait dormir; de même que quand Auguste buvait la Pologne était ivre [3]. Puis Nanon, Charles

et Eugénie n'étaient pas moins las que le maître.
Quant à madame Grandet, elle dormait, mangeait, buvait, marchait suivant les désirs de son
mari. Néanmoins, pendant les deux heures accor-
dées à la digestion, le tonnelier, plus facétieux
qu'il ne l'avait jamais été, dit beaucoup de ses
apophthegmes particuliers, dont un seul donnera
la mesure de son esprit. Quand il eut avalé son
cassis, il regarda le verre.

— On n'a pas plutôt mis les lèvres à un verre
qu'il est déjà vide! Voilà notre histoire. On ne
peut pas être et avoir été. Les écus ne peuvent
pas rouler et rester dans votre bourse, autrement
la vie serait trop belle.

Il fut jovial et clément. Lorsque Nanon vint
avec son rouet : — Tu dois être lasse, lui dit-il.
Laisse ton chanvre.

— Ah! ben!... quien, je m'ennuierais, répondit
la servante.

— Pauvre Nanon! Veux-tu du cassis?

— Ah! pour du cassis, je ne dis pas non; madame le fait ben mieux que les apothicaires. Celui
qu'i vendent est de la drogue.

— Ils y mettent trop de sucre, ça ne sent plus
rien, dit le bonhomme.

Le lendemain la famille, réunie à huit heures
pour le déjeuner, offrit le tableau de la première
scène d'une intimité bien réelle. Le malheur avait
promptement mis en rapport madame Grandet,
Eugénie et Charles; Nanon elle-même sympa-
thisait avec eux sans le savoir. Tous quatre commencèrent à faire une même famille. Quant au

vieux vigneron, son avarice satisfaite et la certitude de voir bientôt partir le mirliflor sans avoir
à lui payer autre chose que son voyage à Nantes,
le rendirent presque indifférent à sa présence au
logis. Il laissa les deux enfants, ainsi qu'il nomma
Charles et Eugénie, libres de se comporter comme
bon leur semblerait sous l'œil de madame Grandet, en laquelle il avait d'ailleurs une entière
confiance en ce qui concernait la morale publique
et religieuse. L'alignement de ses prés et des
fossés jouxtant la route, ses plantations de peupliers en Loire et les travaux d'hiver dans ses
clos et à Froidfond l'occupèrent exclusivement.
Dès lors commença pour Eugénie le primevère[1]
de l'amour. Depuis la scène de nuit pendant
laquelle la cousine donna son trésor au cousin,
son cœur avait suivi le trésor. Complices tous
deux du même secret, ils se regardaient en s'exprimant une mutuelle intelligence qui approfondissait leurs sentiments et les leur rendait mieux
communs, plus intimes, en les mettant, pour
ainsi dire, tous deux en dehors de la vie ordinaire.
La parenté n'autorisait-elle pas une certaine douceur dans l'accent, une tendresse dans les regards :
aussi Eugénie se plut-elle à endormir les souffrances de son cousin dans les joies enfantines
d'un naissant amour. N'y a-t-il pas de gracieuses
similitudes entre les commencements de l'amour
et ceux de la vie? Ne berce-t-on pas l'enfant par
de doux chants et de gentils regards? Ne lui
dit-on pas de merveilleuses histoires qui lui
dorent l'avenir? Pour lui l'espérance ne déploie-

t-elle pas incessamment ses ailes radieuses? Ne
verse-t-il pas tour à tour des larmes de joie et de
douleur? Ne se querelle-t-il pas pour des riens,
pour des cailloux avec lesquels il essaie de se bâtir
un mobile palais, pour des bouquets aussitôt
oubliés que coupés? N'est-il pas avide de saisir
le temps, d'avancer dans la vie? L'amour est notre
seconde transformation. L'enfance et l'amour
furent même chose entre Eugénie et Charles : ce
fut la passion première avec tous ses enfantillages,
d'autant plus caressants pour leurs cœurs qu'ils
étaient enveloppés de mélancolie. En se débattant
à sa naissance sous les crêpes du deuil, cet amour
n'en était d'ailleurs que mieux en harmonie avec
la simplicité provinciale de cette maison en ruines.
En échangeant quelques mots avec sa cousine au
bord du puits, dans cette cour muette; en restant
dans ce jardinet, assis sur un banc moussu jusqu'à
l'heure où le soleil se couchait, occupés à se dire
de grands riens ou recueillis dans le calme qui
régnait entre le rempart et la maison, comme on
l'est sous les arcades d'une église, Charles comprit
la sainteté de l'amour; car sa grande dame, sa
chère Annette ne lui en avait fait connaître que les
troubles orageux. Il quittait en ce moment la
passion parisienne, coquette, vaniteuse, éclatante,
pour l'amour pur et vrai. Il aimait cette maison,
dont les mœurs ne lui semblèrent plus si ridi-
cules. Il descendait dès le matin afin de pouvoir
causer avec Eugénie quelques moments avant que
Grandet ne vînt donner les provisions; et, quand
les pas du bonhomme retentissaient dans les esca-

liers, il se sauvait au jardin. La petite criminalité
de ce rendez-vous matinal, secret même pour la
mère d'Eugénie, et que Nanon faisait semblant
de ne pas apercevoir, imprimait à l'amour le plus
innocent du monde la vivacité des plaisirs défen-
dus. Puis, quand, après le déjeuner, le père Grandet était parti pour aller voir ses propriétés et ses
exploitations, Charles demeurait entre la mère et
la fille, éprouvant des délices inconnues à leur
prêter les mains pour dévider du fil, à les voir
travaillant, à les entendre jaser. La simplicité de
cette vie presque monastique, qui lui révéla les
beautés de ces âmes auxquelles le monde était
inconnu, le toucha vivement. Il avait cru ces
mœurs impossibles en France, et n'avait admis
leur existence qu'en Allemagne, encore n'était-ce
que fabuleusement et dans les romans d'Auguste
Lafontaine [1]. Bientôt pour lui Eugénie fut l'idéal
de la Marguerite de Gœthe, moins la faute. Enfin
de jour en jour ses regards, ses paroles ravirent
la pauvre fille, qui s'abandonna délicieusement
au courant de l'amour; elle saisissait sa félicité
comme un nageur saisit la branche de saule pour
se tirer du fleuve et se reposer sur la rive. Les
chagrins d'une prochaine absence n'attristaient-ils
pas déjà les heures les plus joyeuses de ces
fuyardes journées? Chaque jour un petit événement leur rappelait la prochaine séparation.
Ainsi, trois jours après le départ de des Grassins,
Charles fut emmené par Grandet au Tribunal de
Première Instance avec la solennité que les gens
de province attachent à de tels actes, pour y signer

une renonciation à la succession de son père. Répudiation terrible! espèce d'apostasie domestique. Il alla chez maître Cruchot faire faire deux procurations, l'une pour des Grassins, l'autre pour l'ami chargé de vendre son mobilier. Puis il fallut remplir les formalités nécessaires pour obtenir un passeport à l'étranger. Enfin, quand arrivèrent les simples vêtements de deuil que Charles avait demandés à Paris, il fit venir un tailleur de Saumur et lui vendit sa garde-robe inutile. Cet acte plut singulièrement au père Grandet.

— Ah! vous voilà comme un homme qui doit s'embarquer et qui veut faire fortune, lui dit-il en le voyant vêtu d'une redingote de gros drap noir. Bien, très-bien!

— Je vous prie de croire, monsieur, lui répondit Charles, que je saurai bien avoir l'esprit de ma situation.

— Qu'est-ce que c'est que cela? dit le bonhomme dont les yeux s'animèrent à la vue d'une poignée d'or que lui montra Charles.

— Monsieur, j'ai réuni mes boutons, mes anneaux, toutes les superfluités que je possède et qui pouvaient avoir quelque valeur; mais, ne connaissant personne à Saumur, je voulais vous prier ce matin de...

— De vous acheter cela? dit Grandet en l'interrompant.

— Non, mon oncle, de m'indiquer un honnête homme qui...

— Donnez-moi celà, mon neveu; j'irai vous

estimer cela là-haut, et je reviendrai vous dire
ce que cela vaut, à un centime près. Or de bijou,
dit-il en examinant une longue chaîne, dix-huit
à dix-neuf carats.

Le bonhomme tendit sa large main et emporta
la masse d'or.

— Ma cousine, dit Charles, permettez-moi de
vous offrir ces deux boutons qui pourront vous
servir à attacher des rubans à vos poignets.
Cela fait un bracelet fort à la mode en ce
moment.

— J'accepte sans hésiter, mon cousin, dit-elle
en lui jetant un regard d'intelligence.

— Ma tante, voici le dé de ma mère, je le gar-
dais précieusement dans ma toilette de voyage,
dit Charles en présentant un joli dé d'or à
madame Grandet qui depuis dix ans en désirait un.

— Il n'y a pas de remerciements possibles, mon
neveu, dit la vieille mère dont les yeux se mouil-
lèrent de larmes. Soir et matin dans mes prières
j'ajouterai la plus pressante de toutes pour vous,
en disant celle des voyageurs. Si je mourais,
Eugénie vous conserverait ce bijou.

— Cela vaut neuf cent quatre-vingt-neuf francs
soixante-quinze centimes, mon neveu, dit Grandet
en ouvrant la porte. Mais, pour vous éviter la
peine de vendre cela, je vous en compterai l'argent... en livres.

Le mot en livres signifie sur le littoral de la
Loire que les écus de six livres doivent être acceptés pour six francs sans déduction.

— Je n'osais vous le proposer, répondit Charles; mais il me répugnait de brocanter mes bijoux dans la ville que vous habitez. Il faut laver son linge sale en famille, disait Napoléon. Je vous remercie donc de votre complaisance. Grandet se gratta l'oreille, et il y eut un moment de silence. — Mon cher oncle, reprit Charles en le regardant d'un air inquiet comme s'il eût craint de blesser sa susceptibilité, ma cousine et ma tante ont bien voulu accepter un faible souvenir de moi; veuillez à votre tour agréer des boutons de manche qui me deviennent inutiles : ils vous rappelleront un pauvre garçon qui, loin de vous, pensera certes à ceux qui désormais seront toute sa famille.

— Mon garçon! mon garçon, faut pas te dénuer comme ça... Qu'as-tu donc, ma femme? dit-il en se tournant avec avidité vers elle, ah! un dé d'or. Et toi, fifille, tiens, des agrafes de diamants. Allons, je prends tes boutons, mon garçon, reprit-il en serrant la main de Charles. Mais... tu me permettras de... te payer... ton, oui... ton passage aux Indes. Oui, je veux te payer ton passage. D'autant, vois-tu, garçon, qu'en estimant tes bijoux, je n'en ai compté que l'or brut, il y a peut-être quelque chose à gagner sur les façons. Ainsi, voilà qui est dit. Je te donnerai quinze cents francs... en livres, que Cruchot me prêtera; car je n'ai pas un rouge liard ici, à moins que Perrottet, qui est en retard de son fermage, ne me le paye. Tiens, tiens, je vais l'aller voir.

Il prit son chapeau, mit ses gants et sortit.

— Vous vous en irez donc, dit Eugénie en lui jetant un regard de tristesse mêlée d'admiration.

— Il le faut, dit-il en baissant la tête.

Depuis quelques jours, le maintien, les manières, les paroles de Charles étaient devenus ceux d'un homme profondément affligé, mais qui, sentant peser sur lui d'immenses obligations, puise un nouveau courage dans son malheur. Il ne soupirait plus, il s'était fait homme. Aussi jamais Eugénie ne présuma-t-elle mieux du caractère de son cousin, qu'en le voyant descendre dans ses habits de gros drap noir, qui allaient bien à sa figure pâlie et à sa sombre contenance. Ce jour-là le deuil fut pris par les deux femmes, qui assistèrent avec Charles à un Requiem célébré à la paroisse pour l'âme de feu Guillaume Grandet.

Au second déjeuner, Charles reçut des lettres de Paris, et les lut.

— Hé! bien, mon cousin, êtes-vous content de vos affaires? dit Eugénie à voix basse.

— Ne fais donc jamais de ces questions-là, ma fille, répondit Grandet. Que diable, je ne te dis pas les miennes, pourquoi fourres-tu le nez dans celles de ton cousin? Laisse-le donc, ce garçon.

— Oh! je n'ai point de secrets, dit Charles.

— Ta, ta, ta, mon neveu, tu sauras qu'il faut tenir sa langue en bride dans le commerce.

Quand les deux amants furent seuls dans le

jardin, Charles dit à Eugénie en l'attirant sur le vieux banc où ils s'assirent sous le noyer :

— J'avais bien présumé d'Alphonse, il s'est conduit à merveille. Il a fait mes affaires avec prudence et loyauté. Je ne dois rien à Paris, tous mes meubles sont bien vendus, et il m'annonce avoir, d'après les conseils d'un capitaine au long-cours, employé trois mille francs qui lui restaient en une pacotille composée de curiosités européennes desquelles on tire un excellent parti aux Indes. Il a dirigé mes colis sur Nantes, où se trouve un navire en charge pour Java. Dans cinq jours, Eugénie, il faudra nous dire adieu pour toujours peut-être, mais au moins pour long-temps. Ma pacotille et dix mille francs que m'envoient deux de mes amis sont un bien petit commencement. Je ne puis songer à mon retour avant plusieurs années. Ma chère cousine, ne mettez pas en balance ma vie et la vôtre, je puis périr, peut-être se présentera-t-il pour vous un riche établissement...

— Vous m'aimez?... dit-elle.

— Oh! oui, bien, répondit-il avec une profondeur d'accent qui révélait une égale profondeur dans le sentiment.

— J'attendrai, Charles. Dieu! mon père est à sa fenêtre, dit-elle en repoussant son cousin qui s'approchait pour l'embrasser.

Elle se sauva sous la voûte, Charles l'y suivit; en le voyant, elle se retira au pied de l'escalier et ouvrit la porte battante; puis, sans trop savoir où elle allait, Eugénie se trouva près du bouge

de Nanon, à l'endroit le moins clair du couloir;
là Charles, qui l'avait accompagnée, lui prit la
main, l'attira sur son cœur, la saisit par la taille,
et l'appuya doucement sur lui. Eugénie ne ré-
sista plus; elle reçut et donna le plus pur, le
plus suave, mais aussi le plus entier de tous les
baisers.

— Chère Eugénie, un cousin est mieux qu'un
frère, il peut t'épouser, lui dit Charles.

— Ainsi soit-il! cria Nanon en ouvrant la porte
de son taudis.

Les deux amants, effrayés, se sauvèrent dans la
salle, où Eugénie reprit son ouvrage, et où Charles
se mit à lire les litanies de la Vierge dans le parois-
sien de madame Grandet.

— Quien! dit Nanon, nous faisons tous nos
prières.

Dès que Charles eut annoncé son départ, Grandet se mit en mouvement pour faire croire qu'il
lui portait beaucoup d'intérêt; il se montra libéral
de tout ce qui ne coûtait rien, s'occupa de lui
trouver un emballeur, et dit que cet homme pré-
tendait vendre ses caisses trop cher; il voulut
alors à toute force les faire lui-même, et y employa de vieilles planches; il se leva dès le matin
pour raboter, ajuster, planer, clouer ses voliges
et en confectionner de très-belles caisses dans
lesquelles il emballa tous les effets de Charles; il
se chargea de les faire descendre par bateau sur
la Loire, de les assurer, et de les expédier en
temps utile à Nantes.

Depuis le baiser pris dans le couloir, les heures

s'enfuyaient pour Eugénie avec une effrayante
rapidité. Parfois elle voulait suivre son cousin.
Celui qui a connu la plus attachante des passions,
celle dont la durée est chaque jour abrégée par
l'âge, par le temps, par une maladie mortelle,
par quelques-unes des fatalités humaines, celui-là
comprendra les tourments d'Eugénie. Elle pleurait souvent en se promenant dans ce jardin,
maintenant trop étroit pour elle, ainsi que la
cour, la maison, la ville : elle s'élançait par
avance sur la vaste étendue des mers. Enfin la
veille du départ arriva. Le matin, en l'absence de
Grandet et de Nanon, le précieux coffret où se
trouvaient les deux portraits fut solennellement
installé dans le seul tiroir du bahut qui fermait
à clef et où était la bourse maintenant vide. Le
dépôt de ce trésor n'alla pas sans bon nombre
de baisers et de larmes. Quand Eugénie mit la
clef dans son sein, elle n'eut pas le courage de
défendre à Charles d'y baiser la place.

— Elle ne sortira pas de là, mon ami.

— Eh ! bien, mon cœur y sera toujours
aussi.

— Ah ! Charles, ce n'est pas bien, dit-elle d'un
accent peu grondeur.

— Ne sommes-nous pas mariés, répondit-il ;
j'ai ta parole, prends la mienne.

— A toi, pour jamais ! fut dit deux fois de part
et d'autre.

Aucune promesse faite sur cette terre ne fut
plus pure : la candeur d'Eugénie avait momen-
tanément sanctifié l'amour de Charles. Le lende-

main matin le déjeuner fut triste. Malgré la robe d'or et une croix à la Jeannette que lui donna Charles, Nanon elle-même, libre d'exprimer ses sentiments, eut la larme à l'œil.

— Ce pauvre mignon monsieur, qui s'en va sur mer. Que Dieu le conduise.

A dix heures et demie, la famille se mit en route pour accompagner Charles à la diligence de Nantes. Nanon avait lâché le chien, fermé la porte, et voulut porter le sac de nuit de Charles. Tous les marchands de la vieille rue étaient sur le seuil de leurs boutiques pour voir passer ce cortège, auquel se joignit sur la place maître Cruchot.

— Ne va pas pleurer, Eugénie, lui dit sa mère.

— Mon neveu, dit Grandet sous la porte de l'auberge, en embrassant Charles sur les deux joues, partez pauvre, revenez riche, vous trouverez l'honneur de votre père sauf. Je vous en réponds, moi, Grandet; car, alors, il ne tiendra qu'à vous de...

— Ah! mon oncle, vous adoucissez l'amertume de mon départ. N'est-ce pas le plus beau présent que vous puissiez me faire?

Ne comprenant pas les paroles du vieux tonnelier, qu'il avait interrompu, Charles répandit sur le visage tanné de son oncle des larmes de reconnaissance, tandis qu'Eugénie serrait de toutes ses forces la main de son cousin et celle de son père. Le notaire seul souriait en admirant la finesse de Grandet, car lui seul avait bien compris

le bonhomme. Les quatre Saumurois, environnés
de plusieurs personnes, restèrent devant la voiture jusqu'à ce qu'elle partît; puis, quand elle
disparut sur le pont et ne retentit plus que dans
le lointain : — Bon voyage! dit le vigneron. Heureusement maître Cruchot fut le seul qui entendit
cette exclamation. Eugénie et sa mère étaient
allées à un endroit du quai d'où elles pouvaient
encore voir la diligence, et agitaient leurs mou-
choirs blancs, signe auquel répondit Charles en
déployant le sien.

— Ma mère, je voudrais avoir pour un moment
la puissance de Dieu, dit Eugénie au moment où
elle ne vit plus le mouchoir de Charles.

Pour ne point interrompre le cours des événements qui se passèrent au sein de la famille Grandet, il est nécessaire de jeter par anticipation un
coup d'œil sur les opérations que le bonhomme
fit à Paris par l'entremise de des Grassins. Un
mois après le départ du banquier, Grandet possédait une inscription de cent mille livres de
rente achetée à quatre-vingts francs net. Les renseignements donnés à sa mort par son inventaire
n'ont jamais fourni la moindre lumière sur les
moyens que sa défiance lui suggéra pour échanger le prix de l'inscription contre l'inscription
elle-même. Maître Cruchot pensa que Nanon fut,
à son insu, l'instrument fidèle du transport des
fonds. Vers cette époque, la servante fit une
absence de cinq jours, sous prétexte d'aller ranger
quelque chose à Froidfond, comme si le bonhomme était capable de laisser traîner quelque

chose. En ce qui concerne les affaires de la maison Guillaume Grandet, toutes les prévisions du tonnelier se réalisèrent.

A la Banque de France se trouvent, comme chacun sait, les renseignements les plus exacts sur les grandes fortunes de Paris et des départements. Les noms de des Grassins et de Félix Grandet de Saumur y étaient connus et y jouissaient de l'estime accordée aux célébrités financières qui s'appuient sur d'immenses propriétés territoriales libres d'hypothèques. L'arrivée du banquier de Saumur, chargé, disait-on, de liquider par honneur la maison Grandet de Paris, suffit donc pour éviter à l'ombre du négociant la honte des protêts. La levée des scellés se fit en présence des créanciers, et le notaire de la famille se mit à procéder régulièrement à l'inventaire de la succession. Bientôt des Grassins réunit les créanciers, qui, d'une voix unanime, élurent pour liquidateurs le banquier de Saumur, conjointement avec François Keller[1], chef d'une riche maison, l'un des principaux intéressés, et leur confièrent tous les pouvoirs nécessaires pour sauver à la fois l'honneur de la famille et les créances. Le crédit du Grandet de Saumur, l'espérance qu'il répandit au cœur des créanciers par l'organe de des Grassins, facilitèrent les transactions; il ne se rencontra pas un seul récalcitrant parmi les créanciers. Personne ne pensait à passer sa créance au compte de Profits et Pertes, et chacun se disait :
— Grandet de Saumur payera! Six mois s'écoulèrent. Les Parisiens avaient remboursé les effets

en circulation et les conservaient au fond de leurs
portefeuilles. Premier résultat que voulait obtenir
le tonnelier. Neuf mois après la première assemblée, les deux liquidateurs distribuèrent quarante-
sept pour cent à chaque créancier. Cette somme
fut produite par la vente des valeurs, possessions,
biens et choses généralement quelconques appartenant à feu Guillaume Grandet, et qui fut faite
avec une fidélité scrupuleuse. La plus exacte
probité présidait à cette liquidation. Les créanciers se plurent à reconnaître l'admirable et
incontestable honneur des Grandet. Quand ces
louanges eurent circulé convenablement, les
créanciers demandèrent le reste de leur argent.
Il leur fallut écrire une lettre collective à
Grandet.

— Nous y voilà, dit l'ancien tonnelier en jetant
la lettre au feu; patience, mes petits amis.

En réponse aux propositions contenues dans
cette lettre, Grandet de Saumur demanda le dépôt
chez un notaire de tous les titres de créance exis-
tants contre la succession de son frère, en les
accompagnant d'une quittance de payements déjà
faits, sous prétexte d'apurer les comptes, et de
correctement établir l'état de la succession. Ce
dépôt souleva mille difficultés. Généralement,
le créancier est une sorte de maniaque. Aujour-
d'hui prêt à conclure, demain il veut tout mettre
à feu et à sang; plus tard il se fait extra-débon-
naire. Aujourd'hui sa femme est de bonne
humeur, son petit dernier a fait ses dents, tout
va bien au logis, il ne veut pas perdre un sou;

demain il pleut, il ne peut pas sortir, il est mélancolique, il dit oui à toutes les propositions qui
peuvent terminer une affaire; le surlendemain il
lui faut des garanties, à la fin du mois il prétend
vous exécuter, le bourreau! Le créancier ressemble à ce moineau franc à la queue duquel on
engage les petits enfants à tâcher de poser un
grain de sel; mais le créancier rétorque cette
image contre sa créance, de laquelle il ne peut
rien saisir. Grandet avait observé les variations
atmosphériques des créanciers, et ceux de son
frère obéirent à tous ses calculs. Les uns se fâ-
chèrent et se refusèrent *net* au dépôt. — Bon! ça va
bien, disait Grandet en se frottant les mains à
la lecture des lettres que lui écrivait à ce sujet
des Grassins. Quelques autres ne consentirent
audit dépôt que sous la condition de faire bien
constater leurs droits, ne renoncer à aucuns, et
se réserver même celui de faire déclarer la faillite.
Nouvelle correspondance, après laquelle Grandet
de Saumur consentit à toutes les réserves deman-
dées. Moyennant cette concession, les créanciers
bénins firent entendre raison aux créanciers durs.
Le dépôt eut lieu, non sans quelques plaintes.
— Ce bonhomme, dit-on à des Grassins, se moque
de vous et de nous. Vingt-trois mois après la mort
de Guillaume Grandet, beaucoup de commerçants, entraînés par le mouvement des affaires de
Paris, avaient oublié leurs recouvrements Grandet, ou n'y pensaient que pour se dire : — Je
commence à croire que les quarante-sept pour
cent sont tout ce que je tirerai de cela. Le tonne-

lier avait calculé sur la puissance du temps, qui,
disait-il, est un bon diable. A la fin de la troisième année, des Grassins écrivit à Grandet que,
moyennant dix pour cent des deux millions quatre
cent mille francs restant dus par la maison Grandet, il avait amené les créanciers à lui rendre leurs
titres. Grandet répondit que le notaire et l'agent
de change dont les épouvantables faillites avaient
causé la mort de son frère, vivaient, *eux!* pouvaient être devenus bons', et qu'il fallait les
actionner afin d'en tirer quelque chose et diminuer le chiffre du déficit. A la fin de la quatrième
année, le déficit fut bien et dûment arrêté à la
somme de douze cent mille francs. Il y eut des
pourparlers qui durèrent six mois entre les liquidateurs et les créanciers, entre Grandet et les
liquidateurs. Bref, vivement pressé de s'exécuter,
Grandet de Saumur répondit aux deux liquidateurs, vers le neuvième mois de cette année, que
son neveu, qui avait fait fortune aux Indes, lui
avait manifesté l'intention de payer intégralement
les dettes de son père; il ne pouvait pas prendre
sur lui de les solder frauduleusement sans l'avoir
consulté; il attendait une réponse. Les créanciers,
vers le milieu de la cinquième année, étaient
encore tenus en échec avec le mot *intégralement*, de
temps en temps lâché par le sublime tonnelier,
qui riait dans sa barbe, et ne disait jamais, sans
laisser échapper un fin sourire et un juron, le
mot : — Ces PARISIENS! Mais les créanciers furent
réservés à un sort inouï dans les fastes du commerce. Ils se retrouveront dans la position où les

avait maintenus Grandet au moment où les événements de cette histoire les obligeront à y reparaître. Quand les rentes atteignirent à 115, le père
Grandet vendit, retira de Paris environ deux millions quatre cent mille francs en or, qui rejoi-
gnirent dans ses barillets les six cent mille francs
d'intérêts composés que lui avaient donnés ses
inscriptions. Des Grassins demeurait à Paris.
Voici pourquoi. D'abord il fut nommé député;
puis il s'amouracha, lui père de famille, mais
ennuyé par l'ennuyeuse vie saumuroise, de Flo-
rine, une des plus jolies actrices du théâtre de
Madame, et il y eut recrudescence du quartier-
maître chez le banquier. Il est inutile de parler
de sa conduite; elle fut jugée à Saumur profondément immorale. Sa femme se trouva très-heu-
reuse d'être séparée de biens et d'avoir assez de
tête pour mener la maison de Saumur, dont les
affaires se continuèrent sous son nom, afin de
réparer les brèches faites à sa fortune par les
folies de monsieur des Grassins. Les Cruchotins
empiraient si bien la situation fausse de la quasi-
veuve, qu'elle maria fort mal sa fille, et dut renoncer à l'alliance d'Eugénie Grandet pour son fils.
Adolphe rejoignit des Grassins à Paris, et y devint,
dit-on, un fort mauvais sujet. Les Cruchot triom-
phèrent.

— Votre mari n'a pas de bon sens, disait Grandet en prêtant une somme à madame des Grassins, moyennant sûretés. Je vous plains beaucoup,
vous êtes une bonne petite femme.

— Ah! monsieur, répondit la pauvre dame,

qui pouvait croire que le jour où il partit de
chez vous pour aller à Paris, il courait à sa
ruine.

— Le ciel m'est témoin, madame, que j'ai tout
fait jusqu'au dernier moment pour l'empêcher
d'y aller. Monsieur le président voulait à toute
force l'y remplacer ; et, s'il tenait tant à s'y rendre,
nous savons maintenant pourquoi.

Ainsi Grandet n'avait aucune obligation à des
Grassins.

En toute situation, les femmes ont plus de
causes de douleur que n'en a l'homme, et souffrent plus que lui. L'homme a sa force, et l'exercice de sa puissance : il agit, il va, il s'occupe, il
pense, il embrasse l'avenir et y trouve des conso-
lations. Ainsi faisait Charles. Mais la femme demeure, elle reste face à face avec le chagrin dont
rien ne la distrait, elle descend jusqu'au fond de
l'abîme qu'il a ouvert, le mesure et souvent le
comble de ses vœux et de ses larmes. Ainsi faisait Eugénie. Elle s'initiait à sa destinée. Sentir,
aimer, souffrir, se dévouer, sera toujours le texte
de la vie des femmes. Eugénie devait être toute
la femme, moins ce qui la console. Son bonheur,
amassé comme les clous semés sur la muraille,
suivant la sublime expression de Bossuet [1], ne
devait pas un jour lui remplir le creux de la main.
Les chagrins ne se font jamais attendre, et pour
elle ils arrivèrent bientôt. Le lendemain du départ
de Charles, la maison Grandet reprit sa physionomie pour tout le monde, excepté pour Eugénie
qui la trouva tout à coup bien vide. A l'insu de

son père, elle voulut que la chambre de Charles restât dans l'état où il l'avait laissée. Madame Grandet et Nanon furent volontiers complices de ce *statu quo*.

— Qui sait s'il ne reviendra pas plus tôt que nous ne le croyons, dit-elle.

— Ah! je le voudrais voir ici, répondit Nanon. Je m'accoutumais bien à lui! C'était un ben doux, un ben parfait monsieur, quasiment joli, moutonné comme une fille. Eugénie regarda Nanon.

— Sainte Vierge, mademoiselle, vous avez les yeux à la perdition de votre âme! Ne regardez donc pas le monde comme ça.

Depuis ce jour, la beauté de mademoiselle Grandet prit un nouveau caractère. Les graves pensées d'amour par lesquelles son âme était lentement envahie, la dignité de la femme aimée donnèrent à ses traits cette espèce d'éclat que les peintres figurent par l'auréole. Avant la venue de son cousin, Eugénie pouvait être comparée à la Vierge avant la conception; quand il fut parti elle ressemblait à la Vierge mère : elle avait conçu l'amour. Ces deux Maries, si différentes et si bien représentées par quelques peintres espagnols, constituent l'une des plus brillantes figures qui abondent dans le christianisme. En revenant de la messe où elle alla le lendemain du départ de Charles, et où elle avait fait vœu d'aller tous les jours, elle prit, chez le libraire de la ville, une mappemonde qu'elle cloua près de son miroir, afin de suivre son cousin dans sa route vers les Indes, afin de pouvoir se mettre un peu, soir et matin, dans le vaisseau qui l'y transportait, de le voir, de lui adresser mille questions, de lui dire : — Es-tu bien? ne souffres-tu pas? penses-tu bien à moi, en voyant cette étoile dont tu m'as appris à connaître les beautés et l'usage? Puis, le matin, elle restait pensive sous le noyer, assise sur le banc de bois rongé par les vers et garni de mousse grise où ils s'étaient dit tant de bonnes choses, de niaiseries, où ils avaient bâti les châteaux en Espagne de leur joli ménage. Elle pensait à l'avenir en regardant le ciel par le petit espace que les murs lui permettaient d'embrasser; puis le vieux pan de muraille, et le toit sous lequel était la chambre de Charles. Enfin ce fut l'amour solitaire, l'amour vrai qui persiste, qui se glisse dans toutes les pensées, et devient la substance, ou, comme eussent dit nos pères, l'étoffe de la vie. Quand les soi-disant amis du père Grandet venaient faire la partie le soir, elle était gaie, elle dissimulait; mais, pendant toute la matinée, elle causait de Charles avec sa mère et Nanon. Nanon avait compris qu'elle pouvait compatir aux souffrances de sa jeune maîtresse sans manquer à ses devoirs envers son vieux patron, elle qui disait à Eugénie : — Si j'avais eu un homme à moi, je l'aurais... suivi dans l'enfer. Je l'aurais... quoi... Enfin, j'aurais voulu m'exterminer pour lui; mais... rin. Je mourrai sans savoir ce que c'est que la vie. Croiriez-vous, mademoiselle, que ce vieux Cornoiller, qu'est un bon homme tout de même, tourne autour de ma jupe, rapport à mes rentes, tout comme ceux qui viennent ici flairer

le magot de monsieur, en vous faisant la cour ?
Je vois ça, parce que je suis encore fine, quoique je
sois grosse comme une tour ; hé ! bien, mam'zelle,
ça me fait plaisir, quoique ça ne soye pas de
l'amour.

Deux mois se passèrent ainsi. Cette vie domestique, jadis si monotone, s'était animée par
l'immense intérêt du secret qui liait plus intime-
ment ces trois femmes. Pour elles, sous les planchers [1] grisâtres de cette salle, Charles vivait, allait,
venait encore. Soir et matin Eugénie ouvrait la
toilette et contemplait le portrait de sa tante.
Un dimanche matin elle fut surprise par sa mère
au moment où elle était occupée à chercher les
traits de Charles dans ceux du portrait. Madame
Grandet fut alors initiée au terrible secret de
l'échange fait par le voyageur contre le trésor
d'Eugénie.

— Tu lui as tout donné, dit la mère épouvantée.
Que diras-tu donc à ton père, au jour de l'an,
quand il voudra voir ton or ?

Les yeux d'Eugénie devinrent fixes, et ces deux
femmes demeurèrent dans un effroi mortel pendant la moitié de la matinée. Elles furent assez
troublées pour manquer la grand'messe, et n'allèrent qu'à la messe militaire. Dans trois jours
l'année 1819 finissait. Dans trois jours devait
commencer une terrible action, une tragédie
bourgeoise sans poison, ni poignard, ni sang
répandu ; mais, relativement aux acteurs, plus
cruelle que tous les drames accomplis dans
l'illustre famille des Atrides.

— Qu'allons-nous devenir? dit madame Grandet à sa fille en laissant son tricot sur ses genoux.

La pauvre mère subissait de tels troubles depuis
deux mois que les manches de laine dont elle
avait besoin pour son hiver n'étaient pas encore
finies. Ce fait domestique, minime en apparence,
eut de tristes résultats pour elle. Faute de manches,
le froid la saisit d'une façon fâcheuse au milieu
d'une sueur causée par une épouvantable colère
de son mari.

— Je pensais, ma pauvre enfant, que, si tu
m'avais confié ton secret, nous aurions eu le temps
d'écrire à Paris à monsieur des Grassins. Il aurait
pu nous envoyer des pièces d'or semblables aux
tiennes; et, quoique Grandet les connaisse bien,
peut-être...

— Mais où donc aurions-nous pris tant d'argent?

— J'aurai engagé mes propres. D'ailleurs monsieur des Grassins nous eût bien...

— Il n'est plus temps, répondit Eugénie d'une
voix sourde et altérée en interrompant sa mère.
Demain matin ne devons-nous pas aller lui souhaiter la bonne année dans sa chambre?

— Mais, ma fille, pourquoi n'irais-je donc pas
voir les Cruchot?

— Non, non, ce serait me livrer à eux et nous
mettre sous leur dépendance. D'ailleurs j'ai pris
parti. J'ai bien fait, je ne me repens de rien. Dieu
me protégera. Que sa sainte volonté se fasse. Ah!
si vous aviez lu sa lettre, vous n'auriez pensé qu'à
lui, ma mère.

Le lendemain matin, premier janvier 1820, la terreur flagrante à laquelle la mère et la fille étaient en proie leur suggéra la plus naturelle des excuses pour ne pas venir solennellement dans la chambre de Grandet. L'hiver de 1819 à 1820 fut un des plus rigoureux de l'époque. La neige encombrait les toits.

Madame Grandet dit à son mari, dès qu'elle l'entendit se remuant dans sa chambre : — Grandet, fais donc allumer par Nanon un peu de feu chez moi; le froid est si vif que je gèle sous ma couverture. Je suis arrivée à un âge où j'ai besoin de ménagements. D'ailleurs, reprit-elle après une légère pause, Eugénie viendra s'habiller là. Cette pauvre fille pourrait gagner une maladie à faire sa toilette chez elle par un temps pareil. Puis nous irons te souhaiter le bon an près du feu, dans la salle.

— Ta, ta, ta, ta, quelle langue! comme tu commences l'année, madame Grandet? Tu n'as jamais tant parlé. Cependant tu n'as pas mangé de pain trempé dans du vin [1], je pense. Il y eut un moment de silence. Eh! bien, reprit le bonhomme que sans doute la proposition de sa femme arrangeait, je vais faire ce que vous voulez, madame Grandet. Tu es vraiment une bonne femme, et je ne veux pas qu'il t'arrive malheur à l'échéance de ton âge, quoique en général les La Bertellière soient faits de vieux ciment. Hein! pas vrai? cria-t-il après une pause. Enfin, nous en avons hérité, je leur pardonne. Et il toussa.

— Vous êtes gai ce matin, monsieur, dit gravement la pauvre femme.

— Toujours gai, moi,

> Gai, gai, gai, le tonnelier,
> Raccommodez votre cuvier !

ajouta-t-il en entrant chez sa femme tout habillé.
Oui, nom d'un petit bonhomme, il fait solidement froid tout de même. Nous déjeunerons bien,
ma femme. Des Grassins m'a envoyé un pâté de
foies gras truffé ! Je vais aller le chercher à la diligence. Il doit y avoir joint un double napoléon
pour Eugénie, vint lui dire le tonnelier à l'oreille.
Je n'ai plus d'or, ma femme. J'avais bien encore
quelques vieilles pièces, je puis te dire cela à toi ;
mais il a fallu les lâcher pour les affaires. Et, pour
célébrer le premier jour de l'an, il l'embrassa
sur le front.

— Eugénie, cria la bonne mère, je ne sais
sur quel côté ton père a dormi ; mais il est
bon homme, ce matin. Bah ! nous nous en
tirerons.

— Quoi qu'il a donc, notre maître ? dit Nanon
en entrant chez sa maîtresse pour y allumer du
feu. D'abord, il m'a dit : « Bon jour, bon an,
grosse bête ! Va faire du feu chez ma femme, elle
a froid. » Ai-je été sotte quand je l'ai vu me tendant la main pour me donner un écu de six francs
qui n'est quasi point rogné du tout ! tenez, madame, regardez-le donc ? Oh ! le brave homme.
C'est un digne homme, tout de même. Il y en a
qui, pus y deviennent vieux, pus y durcissent ;

mais lui, il se fait doux comme votre cassis, et y rabonit. C'est un ben parfait, un ben bon homme...

Le secret de cette joie était dans une entière réussite de la spéculation de Grandet. Monsieur des Grassins, après avoir déduit les sommes que lui devait le tonnelier pour l'escompte des cent cinquante mille francs d'effets hollandais, et pour le surplus qu'il lui avait avancé afin de compléter l'argent nécessaire à l'achat des cent mille livres de rente, lui envoyait, par la diligence, trente mille francs en écus, restant sur le semestre de ses intérêts, et lui avait annoncé la hausse des fonds publics. Ils étaient alors à 89, les plus célèbres capitalistes en achetaient, fin janvier, à 92. Grandet gagnait, depuis deux mois, douze pour cent sur ses capitaux, il avait apuré ses comptes, et allait désormais toucher cinquante mille francs tous les six mois sans avoir à payer ni impositions, ni réparations. Il concevait enfin la rente, placement pour lequel les gens de province manifestent une répugnance invincible, et il se voyait, avant cinq ans, maître d'un capital de six millions grossi sans beaucoup de soins, et qui, joint à la valeur territoriale de ses propriétés, composerait une fortune colossale. Les six francs donnés à Nanon étaient peut-être le solde d'un immense service que la servante avait à son insu rendu à son maître.

— Oh! oh! où va donc le père Grandet, qu'il court dès le matin comme au feu? se dirent les marchands occupés à ouvrir leurs boutiques.

Puis, quand ils le virent revenant du quai suivi
d'un facteur des messageries transportant sur
une brouette des sacs pleins : — L'eau va toujours à la rivière, le bonhomme allait à ses écus,
disait l'un. — Il lui en vient de Paris, de Froidfond, de Hollande! disait un autre. — Il finira
par acheter Saumur, s'écriait un troisième. —
Il se moque du froid, il est toujours à son affaire,
disait une femme à son mari. — Eh! eh! monsieur Grandet, si ça vous gênait, lui dit un marchand de drap, son plus proche voisin, je vous
en débarrasserais.

— Ouin! ce sont des sous, répondit le vigneron.

— D'argent, dit le facteur à voix basse.

— Si tu veux que je te soigne, mets une bride
à ta *margoulette,* dit le bonhomme au facteur
en ouvrant sa porte.

— Ah! le vieux renard, je le croyais sourd,
pensa le facteur; il paraît que quand il fait
froid il entend.

— Voilà vingt sous pour tes étrennes, et
motus! Détale! lui dit Grandet. Nanon te repor-
tera ta brouette. — Nanon, les linottes sont-
elles à la messe?

— Oui, monsieur.

— Allons, haut la patte! à l'ouvrage, cria-t-il
en la chargeant de sacs. En un moment les écus
furent transportés dans sa chambre où il s'en-
ferma. — Quand le déjeuner sera prêt, tu me
cogneras au mur. Reporte la brouette aux Messageries.

La famille ne déjeuna qu'à dix heures.

— Ici ton père ne demandera pas à voir ton
or, dit madame Grandet à sa fille en rentrant
de la messe. D'ailleurs tu feras la frileuse. Puis
nous aurons le temps de remplir ton trésor pour
le jour de ta naissance...

Grandet descendait l'escalier en pensant à
métamorphoser promptement ses écus parisiens
en bon or et à son admirable spéculation des
rentes sur l'État. Il était décidé à placer ainsi ses
revenus jusqu'à ce que la rente atteignît le taux
de cent francs. Méditation funeste à Eugénie. Aussitôt qu'il entra, les deux femmes lui souhaitèrent
une bonne année; sa fille en lui sautant au cou
et le câlinant, madame Grandet gravement et avec
dignité.

— Ah! ah! mon enfant, dit-il en baisant sa
fille sur les joues, je travaille pour toi, vois-tu?...
je veux ton bonheur. Il faut de l'argent pour être
heureux. Sans argent, bernique. Tiens, voilà un
napoléon tout neuf, je l'ai fait venir de Paris. Nom
d'un petit bonhomme, il n'y a pas un grain d'or
ici. Il n'y a que toi qui as de l'or. Montre-moi
ton or, fifille.

— Bah! il fait trop froid; déjeunons, lui répondit Eugénie.

— Hé! bien, après, hein? Ça nous aidera tous
à digérer. Ce gros des Grassins, il nous a envoyé
ça tout de même, reprit-il. Ainsi mangez, mes
enfants, ça ne nous coûte rien. Il va bien des
Grassins, je suis content de lui. Le merluchon
rend service à Charles, et gratis encore. Il arrange

très-bien les affaires de ce pauvre défunt Grandet. — Ououh! ououh! fit-il, la bouche pleine,
après une pause, cela est bon! Manges-en donc,
ma femme? ça nourrit au moins pour deux
jours.

— Je n'ai pas faim. Je suis toute malingre, tu
le sais bien.

— Ah! ouin! Tu peux te bourrer sans crainte
de faire crever ton coffre; tu es une La Bertellière,
une femme solide. Tu es bien un petit brin jau-
nette, mais j'aime le jaune.

L'attente d'une mort ignominieuse et publique
est moins horrible peut-être pour un condamné
que ne l'était pour madame Grandet et pour sa
fille l'attente des événements qui devaient terminer ce déjeuner de famille. Plus gaiement parlait et mangeait le vieux vigneron, plus le cœur
de ces deux femmes se serrait. La fille avait néanmoins un appui dans cette conjoncture : elle
puisait de la force en son amour.

— Pour lui, pour lui, se disait-elle, je souffrirais mille morts.

A cette pensée, elle jetait à sa mère des regards flamboyants de courage.

— Ôte tout cela, dit Grandet à Nanon quand,
vers onze heures, le déjeuner fut achevé; mais
laisse-nous la table. Nous serons plus à l'aise
pour voir ton petit trésor, dit-il en regardant
Eugénie. Petit, ma foi, non. Tu possèdes, valeur
intrinsèque, cinq mille neuf cent cinquante-
neuf francs, et quarante de ce matin, cela fait
six mille francs moins un. Eh! bien, je te donne-

rai, moi, ce franc pour compléter la somme,
parce que, vois-tu, fifille... Hé! bien, pourquoi
nous écoutes-tu? Montre-moi tes talons, Nanon,
et va faire ton ouvrage, dit le bonhomme. Nanon
disparut. — Écoute, Eugénie, il faut que tu me
donnes ton or. Tu ne le refuseras pas à ton pé-
père, ma petite fifille, hein? Les deux femmes
étaient muettes. — Je n'ai plus d'or, moi. J'en
avais, je n'en ai plus. Je te rendrai six mille
francs en livres, et tu vas les placer comme je vais
te le dire. Il ne faut plus penser au douzain.
Quand je te marierai, ce qui sera bientôt, je te
trouverai un futur qui pourra t'offrir le plus
beau douzain dont on aura jamais parlé dans la
province. Écoute donc, fifille. Il se présente une
belle occasion : tu peux mettre tes six mille
francs dans le gouvernement, et tu en auras tous
les six mois près de deux cents francs d'intérêts,
sans impôts, ni réparations, ni grêle, ni gelée, ni
marée, ni rien de ce qui tracasse les revenus. Tu
répugnes peut-être à te séparer de ton or, hein,
fifille? Apporte-le-moi tout de même. Je te
ramasserai des pièces d'or, des hollandaises,
des portugaises, des roupies du Mogol, des
génovines; et, avec celles que je te donnerai
à tes fêtes, en trois ans tu auras rétabli la
moitié de son joli petit trésor en or. Que dis-
tu, fifille? Lève donc le nez. Allons, va le
chercher, le mignon. Tu devrais me baiser sur
les yeux pour te dire ainsi des secrets et des
mystères de vie et de mort pour les écus. Vraiment les écus vivent et grouillent comme des

hommes : ça va, ça vient, ça sue, ça produit.

Eugénie se leva; mais, après avoir fait quelques pas vers la porte, elle se retourna brusquement, regarda son père en face et lui dit : — Je n'ai plus *mon* or.

— Tu n'as plus ton or! s'écria Grandet en se dressant sur ses jarrets comme un cheval qui entend tirer le canon à dix pas de lui.

— Non, je ne l'ai plus.

— Tu te trompes, Eugénie.

— Non.

— Par la serpette de mon père!

Quand le tonnelier jurait ainsi, les planches tremblaient.

— Bon saint bon Dieu! voilà madame qui pâlit, cria Nanon.

— Grandet, ta colère me fera mourir, dit la pauvre femme.

— Ta, ta, ta, ta, vous autres, vous ne mourez jamais dans votre famille! — Eugénie, qu'avez-vous fait de vos pièces? cria-t-il en fondant sur elle.

— Monsieur, dit la fille aux genoux de madame Grandet, ma mère souffre beaucoup. Voyez, ne la tuez pas.

Grandet fut épouvanté de la pâleur répandue sur le teint de sa femme, naguère si jaune.

— Nanon, venez m'aider à me coucher, dit la mère d'une voix faible. Je meurs.

Aussitôt Nanon donna le bras à sa maîtresse, autant en fit Eugénie, et ce ne fut pas sans des peines infinies qu'elles purent la monter chez elle, car elle tombait en défaillance de marche en marche. Grandet resta seul. Néanmoins, quelques moments après, il monta sept ou huit marches, et cria : — Eugénie, quand votre mère sera couchée, vous descendrez.

— Oui, mon père.

Elle ne tarda pas à venir, après avoir rassuré sa mère.

— Ma fille, lui dit Grandet, vous allez me dire où est votre trésor.

— Mon père, si vous me faites des présents dont je ne sois pas entièrement maîtresse, reprenez-les, répondit froidement Eugénie en cherchant le napoléon sur la cheminée et le lui présentant.

Grandet saisit vivement le napoléon et le coula dans son gousset.

— Je crois bien que je ne te donnerai plus rien. Pas seulement ça! dit-il en faisant claquer l'ongle de son pouce sous sa maîtresse dent. Vous méprisez donc votre père, vous n'avez donc pas confiance en lui, vous ne savez donc pas ce que c'est qu'un père. S'il n'est pas tout pour vous, il n'est rien. Où est votre or?

— Mon père, je vous aime et vous respecte, malgré votre colère; mais je vous ferai fort humblement observer que j'ai vingt-deux ans. Vous m'avez assez souvent dit que je suis majeure, pour que je le sache. J'ai fait de mon argent ce qu'il m'a plu d'en faire, et soyez sûr qu'il est bien placé...

— Où?

— C'est un secret inviolable, dit-elle. N'avez-vous pas vos secrets?

— Ne suis-je pas le chef de ma famille, ne puis-je avoir mes affaires?

— C'est aussi mon affaire.

— Cette affaire doit être mauvaise, si vous ne pouvez pas la dire à votre père, mademoiselle Grandet.

— Elle est excellente, et je ne puis pas la dire à mon père.

— Au moins, quand avez-vous donné votre or? Eugénie fit un signe de tête négatif. — Vous l'aviez encore le jour de votre fête, hein? Eugénie, devenue aussi rusée par amour que son père l'était par avarice, réitéra le même signe de tête. — Mais l'on n'a jamais vu pareil entêtement, ni vol pareil, dit Grandet d'une voix qui alla *crescendo* et qui fit graduellement retentir la maison. Comment! ici, dans ma propre maison, chez moi, quelqu'un aura pris ton or! le seul or qu'il y avait! et je ne saurai pas qui? L'or est une chose chère. Les plus honnêtes filles peuvent faire des fautes, donner je ne sais quoi, cela se voit chez les grands seigneurs et même chez les bourgeois; mais donner de l'or, car vous l'avez donné à quelqu'un, hein? Eugénie fut impassible. A-t-on vu pareille fille! Est-ce moi qui suis votre père? Si vous l'avez placé, vous en avez un reçu...

— Étais-je libre, oui ou non, d'en faire ce que bon me semblait? Était-ce à moi?

— Mais tu es un enfant.

— Majeure.

Abasourdi par la logique de sa fille, Grandet pâlit, trépigna, jura; puis trouvant enfin des paroles, il cria : — Maudit serpent de fille! ah! mauvaise graine, tu sais bien que je t'aime, et tu en abuses. Elle égorge son père! Pardieu, tu auras jeté notre fortune aux pieds de ce va-nu-pieds qui a des bottes de maroquin. Par la serpette de mon père, je ne peux pas te déshériter, nom d'un tonneau! mais je te maudis, toi, ton cousin, et tes enfants! Tu ne verras rien arriver de bon de tout cela, entends-tu? Si c'était à Charles, que... Mais, non, ce n'est pas possible. Quoi! ce méchant mirliflor m'aurait dévalisé... Il regarda sa fille qui restait muette et froide.

— Elle ne bougera pas, elle ne sourcillera pas, elle est plus Grandet que je ne suis Grandet. Tu n'as pas donné ton or pour rien, au moins. Voyons, dis? Eugénie regarda son père, en lui jetant un regard ironique qui l'offensa. Eugénie, vous êtes chez moi, chez votre père. Vous devez, pour y rester, vous soumettre à ses ordres. Les prêtres vous ordonnent de m'obéir. Eugénie baissa la tête. Vous m'offensez dans ce que j'ai de plus cher, reprit-il, je ne veux vous voir que soumise. Allez dans votre chambre. Vous y demeurerez jusqu'à ce que je vous permette d'en sortir. Nanon vous y portera du pain et de l'eau. Vous m'avez entendu, marchez!

Eugénie fondit en larmes et se sauva près de sa mère. Après avoir fait un certain nombre de fois le tour de son jardin dans la neige, sans

s'apercevoir du froid, Grandet se douta que sa
fille devait être chez sa femme; et, charmé de la
prendre en contravention à ses ordres, il grimpa
les escaliers avec l'agilité d'un chat, et apparut
dans la chambre de madame Grandet au
moment où elle caressait les cheveux d'Eugénie
dont le visage était plongé dans le sein maternel.

— Console-toi, ma pauvre enfant, ton père
s'apaisera.

— Elle n'a plus de père, dit le tonnelier. Est-ce
bien vous et moi, madame Grandet, qui avons
fait une fille désobéissante comme l'est celle-là?
Jolie éducation, et religieuse surtout. Hé! bien,
vous n'êtes pas dans votre chambre. Allons, en
prison, mademoiselle.

— Voulez-vous me priver de ma fille, monsieur? dit madame Grandet en montrant un
visage rougi par la fièvre.

— Si vous la voulez garder, emportez-la, videz-
moi toutes deux la maison. Tonnerre, où est l'or,
qu'est devenu l'or?

Eugénie se leva, lança un regard d'orgueil sur
son père, et rentra dans sa chambre à laquelle le
bonhomme donna un tour de clef.

— Nanon, cria-t-il, éteins le feu de la salle. Et
il vint s'asseoir sur un fauteuil au coin de la
cheminée de sa femme, en lui disant : — Elle l'a
donné sans doute à ce misérable séducteur de
Charles qui n'en voulait qu'à notre argent.

Madame Grandet trouva, dans le danger qui
menaçait sa fille et dans son sentiment pour elle,

assez de force pour demeurer en apparence
froide, muette et sourde.

— Je ne savais rien de tout ceci, répondit-elle
en se tournant du côté de la ruelle du lit pour ne
pas subir les regards étincelants de son mari. Je
souffre tant de votre violence, que si j'en crois
mes pressentiments, je ne sortirai d'ici que les
pieds en avant. Vous auriez dû m'épargner en ce
moment, monsieur, moi qui ne vous ai jamais
causé de chagrin, du moins, je le pense. Votre
fille vous aime, je la crois innocente autant
que l'enfant qui naît; ainsi ne lui faites pas de
peine, révoquez votre arrêt. Le froid est bien
vif, vous pouvez être cause de quelque grave
maladie.

— Je ne la verrai ni ne lui parlerai. Elle
restera dans sa chambre au pain et à l'eau jusqu'à ce qu'elle ait satisfait son père. Que diable,
un chef de famille doit savoir où va l'or de sa
maison. Elle possédait les seules roupies qui
fussent en France peut-être, puis des génovines,
des ducats de Hollande.

— Monsieur, Eugénie est notre unique enfant,
et quand même elle les aurait jetés à l'eau...

— A l'eau? cria le bonhomme, à l'eau! Vous
êtes folle, madame Grandet. Ce que j'ai dit est
dit, vous le savez. Si vous voulez avoir la paix au
logis, confessez votre fille, tirez-lui les vers du
nez? les femmes s'entendent mieux entre elles à
ça que nous autres. Quoi qu'elle ait pu faire, je
ne la mangerai point. A-t-elle peur de moi?
Quand elle aurait doré son cousin de la tête aux

pieds, il est en pleine mer, hein! nous ne pouvons pas courir après...

— Eh! bien, monsieur? Excitée par la crise
nerveuse où elle se trouvait, ou par le malheur
de sa fille qui développait sa tendresse et son
intelligence, la perspicacité de madame Grandet
lui fit apercevoir un mouvement terrible dans la
loupe de son mari, au moment où elle répondait; elle changea d'idée sans changer de ton.
— Eh! bien, monsieur, ai-je plus d'empire sur
elle que vous n'en avez? Elle ne m'a rien dit,
elle tient de vous.

— Tudieu, comme vous avez la langue pendue
ce matin! Ta, ta, ta, ta, vous me narguez, je crois.
Vous vous entendez peut-être avec elle.

Il regarda sa femme fixement.

— En vérité, monsieur Grandet, si vous vous-
lez me tuer, vous n'avez qu'à continuer ainsi. Je
vous le dis, monsieur, et, dût-il m'en coûter la
vie, je vous le répéterais encore : vous avez tort
envers votre fille, elle est plus raisonnable que
vous ne l'êtes. Cet argent lui appartenait, elle
n'a pu qu'en faire un bel usage, et Dieu seul a
le droit de connaître nos bonnes œuvres. Monsieur, je vous en supplie, rendez vos bonnes
grâces à Eugénie?... Vous amoindrirez ainsi
l'effet du coup que m'a porté votre colère, et
vous me sauverez peut-être la vie. Ma fille, monsieur, rendez-moi ma fille.

— Je décampe, dit-il. Ma maison n'est pas
tenable, la mère et la fille raisonnent et parlent
comme si... Brooouh! Pouah! Vous m'avez

donné de cruelles étrennes, Eugénie, cria-t-il. Oui, oui, pleurez! Ce que vous faites vous causera des remords, entendez-vous. A quoi donc vous sert de manger le bon Dieu six fois tous les trois mois, si vous donnez l'or de votre père en cachette à un fainéant qui vous dévorera votre cœur quand vous n'aurez plus que ça à lui prêter? Vous verrez ce que vaut votre Charles avec ses bottes de maroquin et son air de n'y pas toucher. Il n'a ni cœur ni âme, puisqu'il ose emporter le trésor d'une pauvre fille sans l'agrément des parents.

Quand la porte de la rue fut fermée, Eugénie sortit de sa chambre et vint près de sa mère.

— Vous avez eu bien du courage pour votre fille, lui dit-elle.

— Vois-tu, mon enfant, où nous mènent les choses illicites?... tu m'as fait faire un mensonge.

— Oh! je demanderai à Dieu de m'en punir seule.

— C'est-y vrai, dit Nanon effarée en arrivant, que voilà mademoiselle au pain et à l'eau pour le reste des jours?

— Qu'est-ce que cela fait, Nanon? dit tranquillement Eugénie.

— Ah! pus souvent que je mangerai de la frippe quand la fille de la maison mange du pain sec. Non, non.

— Pas un mot de tout ça, Nanon, dit Eugénie.

— J'aurai la goule morte, mais vous verrez.

Grandet dîna seul pour la première fois depuis vingt-quatre ans.

— Vous voilà donc veuf, monsieur, lui dit Nanon. C'est bien désagréable d'être veuf, avec deux femmes dans sa maison.

— Je ne te parle pas à toi. Tiens ta margoulette ou je te chasse. Qu'est-ce que tu as dans ta casserole que j'entends bouilloter sur le fourneau?

— C'est des graisses que je fonds...

— Il viendra du monde ce soir, allume le feu.

Les Cruchot, madame des Grassins et son fils arrivèrent à huit heures, et s'étonnèrent de ne voir ni madame Grandet ni sa fille.

— Ma femme est un peu indisposée. Eugénie est auprès d'elle, répondit le vieux vigneron dont la figure ne trahit aucune émotion.

Au bout d'une heure employée en conversations insignifiantes, madame des Grassins, qui était montée faire sa visite à madame Grandet, descendit, et chacun lui demanda : — Comment va madame Grandet?

— Mais, pas bien du tout, du tout, dit-elle. L'état de sa santé me paraît vraiment inquiétant. A son âge, il faut prendre les plus grandes précautions, papa Grandet.

— Nous verrons cela, répondit le vigneron d'un air distrait.

Chacun lui souhaita le bonsoir. Quand les Cruchot furent dans la rue, madame des Grassins leur dit : — Il y a quelque chose de nouveau chez les Grandet. La mère est très-mal sans seulement qu'elle s'en doute. La fille a les yeux rouges comme quelqu'un qui a pleuré long-temps. Voudraient-ils la marier contre son gré?

Lorsque le vigneron fut couché, Nanon vint en chaussons à pas muets chez Eugénie, et lui décou-vrit un pâté fait à la casserole.

— Tenez, mademoiselle, dit la bonne fille, Cornoiller m'a donné un lièvre. Vous mangez si peu, que ce pâté vous durera bien huit jours; et, par la gelée, il ne risquera point de se gâter. Au moins, vous ne demeurerez pas au pain sec. C'est que ça n'est point sain du tout.

— Pauvre Nanon, dit Eugénie en lui serrant la main.

— Je l'ai fait ben bon, ben délicat, et *il* ne s'en est point aperçu. J'ai pris le lard, le laurier, tout sur mes six francs; j'en suis ben la maîtresse. Puis la servante se sauva, croyant entendre Grandet.

Pendant quelques mois, le vigneron vint voir constamment sa femme à des heures différentes dans la journée, sans prononcer le nom de sa fille, sans la voir, ni faire à elle la moindre allu-sion. Madame Grandet ne quitta point sa chambre, et, de jour en jour, son état empira. Rien ne fit plier le vieux tonnelier. Il restait iné-branlable, âpre et froid comme une pile de gra-nit. Il continua d'aller et venir selon ses habi-tudes; mais il ne bégaya plus, causa moins, et se montra dans les affaires plus dur qu'il ne l'avait jamais été. Souvent il lui échappait quelque erreur dans ses chiffres. — Il s'est passé quelque chose chez les Grandet, disaient les Cruchotins et les Grassinistes. — Qu'est-il donc arrivé dans la maison Grandet? fut une question convenue que l'on s'adressait généralement dans toutes les soirées à Saumur. Eugénie allait aux offices sous la conduite de Nanon. Au sortir de l'église, si madame des Grassins lui adressait quelques paroles, elle y répondait d'une manière évasive et sans satisfaire sa curiosité. Néanmoins il fut impossible au bout de deux mois de cacher, soit aux trois Cruchot, soit à madame des Grassins, le secret de la réclusion d'Eugénie. Il y eut un moment où les prétextes manquèrent pour justifier sa perpétuelle absence. Puis, sans qu'il fût possible de savoir par qui le secret avait été trahi, toute la ville apprit que depuis le premier jour de l'an mademoiselle Grandet était, par l'ordre de son père, enfermée dans sa chambre, au pain et à l'eau, sans feu; que Nanon lui faisait des friandises, les lui apportait pendant la nuit; et l'on savait même que la jeune personne ne pouvait voir et soigner sa mère que pendant le temps où son père était absent du logis. La conduite de Grandet fut alors jugée très-sévèrement. La ville entière le mit pour ainsi dire hors la loi, se souvint de ses trahisons, de ses duretés, et l'excommunia. Quand il passait, chacun se le montrait en chuchotant. Lorsque sa fille descendait la rue tortueuse pour aller à la messe ou à vêpres, accompagnée de Nanon, tous les habitants se mettaient aux fenêtres pour examiner avec curiosité la contenance de la riche héritière et son visage, où se peignaient une mélancolie et une douceur angéliques. Sa réclusion, la disgrâce de son père, n'étaient rien pour elle. Ne voyait-elle pas la mappemonde, le petit banc, le jardin, le pan de mur, et ne reprenait-elle pas sur ses lèvres le miel qu'y avaient laissé les baisers de l'amour? Elle ignora pendant quelque temps les conversations dont elle était l'objet en ville, tout aussi bien que les ignorait son père. Religieuse et pure devant Dieu, sa conscience et l'amour l'aidaient à patiemment supporter la colère et la vengeance paternelles. Mais une douleur profonde faisait taire toutes les autres douleurs. Chaque jour, sa mère, douce et tendre créature, qui s'embellissait de l'éclat que jetait son âme en approchant de la tombe, sa mère dépérissait de jour en jour. Souvent Eugénie se reprochait d'avoir été la cause innocente de la cruelle, de la lente maladie qui la dévorait. Ces remords, quoique calmés par, sa mère, l'attachaient encore plus étroitement à son amour. Tous les matins, aussitôt que son père était sorti, elle venait au chevet du lit de sa mère, et là, Nanon lui apportait son déjeuner. Mais la pauvre Eugénie, triste et souffrante des souffrances de sa mère, en montrait le visage à Nanon par un geste muet, pleurait et n'osait parler de son cousin. Madame Grandet, la première, était forcée de lui dire : — Où est-*il*? pourquoi n'écrit-*il* pas?

La mère et la fille ignoraient complètement les distances.

— Pensons à lui, ma mère, répondait Eugénie, et n'en parlons pas. Vous souffrez, vous avant tout.

Tout c'était *lui*.

— Mes enfants, disait madame Grandet, je ne regrette point la vie. Dieu m'a protégée en me faisant envisager avec joie le terme de mes misères.

Les paroles de cette femme étaient constamment saintes et chrétiennes. Quand, au moment de déjeuner près d'elle, son mari venait se promener dans sa chambre, elle lui dit, pendant les premiers mois de l'année, les mêmes discours, répétés avec une douceur angélique, mais avec la fermeté d'une femme à qui une mort prochaine donnait le courage qui lui avait manqué pendant sa vie.

— Monsieur, je vous remercie de l'intérêt que vous prenez à ma santé, lui répondait-elle quand il lui avait fait la plus banale des demandes; mais si vous voulez rendre mes derniers moments moins amers et alléger mes douleurs, rendez vos bonnes grâces à notre fille; montrez-vous chrétien, époux et père.

En entendant ces mots, Grandet s'asseyait près du lit et agissait comme un homme qui, voyant venir une averse, se met tranquillement à l'abri sous une porte cochère : il écoutait silencieusement sa femme, et ne répondait rien. Quand les plus touchantes, les plus tendres, les plus religieuses supplications lui avaient été adressées, il disait : — Tu es un peu pâlotte aujourd'hui,

ma pauvre femme. L'oubli le plus complet de sa
fille semblait être gravé sur son front de grès,
sur ses lèvres serrées. Il n'était même pas ému
par les larmes que ses vagues réponses, dont les
termes étaient à peine variés, faisaient couler le
long du blanc visage de sa femme.

— Que Dieu vous pardonne, monsieur, disait-
elle, comme je vous pardonne moi-même. Vous
aurez un jour besoin d'indulgence.

Depuis la maladie de sa femme, il n'avait plus
osé se servir de son terrible : ta, ta, ta, ta, ta!
Mais aussi son despotisme n'était-il pas désarmé
par cet ange de douceur, dont la laideur dispa-
raissait de jour en jour, chassée par l'expression
des qualités morales qui venaient fleurir sur sa
face. Elle était tout âme. Le génie de la prière
semblait purifier, amoindrir les traits les plus
grossiers de sa figure, et la faisait resplendir. Qui
n'a pas observé le phénomène de cette transfi-
guration sur de saints visages où les habitudes de
l'âme finissent par triompher des traits les plus
rudement contournés, en leur imprimant l'ani-
mation particulière due à la noblesse et à la
pureté des pensées élevées! Le spectacle de cette
transformation accomplie par les souffrances qui
consumaient les lambeaux de l'être humain
dans cette femme agissait, quoique faiblement,
sur le vieux tonnelier dont le caractère resta de
bronze. Si sa parole ne fut plus dédaigneuse, un
imperturbable silence, qui sauvait sa supériorité
de père de famille, domina sa conduite. Sa fidèle
Nanon paraissait-elle au marché, soudain quel-

ques lazzis, quelques plaintes sur son maître lui
sifflaient aux oreilles; mais, quoique l'opinion
publique condamnât hautement le père Grandet,
la servante le défendait par orgueil pour la
maison.

— Eh! bien, disait-elle aux détracteurs du
bonhomme, est-ce que nous ne devenons pas
tous plus durs en vieillissant? pourquoi ne voulez-vous pas qu'il se racornisse un peu, cet
homme? Taisez donc vos menteries, Mademoiselle vit comme une reine. Elle est seule, eh!
bien, c'est son goût. D'ailleurs, mes maîtres ont
des raisons majeures.

Enfin, un soir, vers la fin du printemps, madame Grandet, dévorée par le chagrin, encore
plus que par la maladie, n'ayant pas réussi, malgré ses prières, à réconcilier Eugénie et son père,
confia ses peines secrètes aux Cruchot.

— Mettre une fille de vingt-trois ans au pain
et à l'eau?... s'écria le président de Bonfons,
et sans motifs; mais cela constitue *des sévices tor-
tionnaires; elle peut protester contre, et tant dans que
sur...*

— Allons, mon neveu, dit le notaire, laissez
votre baragouin de palais. Soyez tranquille,
madame, je ferai finir cette réclusion dès
demain.

En entendant parler d'elle, Eugénie sortit de
sa chambre.

— Messieurs, dit-elle en s'avançant par un
mouvement plein de fierté, je vous prie de ne
pas vous occuper de cette affaire. Mon père est

maître chez lui. Tant que j'habiterai sa maison, je dois lui obéir. Sa conduite ne saurait être soumise à l'approbation ni à la désapprobation du monde, il n'en est comptable qu'à Dieu. Je réclame de votre amitié le plus profond silence à cet égard. Blâmer mon père serait attaquer notre propre considération. Je vous sais gré, messieurs, de l'intérêt que vous me témoignez; mais vous m'obligeriez davantage si vous vouliez faire cesser les bruits offensants qui courent par la ville, et desquels j'ai été instruite par hasard.

— Elle a raison, dit madame Grandet.

— Mademoiselle, la meilleure manière d'empêcher le monde de jaser est de vous faire rendre la liberté, lui répondit respectueusement le vieux notaire frappé de la beauté que la retraite, la mélancolie et l'amour avaient imprimée à Eugénie.

— Eh! bien, ma fille, laisse à monsieur Cruchot le soin d'arranger cette affaire, puisqu'il répond du succès. Il connaît ton père et sait comment il faut le prendre. Si tu veux me voir heureuse pendant le peu de temps qui me reste à vivre, il faut, à tout prix, que ton père et toi vous soyez réconciliés.

Le lendemain, suivant une habitude prise par Grandet depuis la réclusion d'Eugénie, il vint faire un certain nombre de tours dans son petit jardin. Il avait pris pour cette promenade le moment où Eugénie se peignait. Quand le bonhomme arrivait au gros noyer, il se cachait derrière le tronc de l'arbre, restait pendant

quelques instants à contempler les longs cheveux
de sa fille, et flottait sans doute entre les pensées
que lui suggérait la ténacité de son caractère et
le désir d'embrasser son enfant. Souvent il demeurait assis sur le petit banc de bois pourri où
Charles et Eugénie s'étaient juré un éternel
amour, pendant qu'elle regardait aussi son père
à la dérobée ou dans son miroir. S'il se levait et
recommençait sa promenade, elle s'asseyait complaisamment à la fenêtre et se mettait à examiner
le pan de mur où pendaient les plus jolies fleurs,
d'où sortaient, d'entre les crevasses, des Cheveux
de Vénus, des liserons et une plante grasse, jaune
ou blanche, un *Sedum* très-abondant dans les
vignes à Saumur et à Tours. Maître Cruchot
vint de bonne heure et trouva le vieux vigneron
assis par un beau jour de juin sur le petit banc,
le dos appuyé au mur mitoyen, occupé à voir
sa fille.

— Qu'y a-t-il pour votre service, maître Cruchot? dit-il en apercevant le notaire.

— Je viens vous parler d'affaires.

— Ah! ah! avez-vous un peu d'or à me donner contre des écus?

— Non, non, il ne s'agit pas d'argent, mais de
votre fille Eugénie. Tout le monde parle d'elle
et de vous.

— De quoi se mêle-t-on? Charbonnier est
maître chez lui.

— D'accord, le charbonnier est maître de se
tuer aussi, ou, ce qui est pis, de jeter son argent
par les fenêtres.

— Comment cela?

— Eh! mais votre femme est très-malade, mon ami. Vous devriez même consulter monsieur Bergerin, elle est en danger de mort. Si elle venait à mourir sans avoir été soignée comme il faut, vous ne seriez pas tranquille, je le crois.

— Ta! ta! ta! ta! vous savez ce qu'a ma femme! Ces médecins, une fois qu'ils ont mis le pied chez vous, ils viennent des cinq à six fois par jour.

— Enfin, Grandet, vous ferez comme vous l'entendrez. Nous sommes de vieux amis; il n'y a pas, dans tout Saumur, un homme qui prenne plus que moi d'intérêt à ce qui vous concerne; j'ai donc dû vous dire cela. Maintenant, arrive qui plante, vous êtes majeur, vous savez vous conduire, allez. Ceci n'est d'ailleurs pas l'affaire qui m'amène. Il s'agit de quelque chose de plus grave pour vous, peut-être. Après tout, vous n'avez pas envie de tuer votre femme, elle vous est trop utile. Songez donc à la situation où vous seriez, vis-à-vis de votre fille, si madame Grandet mourait. Vous devriez des comptes à Eugénie, puisque vous êtes commun en biens avec votre femme. Votre fille sera en droit de réclamer le partage de votre fortune, de faire vendre Froidfond. Enfin, elle succède à sa mère, de qui vous ne pouvez pas hériter.

Ces paroles furent un coup de foudre pour le bonhomme, qui n'était pas aussi fort en législation qu'il pouvait l'être en commerce. Il n'avait jamais pensé à une licitation.

— Ainsi je vous engage à la traiter avec douceur, dit Cruchot en terminant.

— Mais savez-vous ce qu'elle a fait, Cruchot?

— Quoi? dit le notaire curieux de recevoir une confidence du père Grandet et de connaître la cause de la querelle.

— Elle a donné son or.

— Eh! bien, était-il à elle? demanda le notaire.

— Ils me disent tous cela! dit le bonhomme en laissant tomber ses bras par un mouvement tragique.

— Allez-vous, pour une misère, reprit Cruchot, mettre des entraves aux concessions que vous lui demanderez de vous faire à la mort de sa mère?

— Ah! vous appelez six mille francs d'or une misère?

— Eh! mon vieil ami, savez-vous ce que coûtera l'inventaire et le partage de la succession de votre femme si Eugénie l'exige?

— Quoi?

— Deux, ou trois, quatre cent mille francs peut-être! Ne faudra-t-il pas liciter, et vendre pour connaître la véritable valeur? au lieu qu'en vous entendant...

— Par la serpette de mon père! s'écria le vigneron qui s'assit en pâlissant, nous verrons ça, Cruchot.

Après un moment de silence ou d'agonie, le bonhomme regarda le notaire en lui disant :

— La vie est bien dure! Il s'y trouve bien des

douleurs. Cruchot, reprit-il solennellement, vous
ne voulez pas me tromper, jurez-moi sur l'honneur que ce que vous me chantez là est fondé
en Droit. Montrez-moi le Code, je veux voir
le Code!

— Mon pauvre ami, répondit le notaire, ne
sais-je pas mon métier?

— Cela est donc bien vrai. Je serai dépouillé,
trahi, tué, dévoré par ma fille.

— Elle hérite de sa mère.

— A quoi servent donc les enfants! Ah! ma
femme, je l'aime. Elle est solide heureusement.
C'est une La Bertellière.

— Elle n'a pas un mois à vivre.

Le tonnelier se frappa le front, marcha, revint,
et, jetant un regard effrayant à Cruchot : — Comment faire? lui dit-il.

— Eugénie pourra renoncer purement et simplement à la succession de sa mère. Vous ne
voulez pas la déshériter, n'est-ce pas? Mais, pour
obtenir un partage de ce genre, ne la rudoyez
pas. Ce que je vous dis là, mon vieux, est contre
mon intérêt. Qu'ai-je à faire, moi?... des liqui-
dations, des inventaires, des ventes, des par-
tages...

— Nous verrons, nous verrons. Ne parlons
plus de cela, Cruchot. Vous me tribouillez les
entrailles. Avez-vous reçu de l'or?

— Non; mais j'ai quelques vieux louis, une
dizaine, je vous les donnerai. Mon bon ami,
faites la paix avec Eugénie. Voyez-vous, tout
Saumur vous jette la pierre.

— Les drôles!

— Allons, les rentes sont à 99. Soyez donc content une fois dans la vie.

— A 99, Cruchot?

— Oui.

— Eh! eh! 99! dit le bonhomme en reconduisant le vieux notaire jusqu'à la porte de la rue. Puis, trop agité par ce qu'il venait d'entendre pour rester au logis, il monta chez sa femme et lui dit : — Allons, la mère, tu peux passer la journée avec ta fille, je vas à Froidfond. Soyez gentilles toutes deux. C'est le jour de notre mariage, ma bonne femme : tiens, voilà dix écus pour ton reposoir de la Fête-Dieu. Il y a assez long-temps que tu veux en faire un, régale-toi! Amusez-vous, soyez joyeuses, portez-vous bien. Vive la joie! Il jeta dix écus de six francs sur le lit de sa femme et lui prit la tête pour la baiser au front. — Bonne femme, tu vas mieux, n'est-ce pas?

— Comment pouvez-vous penser à recevoir dans votre maison le Dieu qui pardonne en tenant votre fille exilée de votre cœur? dit-elle avec émotion.

— Ta, ta, ta, ta, ta, dit le père d'une voix caressante, nous verrons cela.

— Bonté du ciel! Eugénie, cria la mère en rougissant de joie, viens embrasser ton père? il te pardonne!

Mais le bonhomme avait disparu. Il se sauvait à toutes jambes vers ses closeries en tâchant de mettre en ordre ses idées renversées. Grandet

commençait alors sa soixante-seizième année.
Depuis deux ans principalement, son avarice
s'était accrue comme s'accroissent toutes les passions persistantes de l'homme. Suivant une observation faite sur les avares, sur les ambitieux,
sur tous les gens dont la vie a été consacrée à
une idée dominante, son sentiment avait affec-
tionné plus particulièrement un symbole de sa
passion. La vue de l'or, la possession de l'or était
devenue sa monomanie. Son esprit de despotisme avait grandi en proportion de son avarice,
et abandonner la direction de la moindre partie
de ses biens à la mort de sa femme lui paraissait
une chose *contre nature*. Déclarer sa fortune à sa
fille, inventorier l'universalité de ses biens
meubles et immeubles pour les liciter?... — Ce
serait à se couper la gorge, dit-il tout haut au
milieu d'un clos en en examinant les ceps. Enfin
il prit son parti, revint à Saumur à l'heure du
dîner, résolu de plier devant Eugénie, de la
cajoler, de l'amadouer afin de pouvoir mourir
royalement en tenant jusqu'au dernier soupir
les rênes de ses millions. Au moment où le
bonhomme, qui par hasard avait pris son passe-
partout, montait l'escalier à pas de loup pour
venir chez sa femme, Eugénie avait apporté sur
le lit de sa mère le beau nécessaire. Toutes deux,
en l'absence de Grandet, se donnaient le plaisir
de voir le portrait de Charles, en examinant celui
de sa mère.

— C'est tout à fait son front et sa bouche!
disait Eugénie au moment où le vigneron ouvrit

la porte. Au regard que jeta son mari sur l'or,
madame Grandet cria : — Mon Dieu, ayez pitié
de nous !

Le bonhomme sauta sur le nécessaire comme
un tigre fond sur un enfant endormi. — Qu'est-ce
que c'est que cela ? dit-il en emportant le trésor et
allant se placer à la fenêtre. — Du bon or ! de l'or !
s'écria-t-il. Beaucoup d'or ! ça pèse deux livres.
Ah ! ah ! Charles t'a donné cela contre tes belles
pièces. Hein ! pourquoi ne me l'avoir pas dit ?
C'est une bonne affaire, fifille ! Tu es ma fille, je
te reconnais. Eugénie tremblait de tous ses
membres. — N'est-ce pas, ceci est à Charles ?
reprit le bonhomme.

— Oui, mon père, ce n'est pas à moi. Ce
meuble est un dépôt sacré.

— Ta ! ta ! ta ! il a pris ta fortune, faut te rétablir ton petit trésor.

— Mon père ?…

Le bonhomme voulut prendre son couteau
pour faire sauter une plaque d'or, et fut obligé
de poser le nécessaire sur une chaise. Eugénie
s'élança pour le ressaisir ; mais le tonnelier, qui
avait tout à la fois l'œil à sa fille et au coffret, la
repoussa si violemment en étendant le bras
qu'elle alla tomber sur le lit de sa mère.

— Monsieur, monsieur, cria la mère en se
dressant sur son lit.

Grandet avait tiré son couteau et s'apprêtait
à soulever l'or.

— Mon père, cria Eugénie en se jetant à
genoux et marchant ainsi pour arriver plus près

du bonhomme et lever les mains vers lui, mon père, au nom de tous les Saints et de la Vierge, au nom du Christ, qui est mort sur la croix; au nom de votre salut éternel, mon père, au nom de ma vie, ne touchez pas à ceci! Cette toilette n'est ni à vous ni à moi; elle est à un malheureux parent qui me l'a confiée, et je dois la lui rendre intacte.

— Pourquoi la regardais-tu, si c'est un dépôt? Voir, c'est pis que toucher.

— Mon père, ne la détruisez pas, ou vous me déshonorez. Mon père, entendez-vous?

— Monsieur, grâce! dit la mère.

— Mon père, cria Eugénie d'une voix si éclatante que Nanon effrayée monta. Eugénie sauta sur un couteau qui était à sa porté et s'en arma.

— Eh! bien? lui dit froidement Grandet en souriant à froid.

— Monsieur, monsieur, vous m'assassinez! dit la mère.

— Mon père, si votre couteau entame seulement une parcelle de cet or, je me perce de celui-ci. Vous avez déjà rendu ma mère mortellement malade, vous tuerez encore votre fille. Allez maintenant, blessure pour blessure?

Grandet tint son couteau sur le nécessaire, et regarda sa fille en hésitant.

— En serais-tu donc capable, Eugénie? dit-il.

— Oui, monsieur, dit la mère.

— Elle le ferait comme elle le dit, cria Nanon.

Soyez donc raisonnable, monsieur, une fois dans votre vie. Le tonnelier regarda l'or et sa fille alternativement pendant un instant. Madame Grandet s'évanouit. — Là, voyez-vous, mon cher monsieur? madame se meurt, cria Nanon.

— Tiens, ma fille, ne nous brouillons pas pour un coffre. Prends donc! s'écria vivement le tonnelier en jetant la toilette sur le lit. — Toi, Nanon, va chercher monsieur Bergerin. — Allons, la mère, dit-il en baisant la main de sa femme, ce n'est rien, va : nous avons fait la paix. Pas vrai, fifille? Plus de pain sec, tu mangeras tout ce que tu voudras. Ah! elle ouvre les yeux. Eh! bien, la mère, mémère, timère, allons donc! Tiens, vois, j'embrasse Eugénie. Elle aime son cousin, elle l'épousera si elle veut, elle lui gardera le petit coffre. Mais vis long-temps, ma pauvre femme. Allons, remue donc! Écoute, tu auras le plus beau reposoir qui se soit jamais fait à Saumur.

— Mon Dieu, pouvez-vous traiter ainsi votre femme et votre enfant! dit d'une voix faible madame Grandet.

— Je ne le ferai plus, plus, cria le tonnelier. Tu vas voir, ma pauvre femme. Il alla à son cabinet, et revint avec une poignée de louis qu'il éparpilla sur le lit. — Tiens, Eugénie, tiens, ma femme, voilà pour vous, dit-il en maniant les louis. Allons, égaie-toi, ma femme; porte-toi bien, tu ne manqueras de rien ni Eugénie non plus. Voilà cent louis d'or pour elle. Tu ne les donneras pas, Eugénie, ceux-là, hein?

Madame Grandet et sa fille se regardèrent étonnées.

— Reprenez-les, mon père; nous n'avons besoin que de votre tendresse.

— Eh! bien, c'est ça, dit-il en empochant les louis, vivons comme de bons amis. Descendons tous dans la salle pour dîner, pour jouer au loto tous les soirs à deux sous. Faites vos farces! Hein, ma femme?

— Hélas! je le voudrais bien, puisque cela peut vous être agréable, dit la mourante; mais je ne saurais me lever.

— Pauvre mère, dit le tonnelier, tu ne sais pas combien je t'aime. Et toi, ma fille! Il la serra, l'embrassa. Oh! comme c'est bon d'embrasser sa fille après une brouille! ma fifille! Tiens, vois-tu, mémère, nous ne faisons qu'un maintenant. Va donc serrer cela, dit-il à Eugénie en lui montrant le coffret. Va, ne crains rien. Je ne t'en parlerai plus, jamais.

Monsieur Bergerin, le plus célèbre médecin de Saumur, arriva bientôt. La consultation finie, il déclara positivement à Grandet que sa femme était bien mal, mais qu'un grand calme d'esprit, un régime doux et des soins minutieux pourraient reculer l'époque de sa mort vers la fin de l'automne.

— Ça coûtera-t-il cher? dit le bonhomme; faut-il des drogues?

— Peu de drogues, mais beaucoup de soins, répondit le médecin qui ne put retenir un sourire.

— Enfin, monsieur Bergerin, répondit Grandet, vous êtes un homme d'honneur, pas vrai? Je me fie à vous, venez voir ma femme toutes et quantes fois vous le jugerez convenable. Conservez-moi ma bonne femme; je l'aime beaucoup, voyez-vous, sans que ça paraisse, parce que, chez moi, tout se passe en dedans et me trifouille l'âme. J'ai du chagrin. Le chagrin est entré chez moi avec la mort de mon frère pour lequel je dépense, à Paris, des sommes... les yeux de la tête, enfin! et ça ne finit point. Adieu, monsieur, si l'on peut sauver ma femme, sauvez-la, quand même il faudrait dépenser pour ça cent ou deux cents francs.

Malgré les souhaits fervents que Grandet faisait pour la santé de sa femme, dont la succession ouverte était une première mort pour lui; malgré la complaisance qu'il manifestait en toute occasion pour les moindres volontés de la mère et de la fille étonnées; malgré les soins les plus tendres prodigués par Eugénie, madame Grandet marcha rapidement vers la mort. Chaque jour elle s'affaiblissait et dépérissait comme dépérissent la plupart des femmes atteintes, à cet âge, par la maladie. Elle était frêle autant que les feuilles des arbres en automne. Les rayons du ciel la faisaient resplendir comme ces feuilles que le soleil traverse et dore. Ce fut une mort digne de sa vie, une mort toute chrétienne; n'est-ce pas dire sublime? Au mois d'octobre 1822 éclatèrent particulièrement ses vertus, sa patience d'ange et son amour pour sa fille; elle s'éteignit sans avoir laissé échapper la moindre plainte. Agneau sans tache, elle allait au ciel, et ne regrettait ici-bas que la douce compagne de sa froide vie, à laquelle ses derniers regards semblaient prédire mille maux. Elle tremblait de laisser cette brebis, blanche comme elle, seule au milieu d'un monde égoïste qui voulait lui arracher sa toison, ses trésors.

— Mon enfant, lui dit-elle avant d'expirer, il n'y a de bonheur que dans le ciel, tu le sauras un jour.

Le lendemain de cette mort, Eugénie trouva de nouveaux motifs de s'attacher à cette maison où elle était née, où elle avait tant souffert, où sa mère venait de mourir. Elle ne pouvait contempler la croisée et la chaise à patins dans la salle sans verser des pleurs. Elle crut avoir méconnu l'âme de son vieux père en se voyant l'objet de ses soins les plus tendres : il venait lui donner le bras pour descendre au déjeuner; il la regardait d'un œil presque bon pendant des heures entières; enfin il la couvait comme si elle eût été d'or. Le vieux tonnelier se ressemblait si peu à lui-même, il tremblait tellement devant sa fille, que Nanon et les Cruchotins, témoins de sa faiblesse, l'attribuèrent à son grand âge, et craignirent ainsi quelque affaiblissement dans ses facultés; mais le jour où la famille prit le deuil, après le dîner auquel fut convié maître Cruchot, qui seul connaissait le secret de son client, la conduite du bonhomme s'expliqua.

— Ma chère enfant, dit-il à Eugénie lorsque la

table fut ôtée et les portes soigneusement closes,
te voilà héritière de ta mère, et nous avons de
petites affaires à régler entre nous deux. Pas vrai,
Cruchot?

— Oui.

— Est-il donc si nécessaire de s'en occuper
aujourd'hui, mon père?

— Oui, oui, fifille. Je ne pourrais pas durer
dans l'incertitude où je suis. Je ne crois pas que
tu veuilles me faire de la peine.

— Oh! mon père.

— Hé! bien, il faut arranger tout cela ce
soir.

— Que voulez-vous donc que je fasse?

— Mais, fifille, ça ne me regarde pas. Dites-lui
donc, Cruchot.

— Mademoiselle, monsieur votre père ne voudrait ni partager, ni vendre ses biens, ni payer
des droits énormes pour l'argent comptant qu'il
peut posséder. Donc, pour cela, il faudrait se
dispenser de faire l'inventaire de toute la fortune
qui aujourd'hui se trouve indivise entre vous et
monsieur votre père...

— Cruchot, êtes-vous bien sûr de cela, pour
en parler ainsi devant un enfant?

— Laissez-moi dire, Grandet.

— Oui, oui, mon ami. Ni vous ni ma fille ne
voulez me dépouiller. N'est-ce pas, fifille?

— Mais, monsieur Cruchot, que faut-il que je
fasse? demanda Eugénie impatientée.

— Eh! bien, dit le notaire, il faudrait signer
cet acte par lequel vous renonceriez à la succes-

sion de madame votre mère, et laisseriez à votre
père l'usufruit de tous les biens indivis entre
vous, et dont il vous assure la nue-propriété...

— Je ne comprends rien à tout ce que vous
me dites, répondit Eugénie, donnez-moi l'acte,
et montrez-moi la place où je dois signer.

Le père Grandet regardait alternativement
l'acte et sa fille, sa fille et l'acte, en éprouvant de
si violentes émotions qu'il s'essuya quelques
gouttes de sueur venues sur son front.

— Fifille, dit-il, au lieu de signer cet acte qui
coûtera gros à faire enregistrer, si tu voulais
renoncer purement et simplement à la succession
de ta pauvre chère mère défunte, et t'en rapporter à moi pour l'avenir, j'aimerais mieux ça. Je
te ferais alors tous les mois une bonne grosse
rente de cent francs. Vois, tu pourrais payer
autant de messes que tu voudrais à ceux pour
lesquels tu en fais dire... Hein! cent francs par
mois, en livres?

— Je ferai tout ce qu'il vous plaira, mon
père.

— Mademoiselle, dit le notaire, il est de mon
devoir de vous faire observer que vous vous
dépouillez...

— Eh! mon Dieu, dit-elle, qu'est-ce que cela
me fait?

— Tais-toi, Cruchot. C'est dit, c'est dit, s'écria
Grandet en prenant la main de sa fille et y frappant avec la sienne. Eugénie, tu ne te dédiras
point, tu es une honnête fille, hein?

— Oh! mon père?...

Il l'embrassa avec effusion, la serra dans ses
bras à l'étouffer.

— Va, mon enfant, tu donnes la vie à ton père;
mais tu lui rends ce qu'il t'a donné : nous
sommes quittes. Voilà comment doivent se faire
les affaires. La vie est une affaire. Je te bénis!
Tu es une vertueuse fille, qui aime bien son
papa. Fais ce que tu voudras maintenant. A
demain donc, Cruchot, dit-il en regardant
le notaire épouvanté. Vous verrez à bien préparer l'acte de renonciation au greffe du tribunal.

Le lendemain, vers midi, fut signée la déclaration par laquelle Eugénie accomplissait elle-
même sa spoliation. Cependant, malgré sa
parole, à la fin de la première année, le vieux
tonnelier n'avait pas encore donné un sou des
cent francs par mois si solennellement promis à
sa fille. Aussi, quand Eugénie lui en parla plaisamment, ne put-il s'empêcher de rougir; il
monta vivement à son cabinet, revint, et lui présenta environ le tiers des bijoux qu'il avait pris
à son neveu.

— Tiens, petite, dit-il d'un accent plein
d'ironie, veux-tu ça pour tes douze cents
francs?

— O mon père! vrai, me les donnez-vous?

— Je t'en rendrai autant l'année prochaine,
dit-il en les lui jetant dans son tablier. Ainsi
en peu de temps tu auras toutes *ses* breloques,
ajouta-t-il en se frottant les mains, heureux de
pouvoir spéculer sur le sentiment de sa fille.

Néanmoins le vieillard, quoique robuste encore, sentit la nécessité d'initier sa fille aux secrets du ménage. Pendant deux années consécutives il lui fit ordonner en sa présence le menu de la maison, et recevoir les redevances. Il lui apprit lentement et successivement les noms, la contenance de ses clos, de ses fermes. Vers la troisième année il l'avait si bien accoutumée à toutes ses façons d'avarice, il les avait si véritablement tournées chez elle en habitudes, qu'il lui laissa sans crainte les clefs de la dépense, et l'institua la maîtresse au logis.

Cinq ans se passèrent sans qu'aucun événement marquât dans l'existence monotone d'Eugénie et de son père. Ce fut les mêmes actes constamment accomplis avec la régularité chronométrique des mouvements de la vieille pendule. La profonde mélancolie de mademoiselle Grandet n'était un secret pour personne; mais, si chacun put en pressentir la cause, jamais un mot prononcé par elle ne justifia les soupçons que toutes les sociétés de Saumur formaient sur l'état du cœur de la riche héritière. Sa seule compagnie se composait des trois Cruchot et de quelques-uns de leurs amis qu'ils avaient insensiblement introduits au logis. Ils lui avaient appris à jouer au whist, et venaient tous les soirs faire la partie. Dans l'année 1827, son père, sentant le poids des infirmités, fut forcé de l'initier aux secrets de sa fortune territoriale, et lui disait, en cas de difficultés, de s'en rapporter à Cruchot le notaire, dont la probité lui était connue. Puis,

vers la fin de cette année, le bonhomme fut enfin,
à l'âge de quatre-vingt-deux ans, pris par une
paralysie qui fit de rapides progrès. Grandet fut
condamné par monsieur Bergerin. En pensant
qu'elle allait bientôt se trouver seule dans le
monde, Eugénie se tint, pour ainsi dire, plus
près de son père, et serra plus fortement ce
dernier anneau d'affection. Dans sa pensée,
comme dans celle de toutes les femmes aimantes,
l'amour était le monde entier, et Charles n'était
pas là. Elle fut sublime de soins et d'attentions
pour son vieux père, dont les facultés commençaient à baisser, mais dont l'avarice se soutenait
instinctivement. Aussi la mort de cet homme ne
contrasta-t-elle point avec sa vie. Dès le matin
il se faisait rouler entre la cheminée de sa
chambre et la porte de son cabinet, sans doute
plein d'or. Il restait là sans mouvement, mais il
regardait tour à tour avec anxiété ceux qui
venaient le voir et la porte doublée de fer. Il se
faisait rendre compte des moindres bruits qu'il
entendait; et, au grand étonnement du notaire,
il entendait le bâillement de son chien dans la
cour. Il se réveillait de sa stupeur apparente au
jour et à l'heure où il fallait recevoir des fermages, faire des comptes avec les closiers[1], ou
donner des quittances. Il agitait alors son fauteuil à roulettes jusqu'à ce qu'il se trouvât en face
de la porte de son cabinet. Il le faisait ouvrir
par sa fille, et veillait à ce qu'elle plaçât en secret
elle-même les sacs d'argent les uns sur les autres,
à ce qu'elle fermât la porte. Puis il revenait à sa

place silencieusement aussitôt qu'elle lui avait rendu la précieuse clef, toujours placée dans la poche de son gilet, et qu'il tâtait de temps en temps. D'ailleurs son vieil ami le notaire, sentant que la riche héritière épouserait nécessairement son neveu le président si Charles Grandet ne revenait pas, redoubla de soins et d'attentions : il venait tous les jours se mettre aux ordres de Grandet, allait à son commandement à Froid-fond, aux terres, aux prés, aux vignes, vendait les récoltes, et transmutait tout en or et en argent qui venait se réunir secrètement aux sacs empilés dans le cabinet. Enfin arrivèrent les jours d'ago-nie, pendant lesquels la forte charpente du bonhomme fut aux prises avec la destruction. Il voulut rester assis au coin de son feu, devant la porte de son cabinet. Il attirait à lui et roulait toutes les couvertures que l'on mettait sur lui, et disait à Nanon : — Serre, serre ça, pour qu'on ne me vole pas. Quand il pouvait ouvrir les yeux, où toute sa vie s'était réfugiée, il les tour-nait aussitôt vers la porte du cabinet où gisaient ses trésors en disant à sa fille : — Y sont-ils ? y sont-ils ? d'un son de voix qui dénotait une sorte de peur panique.

— Oui, mon père.

— Veille à l'or, mets de l'or devant moi.

Eugénie lui étendait des louis sur une table, et il demeurait des heures entières les yeux atta-chés sur les louis, comme un enfant qui, au moment où il commence à voir, contemple stupidement le même objet ; et, comme à un enfant, il lui échappait un sourire pénible.

— Ça me réchauffe! disait-il quelquefois en laissant paraître sur sa figure une expression de béatitude.

Lorsque le curé de la paroisse vint l'administrer, ses yeux, morts en apparence depuis quelques heures, se ranimèrent à la vue de la croix, des chandeliers, du bénitier d'argent qu'il regarda fixement, et sa loupe remua pour la dernière fois. Lorsque le prêtre lui approcha des lèvres le crucifix en vermeil pour lui faire baiser le Christ, il fit un épouvantable geste pour le saisir et ce dernier effort lui coûta la vie, il appela Eugénie, qu'il ne voyait pas quoiqu'elle fût agenouillée devant lui et qu'elle baignât de ses larmes une main déjà froide.

— Mon père, bénissez-moi?... demanda-t-elle.

— Aie bien soin de tout. Tu me rendras compte de ça là-bas, dit-il en prouvant par cette dernière parole que le christianisme doit être la religion des avares.

Eugénie Grandet se trouva donc seule au monde dans cette maison, n'ayant que Nanon à qui elle pût jeter un regard avec la certitude d'être entendue et comprise, Nanon, le seul être qui l'aimât pour elle et avec qui elle pût causer de ses chagrins. La grande Nanon était une providence pour Eugénie. Aussi ne fut-elle plus une servante, mais une humble amie. Après la mort de son père, Eugénie apprit par maître Cruchot qu'elle possédait trois cent mille livres de rente en biens-fonds dans l'arrondissement de Saumur, six millions placés en trois pour cent à soixante francs, et il valait alors soixante-dix-sept francs; plus deux millions en or et cent mille francs en écus, sans compter les arrérages à recevoir. L'estimation totale de ses biens allait à dix-sept millions.

— Où donc est mon cousin? se dit-elle.

Le jour où maître Cruchot remit à sa cliente l'état de la succession, devenue claire et liquide, Eugénie resta seule avec Nanon, assises l'une et l'autre de chaque côté de la cheminée de cette salle si vide, où tout était souvenir, depuis la chaise à patins sur laquelle s'asseyait sa mère jusqu'au verre dans lequel avait bu son cousin.

— Nanon, nous sommes seules...

— Oui, mademoiselle; et, si je savais où il est, ce mignon, j'irais de mon pied le chercher.

— Il y a la mer entre nous, dit-elle.

Pendant que la pauvre héritière pleurait ainsi en compagnie de sa vieille servante, dans cette froide et obscure maison, qui pour elle composait tout l'univers, il n'était question de Nantes à Orléans que des dix-sept millions de mademoiselle Grandet. Un de ses premiers actes fut de donner douze cents francs de rente viagère à Nanon, qui, possédant déjà six cents autres francs, devint un riche parti. En moins d'un mois, elle passa de l'état de fille à celui de femme sous la protection d'Antoine Cornoiller, qui fut nommé garde-général des terres et propriétés de mademoiselle Grandet. Madame Cornoiller

eut sur ses contemporaines un immense avantage. Quoiqu'elle eût cinquante-neuf ans, elle
ne paraissait pas en avoir plus de quarante. Ses
gros traits avaient résisté aux attaques du temps.
Grâce au régime de sa vie monastique, elle nar-
guait la vieillesse par un teint coloré, par une
santé de fer. Peut-être n'avait-elle jamais été
aussi bien qu'elle le fut au jour de son mariage.
Elle eut les bénéfices de sa laideur, et apparut
grosse, grasse, forte, ayant sur sa figure indes-
tructible un air de bonheur qui fit envier par
quelques personnes le sort de Cornoiller.
— « Elle est bon teint, disait le drapier. — Elle
est capable de faire des enfants, dit le marchand
de sel; elle s'est conservée comme dans de la
saumure, sous votre respect. — Elle est riche, et
le gars Cornoiller fait un bon coup », disait un
autre voisin. En sortant du vieux logis, Nanon,
qui était aimée de tout le voisinage, ne reçut
que des compliments en descendant la rue tortueuse pour se rendre à la paroisse. Pour présent de noce, Eugénie lui donna trois douzaines
de couverts. Cornoiller, surpris d'une telle magnificence, parlait de sa maîtresse les larmes aux
yeux : il se serait fait hacher pour elle. Devenue
la femme de confiance d'Eugénie, madame Cornoiller eut désormais un bonheur égal pour elle
à celui de posséder un mari. Elle avait enfin une
dépense à ouvrir, à fermer, des provisions à
donner le matin, comme faisait son défunt
maître. Puis elle eut à régir deux domestiques,
une cuisinière et une femme de chambre chargée

de raccommoder le linge de maison, de faire les robes de mademoiselle. Cornoiller cumula les fonctions de garde et de régisseur. Il est inutile de dire que la cuisinière et la femme de chambre choisies par Nanon étaient de véritables *perles*. Mademoiselle Grandet eut ainsi quatre serviteurs dont le dévouement était sans bornes. Les fermiers ne s'aperçurent donc pas de la mort du bonhomme, tant il avait sévèrement établi les usages et coutumes de son administration, qui fut soigneusement continuée par monsieur et madame Cornoiller.

A trente ans, Eugénie ne connaissait encore aucune des félicités de la vie. Sa pâle et triste enfance s'était écoulée auprès d'une mère dont le cœur méconnu, froissé, avait toujours souffert. En quittant avec joie l'existence, cette mère plaignait sa fille d'avoir à vivre, et lui laissa dans l'âme de légers remords et d'éternels regrets. Le premier, le seul amour d'Eugénie était, pour elle, un principe de mélancolie. Après avoir entrevu son amant pendant quelques jours, elle lui avait donné son cœur entre deux baisers furtivement acceptés et reçus; puis, il était parti, mettant tout un monde entre elle et lui. Cet amour, maudit par son père, lui avait presque coûté sa mère, et ne lui causait que des douleurs mêlées de frêles espérances. Ainsi jusqu'alors elle s'était élancée vers le bonheur en perdant ses forces, sans les échanger. Dans la vie morale, aussi bien que dans la vie physique, il existe une aspiration et une respiration : l'âme a besoin

d'absorber les sentiments d'une autre âme, de se
les assimiler pour les lui restituer plus riches.
Sans ce beau phénomène humain, point de vie
au cœur; l'air lui manque alors, il souffre, et
dépérit. Eugénie commençait à souffrir. Pour
elle, la fortune n'était ni un pouvoir ni une con-
solation; elle ne pouvait exister que par l'amour,
par la religion, par sa foi dans l'avenir. L'amour
lui expliquait l'éternité. Son cœur et l'Évangile
lui signalaient deux mondes à attendre. Elle se
plongeait nuit et jour au sein de deux pensées
infinies, qui pour elle peut-être n'en faisaient
qu'une seule. Elle se retirait en elle-même, ai-
mant, et se croyant aimée. Depuis sept ans, sa
passion avait tout envahi. Ses trésors n'étaient
pas les millions dont les revenus s'entassaient,
mais le coffret de Charles, mais les deux portraits suspendus à son lit, mais les bijoux rachetés à son père, étalés orgueilleusement sur une
couche de ouate dans un tiroir du bahut; mais
le dé de sa tante duquel s'était servi sa mère,
et que tous les jours elle prenait religieusement
pour travailler à une broderie, ouvrage de Péné-
lope, entrepris seulement pour mettre à son
doigt cet or plein de souvenirs. Il ne paraissait
pas vraisemblable que mademoiselle Grandet
voulût se marier durant son deuil. Sa piété vraie
était connue. Aussi la famille Cruchot, dont la
politique était sagement dirigée par le vieil abbé,
se contenta-t-elle de cerner l'héritière, en l'en-
tourant des soins les plus affectueux. Chez elle,
tous les soirs, la salle se remplissait d'une société

composée des plus chauds et des plus dévoués
Cruchotins du pays qui s'efforçaient de chanter
les louanges de la maîtresse du logis sur tous les
tons. Elle avait le médecin ordinaire de sa
chambre, son grand aumônier, son chambellan,
sa première dame d'atours, son premier ministre,
son chancelier surtout, un chancelier qui voulait
lui tout dire. L'héritière eût-elle désiré un porte-
queue[1], on lui en aurait trouvé un. C'était une
reine, et la plus habilement adulée de toutes les
reines. La flatterie n'émane jamais des grandes
âmes, elle est l'apanage des petits esprits qui
réussissent à se rapetisser encore pour mieux
entrer dans la sphère vitale de la personne autour
de laquelle ils gravitent. La flatterie sous-entend
un intérêt. Aussi les personnes qui venaient meubler tous les soirs la salle de mademoiselle
Grandet, nommée par elles mademoiselle de
Froidfond, réussissaient-elles merveilleusement à
l'accabler de louanges. Ce concert d'éloges,
nouveaux pour Eugénie, la fit d'abord rougir;
mais insensiblement, et quelque grossiers que
fussent les compliments, son oreille s'accoutuma
si bien à entendre vanter sa beauté, que si
quelque nouveau venu l'eût trouvée laide, ce
reproche lui aurait été beaucoup plus sensible
alors que huit ans auparavant. Puis, elle finit par
aimer des douceurs qu'elle mettait secrètement
aux pieds de son idole. Elle s'habitua donc par
degrés à se laisser traiter en souveraine et à voir
sa cour pleine tous les soirs. Monsieur le président de Bonfons était le héros de ce petit cercle,

où son esprit, sa personne, son instruction, son amabilité sans cesse étaient vantés. L'un faisait observer que, depuis sept ans, il avait beaucoup augmenté sa fortune; que Bonfons valait au moins dix mille francs de rente et se trouvait enclavé, comme tous les biens des Cruchot, dans les vastes domaines de l'héritière. — Savez-vous, mademoiselle, disait un habitué, que les Cruchot ont à eux quarante mille livres de rente. — Et leurs économies, reprenait une vieille Cruchotine, mademoiselle de Gribeaucourt. Un monsieur de Paris est venu dernièrement offrir à monsieur Cruchot deux cent mille francs de son étude. Il doit la vendre, s'il peut être nommé juge de paix. — Il veut succéder à monsieur de Bonfons dans la présidence du tribunal, et prend ses précautions, répondit madame d'Orsonval; car monsieur le président deviendra conseiller, puis président à la Cour, il a trop de moyens pour ne pas arriver. — Oui, c'est un homme bien distingué, disait un autre. Ne trouvez-vous pas, mademoiselle? Monsieur le président avait tâché de se mettre en harmonie avec le rôle qu'il voulait jouer. Malgré ses quarante ans, malgré sa figure brune et rébarbative, flétrie comme le sont presque toutes les physionomies judiciaires, il se mettait en jeune homme, badinait avec un jonc, ne prenait point de tabac chez mademoiselle de Froidfond, y arrivait toujours en cravate blanche, et en chemise dont le jabot à gros plis lui donnait un air de famille avec les individus du genre dindon. Il parlait familièrement à la

belle héritière, et lui disait : Notre chère Eugénie! Enfin, hormis le nombre des personnages,
en remplaçant le loto par le whist, et en sup-
primant les figures de monsieur et de madame
Grandet, la scène, par laquelle commence cette
histoire, était à peu près la même que par le
passé. La meute poursuivait toujours Eugénie et
ses millions; mais la meute plus nombreuse
aboyait mieux, et cernait sa proie avec ensemble.
Si Charles fût arrivé du fond des Indes, il eût
donc retrouvé les mêmes personnages et les
mêmes intérêts. Madame des Grassins, pour
laquelle Eugénie était parfaite de grâce et de
bonté, persistait à tourmenter les Cruchot. Mais
alors, comme autrefois, la figure d'Eugénie eût
dominé le tableau; comme autrefois, Charles eût
encore été là le souverain. Néanmoins il y avait
un progrès. Le bouquet présenté jadis à Eugénie
aux jours de sa fête par le président était devenu
périodique. Tous les soirs il apportait à la riche
héritière un gros et magnifique bouquet que
madame Cornoiller mettait ostensiblement dans
un bocal, et jetait secrètement dans un coin de
la cour, aussitôt les visiteurs partis. Au commencement du printemps, madame des Grassins
essaya de troubler le bonheur des Cruchotins en
parlant à Eugénie du marquis de Froidfond,
dont la maison ruinée pouvait se relever si l'héritière voulait lui rendre sa terre par un contrat de
mariage. Madame des Grassins faisait sonner
haut la pairie, le titre de marquise, et, prenant
le sourire de dédain d'Eugénie pour une appro-

bation, elle allait disant que le mariage de monsieur le président Cruchot n'était pas aussi
avancé qu'on le croyait. — Quoique monsieur de
Froidfond ait cinquante ans, disait-elle, il ne
paraît pas plus âgé que ne l'est monsieur Cruchot; il est veuf, il a des enfants, c'est vrai; mais
il est marquis, il sera pair de France, et par le
temps qui court trouvez donc des mariages de
cet acabit. Je sais de science certaine que le père
Grandet, en réunissant tous ses biens à la terre
de Froidfond, avait l'intention de s'enter[1] sur les
Froidfond. Il me l'a souvent dit. Il était malin,
le bonhomme.

— Comment, Nanon, dit un soir Eugénie en
se couchant, il ne m'écrira pas une fois en sept
ans?...

Pendant que ces choses se passaient à Saumur,
Charles faisait fortune aux Indes. Sa pacotille
s'était d'abord très-bien vendue. Il avait réa-
lisé promptement une somme de six mille dol-
lars. Le baptême de la Ligne[2] lui fit perdre beaucoup de préjugés; il s'aperçut que le meilleur
moyen d'arriver à la fortune était, dans les régions intertropicales, aussi bien qu'en Europe,
d'acheter et de vendre des hommes. Il vint donc
sur les côtes d'Afrique et fit la traite des Nègres,
en joignant à son commerce d'hommes celui des
marchandises les plus avantageuses à échanger
sur les divers marchés où l'amenaient ses intérêts. Il porta dans les affaires une activité qui
ne lui laissait aucun moment de libre. Il était
dominé par l'idée de reparaître à Paris dans

tout l'éclat d'une haute fortune, et de ressaisir
une position plus brillante encore que celle d'où
il était tombé. A force de rouler à travers les
hommes et les pays, d'en observer les coutumes
contraires, ses idées se modifièrent et il devint
sceptique. Il n'eut plus de notions fixes sur le
juste et l'injuste, en voyant taxer de crime dans
un pays ce qui était vertu dans un autre. Au
contact perpétuel des intérêts, son cœur se refroi-
dit, se contracta, se dessécha. Le sang des Grandet ne faillit point à sa destinée. Charles devint
dur, âpre à la curée. Il vendit des Chinois, des
Nègres, des nids d'hirondelles, des enfants, des
artistes; il fit l'usure en grand. L'habitude de
frauder les droits de douane le rendit moins
scrupuleux sur les droits de l'homme. Il allait
alors à Saint-Thomas [1] acheter à vil prix les marchandises volées par les pirates, et les portait
sur les places où elles manquaient. Si la noble et
pure figure d'Eugénie l'accompagna dans son
premier voyage comme cette image de Vierge
que mettent sur leur vaisseau les marins espagnols, et s'il attribua ses premiers succès à la
magique influence des vœux et des prières de
cette douce fille; plus tard, les Négresses, les
Mûlatresses, les Blanches, les Javanaises, les
Almées [2], ses orgies de toutes les couleurs, et les
aventures qu'il eut en divers pays effacèrent
complètement le souvenir de sa cousine, de
Saumur, de la maison, du banc, du baiser pris
dans le couloir. Il se souvenait seulement du
petit jardin encadré de vieux murs, parce que

là sa destinée hasardeuse avait commencé; mais il reniait sa famille : son oncle était un vieux chien qui lui avait filouté ses bijoux; Eugénie n'occupait ni son cœur ni ses pensées, elle occupait une place dans ses affaires comme créancière d'une somme de six mille francs. Cette conduite et ces idées expliquent le silence de Charles Grandet. Dans les Indes, à Saint-Thomas, à la côte d'Afrique, à Lisbonne et aux États-Unis, le spéculateur avait pris, pour ne pas compromettre son nom, le pseudonyme de Sepherd. Carl Sepherd pouvait sans danger se montrer partout infatigable, audacieux, avide, en homme qui, résolu de faire fortune *quibuscumque viis*[1], se dépêche d'en finir avec l'infamie pour rester honnête pendant le restant de ses jours. Avec ce système, sa fortune fut rapide et brillante. En 1827 donc, il revenait à Bordeaux, sur le *Marie-Caroline*, joli brick appartenant à une maison de commerce royaliste. Il possédait dix-neuf cent mille francs en trois tonneaux de poudre d'or bien cerclés, desquels il comptait tirer sept ou huit pour cent en les monnayant à Paris. Sur ce brick, se trouvait également un gentilhomme ordinaire de la chambre de S. M. le roi Charles X, monsieur d'Aubrion, bon vieillard qui avait fait la folie d'épouser une femme à la mode, et dont la fortune était aux îles. Pour réparer les prodigalités de madame d'Aubrion, il était allé réaliser ses propriétés. Monsieur et madame d'Aubrion, de la maison d'Aubrion-de-Busch, dont le premier Captal[2] mourut avant 1789, réduits à

une vingtaine de mille livres de rente, avaient
une fille assez laide que la mère voulait marier
sans dot, sa fortune lui suffisant à peine pour
vivre à Paris. C'était une entreprise dont le succès eût semblé problématique à tous les gens
du monde malgré l'habileté qu'ils prêtent aux
femmes à la mode. Aussi madame d'Aubrion
elle-même désespérait-elle presque, en voyant sa
fille, d'en embarrasser qui que ce fût, fût-ce
même un homme ivre de noblesse. Mademoiselle
d'Aubrion était une demoiselle longue comme
l'insecte, son homonyme[1]; maigre, fluette, à
bouche dédaigneuse, sur laquelle descendait un
nez trop long, gros du bout, flavescent à l'état
normal, mais complètement rouge après les
repas, espèce de phénomène végétal plus désagréable au milieu d'un visage pâle et ennuyé que
dans tout autre. Enfin, elle était telle que pouvait
la désirer une mère de trente-huit ans qui, belle
encore, avait encore des prétentions. Mais, pour
contre-balancer de tels désavantages, la marquise d'Aubrion avait donné à sa fille un air
très-distingué, l'avait soumise à une hygiène
qui maintenait provisoirement le nez à un ton de
chair raisonnable, lui avait appris l'art de se
mettre avec goût, l'avait dotée de jolies manières, lui avait enseigné ces regards mélancoliques qui intéressent un homme et lui font
croire qu'il va rencontrer l'ange si vainement
cherché; elle lui avait montré la manœuvre du
pied, pour l'avancer à propos et en faire admirer la petitesse, au moment où le nez avait l'im-

pertinence de rougir; enfin, elle avait tiré de sa
fille un parti très-satisfaisant. Au moyen de
manches larges, de corsages menteurs, de robes
bouffantes et soigneusement garnies, d'un cor-
set à haute pression, elle avait obtenu des produits féminins si curieux que, pour l'instruction
des mères, elle aurait dû les déposer dans un
musée. Charles se lia beaucoup avec madame
d'Aubrion, qui voulait précisément se lier avec
lui. Plusieurs personnes prétendent même que,
pendant la traversée, la belle madame d'Aubrion
ne négligea aucun moyen de capturer un gendre
si riche. En débarquant à Bordeaux, au mois de
juin 1827, monsieur, madame, mademoiselle
d'Aubrion et Charles logèrent ensemble dans le
même hôtel et partirent ensemble pour Paris.
L'hôtel d'Aubrion était criblé d'hypothèques,
Charles devait le libérer. La mère avait déjà
parlé du bonheur qu'elle aurait de céder son
rez-de-chaussée à son gendre et à sa fille. Ne
partageant pas les préjugés de monsieur d'Aubrion sur la noblesse, elle avait promis à Charles
Grandet d'obtenir du bon Charles X une ordon-
nance royale qui l'autoriserait, lui Grandet, à
porter le nom d'Aubrion, à en prendre les armes,
et à succéder, moyennant la constitution d'un
majorat [1] de trente-six mille livres de rente, à Aubrion, dans le titre de Captal de Buch et marquis
d'Aubrion. En réunissant leurs fortunes, vivant
en bonne intelligence, et moyennant des sinécures,
on pourrait réunir cent et quelques mille livres
de rente à l'hôtel d'Aubrion. — Et quand on

a cent mille livres de rente, un nom, une famille, que l'on va à la cour, car je vous ferai nommer gentilhomme de la chambre, on devient tout ce qu'on veut être, disait-elle à Charles. Ainsi vous serez, à votre choix, maître des requêtes au conseil d'État, préfet, secrétaire d'ambassade, ambassadeur. Charles X aime beaucoup d'Aubrion, ils se connaissent depuis l'enfance.

Enivré d'ambition par cette femme, Charles avait caressé, pendant la traversée, toutes ces espérances qui lui furent présentées par une main habile, et sous forme de confidences versées de cœur à cœur. Croyant les affaires de son père arrangées par son oncle, il se voyait ancré tout à coup dans le faubourg Saint-Germain, où tout le monde voulait alors entrer, et où, à l'ombre du nez bleu de mademoiselle Mathilde, il reparaissait en comte d'Aubrion, comme les Dreux reparurent un jour en Brézé. Ébloui par la prospérité de la Restauration qu'il avait laissée chancelante, saisi par l'éclat des idées aristocratiques, son enivrement commencé sur le vaisseau se maintint à Paris où il résolut de tout faire pour arriver à la haute position que son égoïste belle-mère lui faisait entrevoir. Sa cousine n'était donc plus pour lui qu'un point dans l'espace de cette brillante perspective. Il revit Annette. En femme du monde, Annette conseilla vivement à son ancien ami de contracter cette alliance, et lui promit son appui dans toutes ses entreprises ambitieuses. Annette était

enchantée de faire épouser une demoiselle laide
et ennuyeuse à Charles, que le séjour des Indes
avait rendu très-séduisant : son teint avait bruni,
ses manières étaient devenues décidées, hardies,
comme le sont celles des hommes habitués à
trancher, à dominer, à réussir. Charles respira
plus à l'aise dans Paris, en voyant qu'il pouvait
y jouer un rôle. Des Grassins, apprenant son
retour, son mariage prochain, sa fortune, le vint
voir pour lui parler des trois cent mille francs
moyennant lesquels il pouvait acquitter les dettes
de son père. Il trouva Charles en conférence
avec le joaillier auquel il avait commandé des
bijoux pour la corbeille de mademoiselle d'Aubrion, et qui lui en montrait les dessins. Malgré
les magnifiques diamants que Charles avait rap-
portés des Indes, les façons, l'argenterie, la
joaillerie solide et futile du jeune ménage allaient
encore à plus de deux cent mille francs. Charles
reçut des Grassins, qu'il ne reconnut pas, avec
l'impertinence d'un jeune homme à la mode, qui,
dans les Indes, avait tué quatre hommes en différents duels. Monsieur des Grassins était déjà
venu trois fois, Charles l'écouta froidement; puis
il lui répondit, sans l'avoir bien compris : — Les
affaires de mon père ne sont pas les miennes.
Je vous suis obligé, monsieur, des soins que
vous avez bien voulu prendre, et dont je ne saurais profiter. Je n'ai pas ramassé presque deux
millions à la sueur de mon front pour aller
les flanquer à la tête des créanciers de mon
père.

— Et si monsieur votre père était, d'ici à quelques jours, déclaré en faillite?

— Monsieur, d'ici à quelques jours, je me nommerai le comte d'Aubrion. Vous entendez bien que ce me sera parfaitement indifférent. D'ailleurs, vous savez mieux que moi que quand un homme a cent mille livres de rente, son père n'a jamais fait faillite, ajouta-t-il en poussant poliment le sieur des Grassins vers la porte.

Au commencement du mois d'août de cette année, Eugénie était assise sur le petit banc de bois où son cousin lui avait juré un éternel amour, et où elle venait déjeuner quand il faisait beau. La pauvre fille se complaisait en ce moment, par la plus fraîche, la plus joyeuse matinée, à repasser dans sa mémoire les grands, les petits événements de son amour, et les catastrophes dont il avait été suivi. Le soleil éclairait le joli pan de mur tout fendillé, presque en ruines, auquel il était défendu de toucher, de par la fantasque héritière, quoique Cornoiller répétât souvent à sa femme qu'on serait écrasé dessous quelque jour. En ce moment, le facteur de poste frappa, remit une lettre à madame Cornoiller, qui vint au jardin en criant : — Mademoiselle, une lettre! Elle la donna à sa maîtresse en lui disant : — C'est-y celle que vous attendez?

Ces mots retentirent aussi fortement au cœur d'Eugénie qu'ils retentirent réellement entre les murailles de la cour et du jardin.

— Paris! C'est de lui. Il est revenu.

Eugénie pâlit, et garda la lettre pendant un moment. Elle palpitait trop vivement pour pouvoir la décacheter et la lire. La grande Nanon resta debout, les deux mains sur les hanches, et la joie semblait s'échapper comme une fumée par les crevasses de son brun visage.

— Lisez donc, mademoiselle...

— Ah! Nanon, pourquoi revient-il par Paris, quand il s'en est allé par Saumur?

— Lisez, vous le saurez.

Eugénie décacheta la lettre en tremblant. Il en tomba un mandat sur la maison *madame des Grassins et Corret* de Saumur. Nanon le ramassa.

« Ma chère cousine... »

— Je ne suis plus Eugénie, pensa-t-elle. Et son cœur se serra.

« Vous... »

— Il me disait *tu!*

Elle se croisa les bras, n'osa plus lire la lettre, et de grosses larmes lui vinrent aux yeux.

— Est-il mort? demanda Nanon.

— Il n'écrirait pas, dit Eugénie.

Elle lut toute la lettre que voici.

« Ma chère cousine, vous apprendrez, je le crois, avec plaisir, le succès de mes entreprises. Vous m'avez porté bonheur, je suis revenu riche, et j'ai suivi les conseils de mon oncle, dont la mort et celle de ma tante viennent de m'être apprises par monsieur des Grassins. La mort de nos parents est dans la nature, et nous devons leur succéder. J'espère que vous êtes aujourd'hui consolée. Rien ne résiste au temps, je l'éprouve. Oui, ma chère cousine, malheureusement pour moi, le moment des illusions est passé. Que voulez-vous! En voyageant à travers de nombreux pays, j'ai réfléchi sur la vie. D'enfant que j'étais au départ, je suis devenu homme au retour. Aujourd'hui, je pense à bien des choses auxquelles je ne songeais pas autrefois. Vous êtes libre, ma cousine, et je suis libre encore; rien n'empêche, en apparence, la réalisation de nos petits projets; mais j'ai trop de loyauté dans le caractère pour vous cacher la situation de mes affaires. Je n'ai point oublié que je ne m'appartiens pas; je me suis toujours souvenu dans mes longues traversées du petit banc de bois... »

Eugénie se leva comme si elle eût été sur des charbons ardents, et alla s'asseoir sur une des marches de la cour.

« ... du petit banc de bois où nous nous sommes juré de nous aimer toujours, du couloir, de la salle grise, de ma chambre en mansarde, et de la nuit où vous m'avez rendu, par votre délicate obligeance, mon avenir plus facile. Oui, ces souvenirs ont soutenu mon courage, et je me suis dit que vous pensiez toujours à moi comme je pensais souvent à vous, à l'heure convenue entre nous. Avez-vous bien regardé les nuages à neuf heures? Oui, n'est-ce pas? Aussi, ne veux-je pas trahir une amitié sacrée pour moi; non, je ne dois point vous tromper. Il s'agit, en ce moment, pour moi, d'une alliance qui satisfait

à toutes les idées que je me suis formées sur le
mariage. L'amour, dans le mariage, est une chi-
mère. Aujourd'hui mon expérience me dit qu'il
faut obéir à toutes les lois sociales et réunir toutes
les convenances voulues par le monde en se mariant. Or, déjà se trouve entre nous une diffé-
rence d'âge qui, peut-être, influerait plus sur
votre avenir, ma chère cousine, que sur le mien.
Je ne vous parlerai ni de vos mœurs, ni de votre
éducation, ni de vos habitudes, qui ne sont nulle-
ment en rapport avec la vie de Paris, et ne cadre-
raient sans doute point avec mes projets ulté-
rieurs. Il entre dans mes plans de tenir un grand
état de maison, de recevoir beaucoup de monde,
et je crois me souvenir que vous aimez une vie
douce et tranquille. Non, je serai plus franc,
et veux vous faire arbitre de ma situation; il
vous appartient de la connaître, et vous avez le
droit de la juger. Aujourd'hui je possède quatre-
vingt mille livres de rente. Cette fortune me permet de m'unir à la famille d'Aubrion, dont l'héritière, jeune personne de dix-neuf ans, m'apporte
en mariage son nom, un titre, la place de gentilhomme honoraire de la chambre de Sa Ma-
jesté, et une position des plus brillantes. Je vous
avouerai, ma chère cousine, que je n'aime pas
le moins du monde mademoiselle d'Aubrion;
mais, par son alliance, j'assure à mes enfants
une situation sociale dont un jour les avantages
seront incalculables : de jour en jour, les idées
monarchiques reprennent faveur. Donc, quelques années plus tard, mon fils, devenu marquis

d'Aubrion, ayant un majorat de quarante mille
livres de rente, pourra prendre dans l'État telle
place qu'il lui conviendra de choisir. Nous nous
devons à nos enfants. Vous voyez, ma cousine,
avec quelle bonne foi je vous expose l'état
de mon cœur, de mes espérances et de ma fortune. Il est possible que de votre côté vous ayez
oublié nos enfantillages après sept années
d'absence; mais moi, je n'ai oublié ni votre
indulgence, ni mes paroles; je me souviens de
toutes, même des plus légèrement données, et
auxquelles un jeune homme moins conscien-
cieux que je ne le suis, ayant un cœur moins
jeune et moins probe, ne songerait même pas.
En vous disant que je ne pense qu'à faire un
mariage de convenance, et que je me souviens
encore de nos amours d'enfant, n'est-ce pas
me mettre entièrement à votre discrétion, vous
rendre maîtresse de mon sort, et vous dire que,
s'il faut renoncer à mes ambitions sociales, je
me contenterai volontiers de ce simple et
pur bonheur duquel vous m'avez offert de si touchantes images...

— Tan, ta, ta. — Tan, ta, ti. — Tinn, ta, ta. —
Toûn! — Toûn, ta, ti. — Tinn, ta, ta..., etc., avait
chanté Charles Grandet sur l'air de *Non più
andrai,* en signant :

> » Votre dévoué cousin,
> » CHARLES. »

— Tonnerre de Dieu! c'est y mettre des procédés, se dit-il. Et il avait cherché le mandat, et il avait ajouté ceci :

« *P. S.* Je joins à ma lettre un mandat sur la maison des Grassins de huit mille francs à votre ordre, et payable en or, comprenant intérêts et capital de la somme que vous avez eu la bonté de me prêter. J'attends de Bordeaux une caisse où se trouvent quelques objets que vous me permettrez de vous offrir en témoignage de mon éternelle reconnaissance. Vous pouvez renvoyer par la diligence ma toilette à l'hôtel d'Aubrion, rue Hillerin-Bertin[1]. »

— Par la diligence! dit Eugénie. Une chose pour laquelle j'aurais donné mille fois ma vie!

Épouvantable et complet désastre. Le vaisseau sombrait sans laisser ni un cordage, ni une planche sur le vaste océan des espérances. En se voyant abandonnées, certaines femmes vont arracher leur amant aux bras d'une rivale, la tuent et s'enfuient au bout du monde, sur l'échafaud ou dans la tombe. Cela, sans doute, est beau; le mobile de ce crime est une sublime passion qui impose à la Justice humaine. D'autres femmes baissent la tête et souffrent en silence; elles vont mourantes et résignées, pleurant et pardonnant, priant et se souvenant jusqu'au dernier soupir. Ceci est de l'amour, l'amour vrai, l'amour des anges, l'amour fier qui vit de sa douleur et qui en meurt. Ce fut le sentiment

d'Eugénie après avoir lu cette horrible lettre.
Elle jeta ses regards au ciel, en pensant aux dernières paroles de sa mère, qui, semblable à
quelques mourants, avait projeté sur l'avenir un
coup d'œil pénétrant, lucide; puis, Eugénie se
souvenant de cette mort et de cette vie prophé-
tique, mesura d'un regard toute sa destinée. Elle
n'avait plus qu'à déployer ses ailes, tendre au
ciel, et vivre en prières jusqu'au jour de sa déli-
vrance.

— Ma mère avait raison, dit-elle en pleurant.
Souffrir et mourir.

Elle vint à pas lents de son jardin dans la
salle. Contre son habitude, elle ne passa point
par le couloir; mais elle retrouva le souvenir de
son cousin dans ce vieux salon gris, sur la cheminée duquel était toujours une certaine soucoupe dont elle se servait tous les matins à son
déjeuner, ainsi que du sucrier de vieux Sèvres.
Cette matinée devait être solennelle et pleine
d'événements pour elle. Nanon lui annonça
le curé de la paroisse. Ce curé, parent des
Cruchot, était dans les intérêts du président
de Bonfons. Depuis quelques jours, le vieil
abbé l'avait déterminé à parler à mademoiselle
Grandet, dans un sens purement religieux, de
l'obligation où elle était de contracter mariage. En voyant son pasteur, Eugénie crut
qu'il venait chercher les mille francs qu'elle
donnait mensuellement aux pauvres, et dit à
Nanon de les aller chercher; mais le curé se prit
à sourire.

— Aujourd'hui, mademoiselle, je viens vous parler d'une pauvre fille à laquelle toute la ville de Saumur s'intéresse, et qui, faute de charité pour elle-même, ne vit pas chrétiennement.

— Mon Dieu! monsieur le curé, vous me trouvez dans un moment où il m'est impossible de songer à mon prochain, je suis tout occupée de moi. Je suis bien malheureuse, je n'ai d'autre refuge que l'Église; elle a un sein assez large pour contenir toutes nos douleurs, et des sentiments assez féconds pour que nous puissions y puiser sans craindre de les tarir.

— Eh! bien, mademoiselle, en nous occupant de cette fille nous nous occuperons de vous. Écoutez. Si vous voulez faire votre salut, vous n'avez que deux voies à suivre, ou quitter le monde ou en suivre les lois. Obéir à votre destinée terrestre ou à votre destinée céleste.

— Ah! votre voix me parle au moment où je voulais entendre une voix. Oui, Dieu vous adresse ici, monsieur. Je vais dire adieu au monde et vivre pour Dieu seul dans le silence et la retraite.

— Il est nécessaire, ma fille, de long-temps réfléchir à ce violent parti. Le mariage est une vie, le voile est une mort.

— Eh! bien, la mort, la mort promptement, monsieur le curé, dit-elle avec une effrayante vivacité.

— La mort! mais vous avez de grandes obligations à remplir envers la Société, mademoiselle. N'êtes-vous donc pas la mère des pauvres aux-

quels vous donnez des vêtements, du bois en
hiver et du travail en été? Votre grande fortune
est un prêt qu'il faut rendre, et vous l'avez sain-
tement acceptée ainsi. Vous ensevelir dans un
couvent, ce serait de l'égoïsme; quant à rester
vieille fille, vous ne le devez pas. D'abord, pour-
riez-vous gérer seule votre immense fortune?
vous la perdriez peut-être. Vous auriez bientôt
mille procès, et vous seriez engarriée [1] en d'inex-
tricables difficultés. Croyez votre pasteur : un
époux vous est utile, vous devez conserver ce que
Dieu vous a donné. Je vous parle comme à une
ouaille chérie. Vous aimez trop sincèrement Dieu
pour ne pas faire votre salut au milieu du monde,
dont vous êtes un des plus beaux ornements,
et auquel vous donnez de saints exemples.

En ce moment, madame des Grassins se fit
annoncer. Elle venait amenée par la vengeance
et par un grand désespoir.

— Mademoiselle, dit-elle. Ah! voici monsieur
le curé. Je me tais, je venais vous parler d'affaires, et je vois que vous êtes en grande conférence.

— Madame, dit le curé, je vous laisse le champ
libre.

— Oh! monsieur le curé, dit Eugénie, revenez
dans quelques instants, votre appui m'est en ce
moment bien nécessaire.

— Oui, ma pauvre enfant, dit madame des
Grassins.

— Que voulez-vous dire? demandèrent mademoiselle Grandet et le curé.

— Ne sais-je pas le retour de votre cousin, son mariage avec mademoiselle d'Aubrion?... Une femme n'a jamais son esprit dans sa poche.

Eugénie rougit et resta muette; mais elle prit le parti d'affecter à l'avenir l'impassible contenance qu'avait su prendre son père.

— Eh! bien, madame, répondit-elle avec ironie, j'ai sans doute l'esprit dans ma poche, je ne comprends pas. Parlez, parlez devant monsieur le curé, vous savez qu'il est mon directeur.

— Eh! bien, mademoiselle, voici ce que des Grassins m'écrit. Lisez.

Eugénie lut la lettre suivante :

« Ma chère femme, Charles Grandet arrive des Indes, il est à Paris depuis un mois...

— Un mois! se dit Eugénie en laissant tomber sa main.

Après une pause, elle reprit la lettre.

» ... Il m'a fallu faire antichambre deux fois avant de pouvoir parler à ce futur vicomte d'Aubrion. Quoique tout Paris parle de son mariage, et que tous les bans soient publiés...

— Il m'écrivait donc au moment où... se dit Eugénie. Elle n'acheva pas, elle ne s'écria pas comme une Parisienne : « Le polisson! » Mais pour ne pas être exprimé, le mépris n'en fut pas moins complet.

» ... Ce mariage est loin de se faire; le marquis d'Aubrion ne donnera pas sa fille au fils d'un banqueroutier. Je suis venu lui faire part des soins que son oncle et moi nous avons donnés aux affaires de son père, et des habiles

manœuvres par lesquelles nous avons su faire
tenir les créanciers tranquilles jusqu'aujourd'hui.
Ce petit impertinent n'a-t-il pas eu le front de
me répondre, à moi qui, pendant cinq ans,
me suis dévoué nuit et jour à ses intérêts et à
son honneur, que *les affaires de son père n'étaient
pas les siennes.* Un agréé serait en droit de
lui demander trente à quarante mille francs
d'honoraires, à un pour cent sur la somme
des créances. Mais, patience, il est bien légitime-
ment dû douze cent mille francs aux créanciers,
et je vais faire déclarer son père en faillite.
Je me suis embarqué dans cette affaire sur
la parole de ce vieux caïman de Grandet, et
j'ai fait des promesses au nom de la famille.
Si monsieur le vicomte d'Aubrion se soucie
peu de son honneur, le mien m'intéresse fort.
Aussi vais-je expliquer ma position aux créanciers. Néanmoins, j'ai trop de respect pour
mademoiselle Eugénie, à l'alliance de laquelle,
en des temps plus heureux, nous avions
pensé, pour agir sans que tu lui aies parlé de cette
affaire...

Là, Eugénie rendit froidement la lettre sans
l'achever. — Je vous remercie, dit-elle à madame des Grassins, *nous verrons cela...*

— En ce moment, vous avez toute la voix de
défunt votre père, dit madame des Grassins.

— Madame, vous avez huit mille cent francs
d'or à nous compter, lui dit Nanon.

— Cela est vrai; faites-moi l'avantage de venir
avec moi, madame Cornoiller.

— Monsieur le curé, dit Eugénie avec un noble sang-froid que lui donna la pensée qu'elle allait exprimer, serait-ce pécher que de demeurer en état de virginité dans le mariage?

— Ceci est un cas de conscience dont la solution m'est inconnue. Si vous voulez savoir ce qu'en pense en sa Somme *De matrimonio* le célèbre Sanchez[1], je pourrai vous le dire demain.

Le curé partit, mademoiselle Grandet monta dans le cabinet de son père et y passa la journée seule, sans vouloir descendre à l'heure du dîner, malgré les instances de Nanon. Elle parut le soir, à l'heure où les habitués de son cercle arrivèrent. Jamais le salon des Grandet n'avait été aussi plein qu'il le fut pendant cette soirée. La nouvelle du retour et de la sotte trahison de Charles avait été répandue dans toute la ville. Mais quelque attentive que fût la curiosité des visiteurs, elle ne fut point satisfaite. Eugénie, qui s'y était attendue, ne laissa percer sur son visage calme aucune des cruelles émotions qui l'agitaient. Elle sut prendre une figure riante pour répondre à ceux qui voulurent lui témoigner de l'intérêt par des regards ou des paroles mélancoliques. Elle sut enfin couvrir son malheur sous les voiles de la politesse. Vers neuf heures, les parties finissaient, et les joueurs quittaient leurs tables, se payaient et discutaient les derniers coups de whist en venant se joindre au cercle des causeurs. Au moment où l'assemblée se leva en masse pour quitter le salon, il y eut un coup de théâtre qui retentit dans Saumur, de là dans l'arrondissement et dans les quatre préfectures environnantes.

— Restez, monsieur le président, dit Eugénie à monsieur de Bonfons en lui voyant prendre sa canne.

A cette parole, il n'y eut personne dans cette nombreuse assemblée qui ne se sentît ému. Le président pâlit et fut obligé de s'asseoir.

— Au président les millions, dit mademoiselle de Gribeaucourt.

— C'est clair, le président de Bonfons épouse mademoiselle Grandet, s'écria madame d'Orsonval.

— Voilà le meilleur coup de la partie, dit l'abbé.

— C'est un beau *schleem,* dit le notaire.

Chacun dit son mot, chacun fit son calembour, tous voyaient l'héritière montée sur ses millions, comme sur un piédestal. Le drame commencé depuis neuf ans se dénouait. Dire, en face de tout Saumur, au président de rester, n'était-ce pas annoncer qu'elle voulait faire de lui son mari. Dans les petites villes, les convenances sont si sévèrement observées, qu'une infraction de ce genre y constitue la plus solennelle des promesses.

— Monsieur le président, lui dit Eugénie d'une voix émue quand ils furent seuls, je sais ce qui vous plaît en moi. Jurez de me laisser libre pendant toute ma vie, de ne me rappeler aucun des droits que le mariage vous donne sur moi, et ma main est à vous. Oh! reprit-elle

en le voyant se mettre à genoux, je n'ai pas tout
dit. Je ne dois pas vous tromper, monsieur.
J'ai dans le cœur un sentiment inextinguible.
L'amitié sera le seul sentiment que je puisse
accorder à mon mari : je ne veux ni l'offenser, ni
contrevenir aux lois de mon cœur. Mais vous ne
posséderez ma main et ma fortune qu'au prix
d'un immense service.

— Vous me voyez prêt à tout, dit le président.

— Voici quinze cent mille francs, monsieur le
président, dit-elle en tirant de son sein une reconnaissance de cent actions de la Banque de
France, partez pour Paris, non pas demain, non
pas cette nuit, mais à l'instant même. Rendez-
vous chez monsieur des Grassins, sachez-y le
nom de tous les créanciers de mon oncle, ras-
semblez-les, payez tout ce que sa succession
peut devoir, capital et intérêts à cinq pour cent
depuis le jour de la dette jusqu'à celui du remboursement, enfin veillez à faire faire une quittance générale et notariée, bien en forme. Vous
êtes magistrat, je ne me fie qu'à vous en cette
affaire. Vous êtes un homme loyal, un galant
homme ; je m'embarquerai sur la foi de votre
parole pour traverser les dangers de la vie à
l'abri de votre nom. Nous aurons l'un pour l'autre
une mutuelle indulgence. Nous nous connaissons
depuis si longtemps, nous sommes presque
parents, vous ne voudriez pas me rendre malheureuse.

Le président tomba aux pieds de la riche héritière en palpitant de joie et d'angoisse.

— Je serai votre esclave! lui dit-il.

— Quand vous aurez la quittance, monsieur, reprit-elle en lui jetant un regard froid, vous la porterez avec tous les titres à mon cousin Grandet et vous lui remettrez cette lettre. A votre retour, je tiendrai ma parole.

Le président comprit, lui, qu'il devait mademoiselle Grandet à un dépit amoureux; aussi s'empressa-t-il d'exécuter ses ordres avec la plus grande promptitude, afin qu'il n'arrivât aucune réconciliation entre les deux amants.

Quand monsieur de Bonfons fut parti, Eugénie tomba sur son fauteuil et fondit en larmes. Tout était consommé. Le président prit la poste, et se trouvait à Paris le lendemain soir. Dans la matinée du jour qui suivit son arrivée, il alla chez des Grassins. Le magistrat convoqua les créanciers en l'Étude du notaire où étaient déposés les titres, et chez lequel pas un ne faillit à l'appel. Quoique ce fussent des créanciers, il faut leur rendre justice : ils furent exacts. Là, le président de Bonfons, au nom de mademoiselle Grandet, leur paya le capital et les intérêts dus. Le payement des intérêts fut pour le commerce parisien un des événements les plus étonnants de l'époque. Quand la quittance fut enregistrée et des Grassins payé de ses soins par le don d'une somme de cinquante mille francs que lui avait allouée Eugénie, le président se rendit à l'hôtel d'Aubrion, et y trouva Charles au moment où il rentrait dans son appartement, accablé par son beau-père.

Le vieux marquis venait de lui déclarer que sa fille ne lui appartiendrait qu'autant que tous les créanciers de Guillaume Grandet seraient soldés.

Le président lui remit d'abord la lettre suivante.

« Mon cousin, monsieur le président de Bonfons s'est chargé de vous remettre la quittance de toutes les sommes dues par mon oncle et celle par laquelle je reconnais les avoir reçues de vous. On m'a parlé de faillite !... J'ai pensé que le fils d'un failli ne pouvait peut-être pas épouser mademoiselle d'Aubrion. Oui, mon cousin, vous avez bien jugé de mon esprit et de mes manières : je n'ai sans doute rien du monde, je n'en connais ni les calculs ni les mœurs, et ne saurais vous y donner les plaisirs que vous voulez y trouver. Soyez heureux, selon les conventions sociales auxquelles vous sacrifiez nos premières amours. Pour rendre votre bonheur complet, je ne puis donc plus vous offrir que l'honneur de votre père. Adieu, vous aurez toujours une fidèle amie dans votre cousine,

» Eugénie. »

Le président sourit de l'exclamation que ne put réprimer cet ambitieux au moment où il reçut l'acte authentique.

— Nous nous annoncerons réciproquement nos mariages, lui dit-il.

— Ah! vous épousez Eugénie. Eh! bien, j'en suis content, c'est une bonne fille. Mais, reprit-il frappé tout à coup par une réflexion lumineuse, elle est donc riche?

— Elle avait, répondit le président d'un air goguenard, près de dix-neuf millions, il y a quatre jours; mais elle n'en a plus que dix-sept aujourd'hui.

Charles regarda le président d'un air hébété.

— Dix-sept... mil...

— Dix-sept millions, oui, monsieur. Nous réunissons, mademoiselle Grandet et moi, sept cent cinquante mille livres de rente, en nous mariant.

— Mon cher cousin, dit Charles en retrouvant un peu d'assurance, nous pourrons nous pousser l'un l'autre.

— D'accord, dit le président. Voici, de plus, une petite caisse que je dois aussi ne remettre qu'à vous, ajouta-t-il en déposant sur une table le coffret dans lequel était la toilette.

— Hé! bien, mon cher ami, dit madame la marquise d'Aubrion en entrant sans faire attention à Cruchot, ne prenez nul souci de ce que vient de vous dire ce pauvre monsieur d'Aubrion, à qui la duchesse de Chaulieu vient de tourner la tête. Je vous le répète, rien n'empêchera votre mariage...

— Rien, madame, répondit Charles. Les quatre millions autrefois dus par mon père ont été soldés hier.

— En argent? dit-elle.

— Intégralement, intérêts et capital, et je vais faire réhabiliter sa mémoire.

— Quelle bêtise! s'écria la belle-mère. — Quel est ce monsieur? dit-elle à l'oreille de son gendre, en apercevant le Cruchot.

— Mon homme d'affaires, lui répondit-il à voix basse.

La marquise salua dédaigneusement monsieur de Bonfons et sortit.

— Nous nous poussons déjà, dit le président en prenant son chapeau. Adieu, mon cousin.

— Il se moque de moi, ce catacouas de Saumur. J'ai envie de lui donner six pouces de fer dans le ventre.

Le président était parti. Trois jours après, monsieur de Bonfons, de retour à Saumur, publia son mariage avec Eugénie. Six mois après, il était nommé conseiller à la Cour royale d'Angers. Avant de quitter Saumur, Eugénie fit fondre l'or des joyaux si long-temps précieux à son cœur, et les consacra, ainsi que les huit mille francs de son cousin, à un ostensoir d'or et en fit présent à la paroisse où elle avait tant prié Dieu pour *lui!* Elle partagea d'ailleurs son temps entre Angers et Saumur. Son mari, qui montra du dévouement dans une circonstance politique, devint président de chambre, et enfin premier président au bout de quelques années. Il attendit impatiemment la réélection générale afin d'avoir un siège à la Chambre. Il convoitait déjà la Pairie, et alors...

— Alors le roi sera donc son cousin, disait

Nanon, la grande Nanon, madame Cornoiller, bourgeoise de Saumur, à qui sa maîtresse annonçait les grandeurs auxquelles elle était appelée. Néanmoins monsieur le président de Bonfons (il avait enfin aboli le nom patronymique de Cruchot) ne parvint à réaliser aucune de ses idées ambitieuses. Il mourut huit jours après avoir été nommé député de Saumur. Dieu, qui voit tout et ne frappe jamais à faux, le punissait sans doute de ses calculs et de l'habileté juridique avec laquelle il avait minuté, *accurante*[1] *Cruchot,* son contrat de mariage où les deux futurs époux se donnaient l'un à l'autre, *au cas où ils n'auraient pas d'enfants, l'universalité de leurs biens, meubles et immeubles sans en rien excepter ni réserver, en toute propriété, se dispensant même de la formalité de l'inventaire, sans que l'omission dudit inventaire puisse être opposée à leurs héritiers ou ayants cause, entendant que ladite donation soit, etc.* Cette clause peut expliquer le profond respect que le président eut constamment pour la volonté, pour la solitude de madame de Bonfons. Les femmes citaient monsieur le premier président comme un des hommes les plus délicats, le plaignaient et allaient jusqu'à souvent accuser la douleur, la passion d'Eugénie, mais comme elles savent accuser une femme, avec les plus cruels ménagements.

— Il faut que madame la présidente de Bonfons soit bien souffrante pour laisser son mari seul. Pauvre petite femme! Guérira-t-elle bientôt? Qu'a-t-elle donc, une gastrite, un cancer?

Pourquoi ne voit-elle pas des médecins? Elle
devient jaune depuis quelque temps; elle devrait
aller consulter les célébrités de Paris. Comment
peut-elle ne pas désirer un enfant? Elle aime
beaucoup son mari, dit-on, comment ne pas lui
donner d'héritier, dans sa position? Savez-vous
que cela est affreux; et si c'était par l'effet d'un
caprice, il serait bien condamnable. Pauvre
président!

Douée de ce tact fin que le solitaire exerce
par ses perpétuelles méditations et par la vue
exquise avec laquelle il saisit les choses qui
tombent dans sa sphère, Eugénie, habituée par
le malheur et par sa dernière éducation à tout
deviner, savait que le président désirait sa mort
pour se trouver en possession de cette immense
fortune, encore augmentée par les successions
de son oncle le notaire, et de son oncle l'abbé,
que Dieu eut la fantaisie d'appeler à lui. La
pauvre recluse avait pitié du président. La Providence la vengea des calculs et de l'infâme indif-
férence d'un époux qui respectait, comme la
plus forte des garanties, la passion sans espoir
dont se nourrissait Eugénie. Donner la vie à un
enfant, n'était-ce pas tuer les espérances de
l'égoïsme, les joies de l'ambition caressées par
le premier président? Dieu jeta donc des masses
d'or à sa prisonnière pour qui l'or était indifférent et qui aspirait au ciel, qui vivait, pieuse
et bonne, en de saintes pensées, qui secourait
incessamment les malheureux en secret. Madame de Bonfons fut veuve à trente-trois ans,

riche de huit cent mille livres de rente, encore belle, mais comme une femme est belle près de quarante ans. Son visage est blanc, reposé, calme. Sa voix est douce et recueillie, ses manières sont simples. Elle a toutes les noblesses de la douleur, la sainteté d'une personne qui n'a pas souillé son âme au contact du monde, mais aussi la roideur de la vieille fille et les habitudes mesquines que donne l'existence étroite de la province. Malgré ses huit cent mille livres de rente, elle vit comme avait vécu la pauvre Eugénie Grandet, n'allume le feu de sa chambre qu'aux jours où jadis son père lui permettait d'allumer le foyer de la salle, et l'éteint conformément au programme en vigueur dans ses jeunes années. Elle est toujours vêtue comme l'était sa mère. La maison de Saumur, maison sans soleil, sans chaleur, sans cesse ombragée, mélancolique, est l'image de sa vie. Elle accumule soigneusement ses revenus, et peut-être semblerait-elle parcimonieuse si elle ne démentait la médisance par un noble emploi de sa fortune. De pieuses et charitables fondations, un hospice pour la vieillesse et des écoles chrétiennes pour les enfants, une bibliothèque publique richement dotée, témoignent chaque année contre l'avarice que lui reprochent certaines personnes. Les églises de Saumur lui doivent quelques embellissements. Madame de Bonfons que, par raillerie, on appelle *mademoiselle,* inspire généralement un religieux respect. Ce noble cœur, qui ne battait que pour les senti-

ments les plus tendres, devait donc être soumis
aux calculs de l'intérêt humain. L'argent devait
communiquer ses teintes froides à cette vie céleste, et donner de la défiance pour les sentiments à une femme qui était tout sentiment.

— Il n'y a que toi qui m'aimes, disait-elle à
Nanon.

La main de cette femme panse les plaies
secrètes de toutes les familles. Eugénie marche
au ciel accompagnée d'un cortége de bienfaits.
La grandeur de son âme amoindrit les petitesses
de son éducation et les coutumes de sa vie première. Telle est l'histoire de cette femme qui
n'est pas du monde au milieu du monde, qui
faite pour être magnifiquement épouse et mère,
n'a ni mari, ni enfants, ni famille. Depuis quelques jours, il est question d'un nouveau mariage pour elle. Les gens de Saumur s'occupent
d'elle et de monsieur le marquis de Froidfond
dont la famille commence à cerner la riche
veuve comme jadis avaient fait les Cruchot. Nanon et Cornoiller sont, dit-on, dans les intérêts
du marquis, mais rien n'est plus faux. Ni la
grande Nanon, ni Cornoiller n'ont assez d'esprit
pour comprendre les corruptions du monde.

Paris, septembre 1833.

POSTFACE

Ce dénoûment trompe nécessairement la curiosité. Peut-être en est-il ainsi de tous les dénoûments vrais. Les tragédies, les drames, pour parler le langage de ce temps, sont rares dans la nature. Souvenez-vous du préambule. Cette histoire est une traduction imparfaite de quelques pages oubliées par les copistes dans le grand livre du monde. Ici, nulle invention. L'œuvre est une humble miniature pour laquelle il fallait plus de patience que d'art. Chaque département a son Grandet. Seulement le Grandet de Mayenne ou de Lille est moins riche que ne l'était l'ancien maire de Saumur. L'auteur a pu forcer un trait, mal esquisser ses anges terrestres, mettre un peu trop ou pas assez de couleur sur son vélin. Peut-être a-t-il trop chargé d'or le contour de la tête de sa Maria; peut-être n'a-t-il pas distribué la lumière suivant les règles de l'art; peut-être a-t-il trop rembruni les teintes déjà noires de son vieillard, image toute matérielle. Mais ne refusez pas votre indulgence au moine patient, vivant au fond de sa cellule, humble adorateur de la *Rosa mundi,* de Marie, belle image de tout le sexe, la femme du moine, la seconde Eva des chrétiens.

S'il continue d'accorder, malgré les critiques, tant de perfections à la femme, il pense encore, lui jeune, que la femme est l'être le plus parfait entre les créatures. Sortie la dernière des mains qui façonnaient les mondes, elle doit exprimer plus purement que toute autre la pensée divine. Aussi n'est-elle pas, ainsi que l'homme, prise dans le granit primordial devenu mol argile sous les doigts de Dieu; non, tirée des flancs de l'homme, matière souple et ductile, elle est une création transitoire entre l'homme et l'ange. Aussi la voyez-vous forte autant que l'homme est fort, et délicatement intelligente par le sentiment, comme est l'ange. Ne fallait-il pas unir en elle ces deux natures pour la charger de toujours porter l'espèce en son cœur? Un enfant, pour elle, n'est-il pas toute l'humanité!

Parmi les femmes, Eugénie Grandet sera peut-être un type, celui des dévouements jetés à travers les orages du monde et qui s'y engloutissent comme une noble statue enlevée à la Grèce et qui, pendant le transport, tombe à la mer où elle demeurera toujours ignorée.

Octobre 1833.

COMMENTAIRES

par

Maurice Bardèche

L'originalité de l'œuvre

Eugénie Grandet a été rédigé entre les mois d'août et de novembre 1833 et le roman a paru en librairie le 15 novembre 1833. Il constitue le premier tome des *Scènes de la vie de province*, ensemble de quatre volumes in-8° dont Balzac commence la publication pour faire suite à une série précédente de quatre volumes présentés dans le même format sous le titre de *Scènes de la vie privée*.

Cette date n'est pas indifférente. Une des particularités d'*Eugénie Grandet* qui lui confère une place remarquable dans l'œuvre de Balzac, c'est qu'elle paraît à un moment important de sa carrière littéraire qu'elle marque le point de départ d'une organisation nouvelle de son œuvre, qu'elle intervient enfin lors d'un engagement décisif de sa vie sentimentale.

Balzac, à cette date, a trente-quatre ans. Il a commencé à publier en 1821. Pendant plusieurs

années il a écrit, sous des pseudonymes, des
romans qui n'ont pas eu de succès, il a été éditeur, imprimeur, il a dirigé une fonderie de
caractères, il a accepté des besognes alimentai-
res. Le succès vient tout d'un coup en 1829
grâce à un essai satirique, *La Physiologie du
mariage*, suivi, en 1830, de *La Peau de chagrin*,
à la fois essai politique, exposé doctrinal et
roman philosophique. Pendant les deux années
qui suivent, il exploite ce succès initial en écrivant un grand nombre de contes et de nouvelles
dans des revues élégantes. Cette abondante production se répartit en deux séries que Balzac
réunit déjà sous des titres qui annoncent un projet plus vaste, les *Contes philosophiques* et les
Scènes de la vie privée. Les *Contes philosophiques* développent et systématisent la thèse proposée dans *La Peau de chagrin* : les passions, les
désirs excessifs, les pensées obsédantes, les idées
auxquelles on s'attache de toutes ses forces, enfin
l'abus de l'énergie vitale par tout excès cérébral,
sont pour l'homme des causes d'usure prématu-
rée et même de mort. Les *Scènes de la vie privée*, d'ambition plus modeste, décrivent des drames de la vie privée, généralement insoupçonnés
du public, qui sont provoqués à l'intérieur des
familles par la situation fausse dans laquelle les
jeunes filles ou les jeunes femmes se trouvent
placées par des mariages de convenance.

Pendant cette période, Balzac apparaît donc à
la fois comme un explorateur perspicace des vies
privées et comme un théoricien qui expose des

vues personnelles assez singulières sur la physiologie des passions. Mais dans les deux cas, la forme littéraire dont il se sert est la même : le conte ou la nouvelle. Balzac se sent à l'aise dans cette forme, mais il n'est pas satisfait de n'être pour le public qu'un spécialiste du conte, un « contier » comme il le dit lui-même dans un projet d'article de cette époque[1]. Il compense alors les dimensions réduites de ce qu'il nommera plus tard ses « tableautins[2] » en les faisant apparaître comme les parties d'un vaste plan. Dès 1830, il avait réuni ses premières nouvelles en deux volumes in-8° qui paraissent chez l'éditeur Mame[3] sous le titre *Scènes de la vie privée*. Et, en 1832, il réimprime ces deux volumes en y joignant les nouvelles écrites pendant ces deux années et les *Scènes de la vie privée* dans cette seconde édition deviennent un ensemble de quatre volumes in-8°. Il en est de même des contes philosophiques présentés à la suite de *La Peau de chagrin* en trois volumes in-8° en septembre 1831, sous le titre de *Romans et Contes philosophiques* chez l'éditeur Charles Gosselin[1], puis en quatre volumes in-8° en mars 1832.

1. « Mon cher, ne fais plus de contes. Le conte est fourbu, rendu, couronné, a le sabot fendu, les flancs rentrés comme ceux de ton cheval. Si tu veux te rendre original, prends le conte, casse-lui les reins comme on brise la carcasse d'un poulet découpé, puis laisse-le là, cassé, brisé. » Cité dans Maurice Bardèche, *Balzac romancier*, Plon, 1940, p. 433.
2. Félix Davin, *Introduction aux « Etudes de mœurs »* (p. 835) cité par Lovenjoul, *Histoire des œuvres de Balzac*, p. 58.
3. Deux volumes in-8° chez Mame et Delaunay-Vallée, avril 1830.
4. Trois volumes in-8°, contenant aux tomes I et II la seconde édition de *La Peau de chagrin* complétée par *Sarrasine*, *La Comédie du diable* et *L'Elixir de longue vie*, et un tome III contenant neuf contes.

Tout cela paraissait annoncer de grands des-
seins qui effaçaient l'appellation un peu subal-
terne de « contier ». Il faut ajouter que des
œuvres plus ambitieuses, *Louis Lambert* publié
en 1832 dans la série des contes philosophiques,
et les nouvelles juxtaposées de *La Femme de
trente ans* publiée la même année dans la série
des *Scènes de la vie privée*, donnaient une certaine consistance à ces promesses. C'est pendant
la rédaction d'*Eugénie Grandet* en octobre 1833,
qu'un nouvel éditeur, Mme Béchet[1], proposa à
Balzac d'acquérir l'exclusivité de toute son œuvre
descriptive. Balzac, à cette occasion, s'avisa qu'il
serait avantageux de grouper en une série dis-
tincte les nouvelles qui avaient pour cadre la
province; il eut, d'autre part, l'idée de présenter
comme début d'une nouvelle série l'*Histoire des
Treize* dont la préface et le premier épisode,
Ferragus, venaient de paraître dans la *Revue de
Paris* en mars 1833, et dont le second épisode
Ne touchez pas à la hache, aujourd'hui *La
Duchesse de Langeais,* était commencé à la
même date dans une autre revue, *L'Echo de la
Jeune France.* Il offrit donc à Mme Béchet de
traiter non seulement pour les quatre volumes
des *Scènes de la vie privée* mais aussi pour qua-
tre volumes des *Scènes de la vie de province,*
auxquels on ajouterait quatre volumes à venir de
Scènes de la vie parisienne, l'ensemble de ces

---

1. Sur ce traité, voir Honoré de Balzac, *Correspondance,* édition Roger
Pierrot, t. II, p. 394.

douze volumes devant porter le titre général d'*Etudes de mœurs au XIXe siècle*.

En même temps que ce traité précise la structure principale de son œuvre, Balzac, infatigable, travaille dans d'autres directions. Il publie en septembre 1833 *Le Médecin de campagne* après un long et difficile procès avec son éditeur Mame, il refait la *Notice biographique sur Louis Lambert*, parue en 1832, qui devient l'*Histoire intellectuelle de Louis Lambert* (c'est le récit que nous lisons sous le titre *Louis Lambert*), il continue une série de *Contes drolatiques*, il écrit le *Traité de la vie élégante* promis au début de l'année à la *Revue de Paris* et qui ne parut qu'en août 1833 dans *L'Europe littéraire*.

C'est beaucoup de travail et, en apparence, une certaine dispersion qui, toutefois, se rapporte toujours à la même idée centrale. Ce qu'il faut retenir surtout de ce programme, c'est que Balzac, au moment où il rédige *Eugénie Grandet*, a une vue claire à la fois des perspectives de son œuvre et de ses engagements pour les prochaines années. Nous verrons qu'il n'est pas impossible que cette structure d'accueil lui ait donné pour *Eugénie Grandet* une liberté d'exécution plus grande que celle dont il disposait dans ses œuvres précédentes dont le cadre était limité par la publication en revue.

Enfin, *Eugénie Grandet* est étroitement lié à un épisode capital de la vie sentimentale de Balzac, sa rencontre avec Mme Hanska qui allait devenir dix-sept ans plus tard Mme de Balzac.

Une lettre d'admiratrice, déjà ancienne, était à l'origine de cet amour. Dix-huit mois plus tôt, en février 1832, Balzac avait reçu d'Odessa une lettre signée l'*Etrangère* qui lui avait été transmise par son éditeur. Balzac avait répondu par une annonce insérée en avril dans la *Gazette de France*. Il semble que des lettres aient été échangées dès ce moment[1], mais une correspondance régulière ne s'était établie qu'à partir de janvier 1833, après une nouvelle annonce dans *La Quotidienne* qui avait procuré une adresse[2]. Après neuf mois de correspondance, une première rencontre avait eu lieu à Neuchâtel en Suisse du 23 septembre au 1er octobre 1833, et une seconde à Genève du 24 décembre 1833 au 8 février 1834. Ces rencontres devaient décider de toute la vie de Balzac. Le 30 janvier 1834, il écrivait de Genève à son amie Zulma Carraud : « Je crois que mon avenir est à peu près fixé[3]. »

Eugénie Grandet est une œuvre contemporaine de cette période décisive. Le premier chapitre, sous-titré *Physionomies bourgeoises*, est annoncé par Balzac dans une lettre du 19 août 1833 et parut dans le n° du 19 septembre de *L'Europe littéraire*. Le second chapitre, sous-titré *Le Cousin de Paris*, est imprimé en placards pour le même périodique, mais ne parut pas

---

1. Voir Honoré de Balzac, *Lettres à Madame Hanska*, édition Roger Pierrot, les Bibliophiles de l'Originale, 1967, tome I, pp. 12 et 13, note de l'éditeur.
2. *Lettres à Madame Hanska*, t. I, pp. 24 et suiv.
3. *Correspondance*, édition citée, t. II, p. 455.

dans la livraison suivante par suite d'une brouille de Balzac avec la direction du journal. La rédaction du roman fut interrompue en septembre par le voyage à Neuchâtel. Les quatre autres chapitres du roman, divisé en six chapitres dans l'édition originale, furent donc écrits « entre Neuchâtel et Genève ». Il n'y eut pas de publication en revue de ces chapitres. *Eugénie Grandet* fut publié en entier pour la première fois dans le tome I des *Scènes de la vie de province,* mis en vente le 15 décembre 1833.

Il n'est pas douteux qu'en écrivant l'histoire d'un amour caché condamné à l'attente, fortifié chaque jour par une pensée constante et une fidélité inébranlable, Balzac n'ait pensé à l'engagement par lequel Mme Hanska et lui s'étaient promis l'un à l'autre. Il n'était pas le beau cousin dont l'arrivée avait troublé la vie mécanique de la maison Grandet. Mais leur amour mutuel était condamné, comme celui d'Eugénie, à une longue attente. Evelyne Rzewuska, comtesse Hanska, était mariée, le mari « s'acheminait vers la soixantaine », disait prudemment Balzac [1]; mais il était un vigoureux colosse et, seul, le fait qu'il avait trente ans de plus que sa femme était un élément d'espoir. Il faut donc comprendre l'attente d'Eugénie comme une attente exemplaire figurant l'attente de Balzac. Et peut-être aussi la vie machinale d'Eugénie Grandet, son refus de la vie après la catastrophe qui l'a anéan-

---

1. *Correspondance,* édition citée, t. II, p. 392.

tie, est-elle une préfiguration de la détresse de Balzac et de ce qu'il appellera dans *Albert Savarus* sa « démission de la vie », si une déception détruisait son espoir.

Cette application n'est pas confirmée, toutefois, par la dédicace que Balzac plaça plus tard en tête de son roman.

Le texte de cette dédicace, tel qu'on peut le lire aujourd'hui est le suivant : « A Maria, que votre nom, vous dont le portrait est le plus bel ornement de cet ouvrage, soit ici comme une branche de buis bénit, prise on ne sait à quel arbre, mais certainement sanctifiée par la religion et renouvelée, toujours verte, par des mains pieuses, pour protéger la maison. » Ces lignes sont énigmatiques. Mais elles semblent bien être adressées à un modèle qui a fourni quelques traits précis à l'héroïne du roman. En partant de cette constatation, deux éminents balzaciens, Roger Pierrot et Jacques Chancerel, ont conduit une enquête ingénieuse qui les a amenés à découvrir que la dédicataire d'*Eugénie Grandet* était une jeune femme, Maria Daminois, jusqu'alors inconnue des historiens de Balzac, dont Balzac venait d'avoir une fille à laquelle il fait allusion dans une lettre du 12 octobre 1833 à sa sœur Laure Surville [1]. Roger Pierrot et Jacques Chancerel purent retrouver les descendants de cette Maria Daminois, devenue par son mariage

---

1. *Correspondance*, édition citée, t. II, p. 390.

Maria du Fresnay, avant sa liaison avec Balzac[1].
D'après les documents conservés dans la famille,
cette Maria Daminois avait, en effet, plusieurs
des traits caractéristiques qui figurent dans le
portrait d'Eugénie Grandet, le front bombé, la
taille, l'allure générale que le romancier a fémi-
nisée à dessein.

Cette dédicace indique donc bien la jeune
femme à laquelle Balzac pensait en décrivant
son personnage dans les deux chapitres qui
étaient écrits au mois d'août 1833. Mais cette
dédicace ne figure pas sur l'édition originale
d'*Eugénie Grandet* : elle est inscrite seulement
en tête d'une édition plus tardive qui parut en
1839. L'édition originale d'*Eugénie Grandet* ne
comporte aucune dédicace. Rien n'empêchait
donc Mme Hanska de s'appliquer à elle-même
et à Balzac les sentiments qui étaient dépeints
dans le roman.

L'originalité d'*Eugénie Grandet* vient donc de
cette triple rencontre : ce récit est le premier
roman de mœurs de Balzac, il annonce un déve-
loppement nouveau de son œuvre présentée
comme une description globale de la société
contemporaine, il est en même temps un message secret adressé à la femme qu'il devait attendre pendant toute sa vie.

---

1. Roger Pierrot et André Chancerel, « La véritable Eugénie Grandet »,
in *Revue des Sciences humaines*, 1955, pp. 437-458.

L'étude des personnages

Dans la conception des personnages, il se produit également un changement sensible. Dans
les nouvelles qu'il avait publiées jusqu'alors,
Balzac avait présenté avec bonheur des originaux, Gobseck, usurier et homme-machine,
Mlle Gamard, image de la vieille fille, M. et
Mme Guillaume, spécimens du commerce parisien, le joyeux Gaudissart, commis voyageur, ou
de mélancoliques figures de femmes, Claire de
Beauséant dans *La Femme abandonnée*, Lady
Brandon dans *La Grenadière*, autant de décou-
vertes d'existences inconnues : mais sa théorie
des *Romans et Contes philosophiques* sur le
pouvoir effrayant de la *pensée*, sur ses effets
dévastateurs quand une idée commande et
dévore toute une vie, n'avait pas été intégrée
dans sa description des vies privées : c'étaient, si
l'on peut dire, deux sillons de sa pensée qui ne
se rejoignaient pas. Pour la première fois, dans
Eugénie Grandet, ces deux courants vont se
rejoindre et Balzac imagine et fait vivre ces terribles monomanes qui sont les esclaves d'une
préoccupation dominante, qui surbordonnent à
cette préoccupation non seulement toutes leurs
actions, mais aussi leur conception même de la
vie, et qui lui fournissent, désormais, les personnages les plus vigoureux et les plus effrayants de
ses romans.

Il les imagine et il les fait vivre. C'est là où est justement le génie de Balzac. Il ne se contente pas de leur donner une définition : il les place dans un milieu social et dans une époque. C'est beaucoup plus difficile. Le père Grandet n'est pas seulement un avare, un obsédé, un vieux bonhomme qui compte ses sous et qui rationne le pain. Cet homme fort, trapu, carré, immobile, est un de ceux qui ont compris leur temps. Comme nous saisissons aujourd'hui l'essence même, l'histoire de cette fortune ! A la base, le jacobin, l'homme qui achète des biens d'Eglise, contre les conseils de tous, malgré l'effarement et la peur de tous, et à coups de pot-de-vin. Les régimes passent, les vignes restent... Les temps sont troublés, on spécule. Grandet a toujours du vin dans ses caves quand on cherche du vin à tout prix, il a toujours des tonneaux quand on cherche des tonneaux avec angoisse. Il a du blé quand on demande du blé, des planches quand on cherche des planches, de l'or quand l'or est en hausse. On le prend pour un paysan, pour un avare terrien; en réalité, il a le génie de la spécu-lation. Il a compris qu'en temps de révolution, il faut acheter et il faut stocker. Le père Goriot fait sa fortune dans le marché des farines, en 1792, en donnant des commissions aux politiciens. La fortune de Grandet a la même source. L'histoire s'inscrit dans les fortunes privées pour ceux qui savent la comprendre. Les millions de Grandet ne sont pas le magot d'un paysan avide qui a su acheter de la terre, c'est le passage et l'empreinte de vingt ans d'histoire de France dans un département viticole. Grandet a joué la chute de l'Empire en stockant sa récolte de 1811, il a joué la Restauration en achetant des rentes à 80, il joue la fin de la prospérité en les revendant à 115. Ses tas de gros sous ne sont qu'un réflexe de paysan qu'on a pris pour l'essentiel. Le dynamisme de Grandet est ailleurs : il est dans son coup d'œil, dans sa sûreté, dans son sang-froid. Il est l'homme qui ne se trompe pas.

Tout est du même ordre quand on y réfléchit, tout est de la même profondeur. L'amour d'Eugénie Grandet n'est pas une lithographie. Il faut penser à cette vie provinciale glacée et mécanique, sans événements et sans visages : la mère sur sa chaise à patins chaque après-midi près de la fenêtre et sa fille auprès d'elle, sur son petit fauteuil, depuis sa douzième année, et tous ces après-midi passés ainsi dans la « salle », ces après-midi où il n'arrive rien, cette fenêtre devant laquelle défilent à heure fixe les mêmes figurants, le marchand de fer, le marchand de cordes, le marchand de poinçons, les voisins, les servantes. Chaque semaine, la grand-messe et, le dimanche, la partie de loto. Quel terrain pour la « cristallisation » que cette vie muette, recluse, immobilisée dans ce mouvement d'horlogerie ! L'amour pour ce cousin qui tombe du ciel n'est romanesque qu'en apparence : il était dans la nécessité, dans la fatalité de cette existence. Un mot, un geste, un visage humain dans cette lande

glacée devaient déterminer chez Eugénie Grandet un attachement d'imagination. Elle allait
aimer le jeune des Grassins faute d'autre chose.
Cet amour qui naît en elle et se développe avec
tant de rapidité enflamme tout, ne trouve aucune
résistance, c'est simplement (nous le comprenons
quand nous plaçons le roman *à sa date*) un cas
particulièrement saisissant de ce phénomène
auquel Balzac rattache tout : la puissance de
l'idée, la puissance d'une idée unique, d'un sentiment unique dans un milieu parfaitement vide.

Les autres personnages du roman ne suivent
pas la même loi. Un an après la publication
d'*Eugénie Grandet,* en 1834, Balzac fait écrire
par Félix Davin une présentation générale de
son œuvre qui sera imprimée en tête des *Etudes
philosophiques* publiées en 1835 [1]. Dans cette
présentation, Félix Davin explique qu'il faut dis-
tinguer parmi les personnages de Balzac ceux
qui sont des « individualisés typisés » et ceux
qui sont des « types individualisés ». Les exemples qui éclairent cette distinction obscure font
comprendre que les premiers sont des originaux,
des « spécimens » bizarres, qui se rencontrent
dans certaines professions ou dans certaines
situations (les prêtres ou les vieilles filles, par
exemple) et dont on peut faire des « types »
sociaux tandis que les seconds représentent une
qualité ou une vertu ou un vice, une allégorie,

1. Félix Davin, *Introduction aux « Etudes philosophiques »* (1835) cité par Lovenjoul, *Histoire des Œuvres de Balzac,* p. 194.

un « type éternel », en somme, incarnés avec
force par un personnage (l'avare, le sensuel, l'in-
soumis). On retrouve cette distinction dans *Eugénie Grandet*. Eugénie et son père appartiennent
évidemment à la seconde série de personnages,
tandis que les personnages secondaires sont des
originaux correspondant à la première définition. L'épouse soumise, terrifiée, du père Grandet n'est pas le *type* de l'épouse chrétienne,
Nanon n'est pas le *type* du bon serviteur, ce sont
des figures curieuses, originales qui sont expli-
quées par leur vie particulière, la réclusion et
l'habitude de l'obéissance aveugle pour l'époux,
la pauvreté et l'attachement pour Nanon. Et le
relief de ces figures originales est, bien entendu,
inégal. Le personnage est en demi-teinte lorsqu'il s'agit de Mme Grandet, touchante toutefois
par sa faiblesse, sa résignation, sa patience
timide, s'exprimant peu, laissée dans une sorte
de pénombre. Au contraire, il est vigoureux lorsqu'il s'agit de Nanon, fortement peinte, fortement charpentée, intervenant par à-coups, par
saillies vigoureuses dans son admirable langage
paysan, et finissant autoritaire, heureuse,
régnante, mais toujours aussi dévouée. Et naturellement, au bout du cortège, les figurants, Cruchotins ou Graissinistes, ne sont plus que de
petits personnages comiques, enluminés d'une
manière amusante, qui sont chargés de meubler
les intermèdes ou de fournir un chœur pittoresque.

Le travail de l'écrivain

En ce qui concerne Balzac, les méthodes de travail de l'écrivain sont connues depuis longtemps. Entre le manuscrit et les dernières séries d'épreuves, il apporte des corrections très nombreuses qui sont essentiellement des additions et des corrections de style. Ces innombrables corrections ajoutées en marge sur les placards multiplient les détails significatifs, mais il est exceptionnel qu'elles changent le plan et les développements fixés dans l'esprit de Balzac dès le départ. Il serait fastidieux de les énumérer ici. Le lecteur curieux en trouvera une liste complète dans les *Notes et Variantes* recensées dans l'excellente édition d'*Eugénie Grandet* due à Mme Nicole Mozet et publiée au tome III de *La Comédie humaine* dans la collection de la Pléiade.

Il est plus important de comprendre que ce sont souvent les développements naturels du sujet qui imposent à l'auteur des modifications imprévues au départ. *Eugénie Grandet* nous fournit un exemple caractéristique de cette extension. Lorsque Balzac conçoit son œuvre, *Eugénie Grandet*, en effet, ne se présente pas à sa pensée comme un roman : elle doit être une « nouvelle ». Nous en avons la preuve par les termes que Balzac emploie lorsqu'il annonce ce nouveau projet à Mme Hanska. « A la fin du

mois, lui dit-il dans une lettre du 19 août 1833,
il y aura une *Scène de la vie de province* dans le
genre des *Célibataires* (c'est le titre que portait
alors la nouvelle intitulée aujourd'hui *Le Curé
de Tours*) intitulée *Eugénie Grandet* : prenez
L'Europe littéraire pour trois mois[1]. » Ainsi Balzac se trompe à la fois sur la nature de l'œuvre
et sur les délais de publication. C'est à l'exécution qu'il se rend compte que les personnages et
la situation exigeront des dimensions plus
importantes que celles d'une nouvelle. Et c'est en
rédigeant *Eugénie Grandet* que Balzac se rend
compte qu'il écrit non pas une nouvelle mais un
roman.

On comprend facilement pourquoi. L'action,
dans *Eugénie Grandet*, dure sept ans : au début
du roman, Eugénie a vingt-trois ans; à la mort
de son père, elle en a trente. Et le temps, on a pu
le voir, nous l'avons signalé dans notre *Préface*,
est un facteur capital, car il cristallise la préoccupation absorbante, il capitalise l'investissement
que font les personnages dans une pensée unique sur laquelle ils jouent toute leur vie... Or, la
lente coulée du temps, les changements qu'il
introduit dans des existences en apparence
immobiles, il faut les rendre sensibles au lecteur
par des retouches successives, il faut faire apparaître le *gauchissement* imposé aux caractères et
aux vies par ces années dans lesquelles il ne se

---

1. *Lettres à Madame Hanska*, édition citée *supra*, t. I, p. 61.

passe rien et qui ne sont consacrées qu'à l'attente.

On retiendra donc comme un trait caractéristique de la *manière* de Balzac dans *Eugénie Grandet* cette simplicité et, pour ainsi dire, ce dépouillement du roman, cette pureté de ligne qui relègue les événements au second plan. On a l'impression qu'il ne se passe rien. Au commencement, il y a une *exposition,* où l'on nous raconte l'arrivée du cousin et les fiançailles d'Eugénie Grandet : puis le cousin part, le temps passe. Eugénie a une scène terrible avec son père lorsqu'elle doit avouer qu'elle a donné les pièces d'or qu'elle avait reçues pour ses anniversaires; puis tout s'apaise, le temps passe, sa mère meurt, son père meurt, elle reste seule avec cette immense fortune, elle attend. Et un jour, au bout de sept ans, vient la réponse : elle apprend que son cousin est rentré, qu'il est riche, qu'il va se marier à une autre. C'est fini. Tout s'est passé en soirées pareilles, auprès de la fenêtre, à côté de la chaise à patins de sa mère, puis toute seule quand la mère n'est plus là; en journées pareilles, réglées une fois pour toutes par le vieux Grandet. Les pages les plus célèbres disparaissent dans cette lente coulée des choses : la mort du père Grandet n'est qu'un moment, une ondulation presque imperceptible dans le déroulement du roman. Elle ne compte pas, ce sont les années qui comptent. D'un bout à l'autre, ce n'est qu'un seul tableau, toujours semblable, un décor immuable où les figures vieillissent, où les

traits s'accusent, où la mort passe, mais sans rien
changer. La demeure est silencieuse et sans vie.
Il n'y a que le tête-à-tête de deux passions qui
s'ignorent et qui soutiennent l'un près de l'autre
ces deux personnages, à la fois pareils et étrangers. Puis tout s'écroule un jour, et cet amour,
cette attente de la fiancée solitaire qui avait été
l'âme de toute une vie, on apprend soudain
qu'elle est vaine, et il ne reste plus, au milieu de
ses richesses fabuleuses, qu'une femme qui vit
comme un fantôme et d'où toute vie s'est
retirée.

D'où cette fin admirable et si saisissante et qui
porte si fortement l'empreinte du temps. Dans la
vieille maison, les traditions sont maintenues :
on allume le feu le même jour de novembre, on
distribue le matin les mêmes provisions, on per-
çoit les fermages selon les mêmes rites. Dans la
salle à manger des Grandet, se retrouve, mais
vieilli, le cercle des Graissinistes et des Cruchotins. Nanon est devenue une grosse femme heureuse, elle se promène avec un trousseau de clefs,
elle a des provisions à donner le matin « comme
faisait son défunt maître ». Et Eugénie Grandet,
douce et désespérée, est restée semblable à la
jeune fille des premières pages, mais avec cet
imperceptible gauchissement du malheur et du
temps.

Un autre aspect du travail de l'écrivain est
tout aussi interne et difficile à surprendre : c'est
le travail de son imagination sur la réalité.

Sur ce point, les recherches récentes des bal-

zaciens nous ont beaucoup appris. On a renoncé
aux identifications anciennes qui proposaient
l'identification du père Grandet avec un banquier de Saumur nommé Nivelleau. On a aban-
donné également la localisation de la maison
Grandet dans la rue du Fort à Saumur indiquée
par des érudits saumurois. Les recherches plus
récentes de Pierre-Georges Castex exposées dans
son article *Aux sources d'« Eugénie Grandet »*
publié dans la *Revue d'histoire littéraire de la
France* en janvier-mars 1964 et reprises dans
son *Introduction* à l'édition d'*Eugénie Grandet*
dans les Classiques Garnier, sont orientées dans
une tout autre direction. Avançant une idée qui
trouve son application dans d'autres œuvres de
Balzac, Pierre-Georges Castex pense que Balzac
avait transposé à Saumur des personnages et des
fragments de décor qu'il avait rencontrés ailleurs, et notamment à Tours. L'enquête appro-
fondie et méticuleuse de Pierre-Georges Castex,
modèle d'exploration et de rigueur, nous
ramène, en effet, à Tours par d'ingénieuses
convergences. Ce sont les particularités de l'ex-
portation des vins de Vouvray que Balzac trans-
porte à Saumur; Saché, propriété de ses amis
Margonne, ressemble à Froidfond, la propriété
du père Grandet; l'abbaye de Noyers est dans le
district de Chinon, une famille tourangelle, celle
des Sonolet, l'acheta comme bien national, et
parmi ces Sonolet, on constate la présence d'un
cousin voyageur qui fait penser à Charles Grandet; le père Coudreux qu'on rencontre dans une

nouvelle inachevée de Balzac, *Les Deux Amis*[1],
vigneron de Touraine, s'habille comme le tonnelier légendaire. Enfin, plusieurs traits particuliers
de l'avarice du père Grandet et de ses calculs se
retrouvent chez un modèle que Balzac connaissait bien, M. de Savary, vieil ami de la famille,
propriétaire du château de Saché où Balzac fit
de fréquents séjours, enfin beau-père de
M. de Margonne, encore plus lié que lui avec les
Balzac puisqu'il fut probablement le père
d'Henri de Balzac, le fils préféré.

Nous ne connaissons pas assez la physionomie
de M. de Savary, ancien officier de cavalerie,
dont Balzac regardait avec ironie la « petite perruque de chiendent » pour savoir s'il correspon-
dait à la silhouette trapue, carrée et paysanne du
père Grandet. Mais certains rapprochements,
relevés par Pierre-Georges Castex dans des nouvelles contemporaines de Balzac nous invitent à
évoquer des originaux que l'imagination de Balzac avait transformés en personnages et qui sont
comme autant d'échos répercutant la même
image. Dans *L'Illustre Gaudissart*, le père Mar-
garitis qui vend son vin, comme Grandet, aux
Belges et aux Hollandais, qui se réjouit de
« rouler » les Parisiens, est l'un d'eux. Dans le
conte cité plus haut, *Les Deux Amis* ébauché
vers 1830, le père Coudreux, copié d'après
nature sur un Coudreux, ancien négociant en

1. Reproduit dans Balzac, *La Comédie humaine*, Bibliothèque de la
Pléiade, Gallimard, 1981, t. XII, pp. 663 et suiv.

cuirs qui fut maire de Tours pendant les Cent
Jours, s'habille comme Grandet, il a une fille
comme lui et la même bonhomie narquoise.
Enfin, dans *Madame Firmiani*, nouvelle de
1832, une autre piste, moins marquée, celle d'un
« vieux malin », ancien officier de cavalerie, lui
aussi, qui apparaît sous le nom de M. de Vales-
nes que Balzac changera plus tard en celui de
M. de Bourbonne, clef facile pour M. de Margonne, nous ramène un instant au souvenir du
vieux Savary.

Tout cela suppose un fonds commun de souvenirs dont Balzac s'est inspiré. C'est ce que l'enquête de Pierre-Georges Castex montre claire-
ment. Mais il reste une part de puzzle qui n'est
pas encore couverte. Quelques fragments de la
correspondance de Balzac indiquent des repères
qui ont échappé jusqu'à présent aux investiga-
tions. La première de ces références est de
seconde main. C'est un souvenir de Laure Surville, sœur de Balzac, qui citait plus tard une
lettre dans laquelle son frère s'écriait : « Puisque
l'histoire est vraie, veux-tu que je fasse mieux
que la vérité ? » Mais on n'a jamais retrouvé
cette lettre, et faut-il se fier à Laure ? Une
seconde référence est plus précieuse, mais elle
est très antérieure à la rédaction d'*Eugénie
Grandet*. Dans une de ses lettres de jeunesse à
Laure, en 1822, Balzac mentionnait, à Villepari-
sis, un « gros boustarah Dujai » qui s'enferme
tout seul dans son cabinet pour y contempler un
magot de deux millions dont il cache soigneuse-

ment l'existence à « sa pauvre polypeuse de
femme » et qu'il est obligé de déclarer à l'ouver-
ture de la succession. Il y a là des éléments de
ressemblance, mais on n'a jamais rien retrouvé
sur le couple signalé à ce moment. Enfin, dans
une préface à *Eugénie Grandet*, M. Roger Pierrot, éditeur de la *Correspondance* de Balzac et
des *Lettres à Mme Hanska*, signalait, d'après
une lettre de Mérimée à Ludovic Vitet, l'existence à Saumur d'un Dupuis Charlemagne
« possesseur de trois ou quatre millions » et
« célèbre pour son avarice », qui avait été tonnelier comme Grandet et qui utilisait la cha-
pelle d'une ancienne abbaye pour y ranger ses
barriques. Il est tout à fait dommage que
nous n'en sachions pas plus long sur ce Touran-
geau.

Balzac s'est donc servi pour concevoir son
personnage des originaux qu'il connaissait ou
qu'il avait pu rencontrer en Touraine. La
vigueur du personnage principal aussi bien que
d'Eugénie Grandet est une application de ses
idées sur le mécanisme des passions et en particulier sur l'investissement d'énergie qui est
consacrée à une idée dominante. Mais ne s'est-il
pas servi aussi pour l'image physique de Grandet, comme il l'a fait pour sa fille, d'un modèle
réel qu'il aurait connu et qui n'a pas encore été
identifié ?

Le livre et son public

Il est plus difficile qu'on ne croit de dresser un tableau exact des jugements du public et de la critique sur *Eugénie Grandet*. Une phrase de Pierre Barbéris résume cette difficulté : « L'histoire de Balzac et de la critique est à faire[1]. » Elle est rendue plus difficile encore par cette phrase de Balzac : « *Eugénie Grandet* avec laquelle on a assassiné tant de choses en moi », mention qui invite à un examen complet des jugements de ses contemporains sur son œuvre.

Nous devons nous contenter d'indications très lacunaires.

Le succès d'*Eugénie Grandet* est attesté par Balzac lui-même. Son éditeur, dit-il, « est très heureux de la vente d'*Eugénie Grandet*. ». Et Balzac ajoute : « Il m'a dit le mot solennel, *Cela se vend comme du pain*[2]. » Ce succès est attesté par les rééditions du roman qu'on trouve d'abord dans les rééditions successives des *Scènes de la vie de province,* mais qui furent plus nombreuses que celles-ci puisqu'il y eut des rééditions de ce seul titre, avec quelques autres succès de Balzac, dans une collection de l'éditeur Charpentier en 1842 et en 1850, ainsi que des reproductions en feuilleton dans les journaux et

1. *L'Année balzacienne 1967*, p. 51.
2. *Lettres à Madame Hanska*, édition citée *supra*, t. I, p. 582.

des projets, qui n'aboutirent pas, d'éditions particulières illustrées.

Les traces de ce succès sont plus difficiles à déceler dans la presse. M. René Guise, menant une enquête sur *Balzac et la Presse* dans *L'Année balzacienne*[1], a découvert deux articles inconnus sur *Eugénie Grandet* publiés sous la signature d'Alida de Salignac dans *Le Journal des Demoiselles* et dans *Le Journal des Dames*. Ce sont des présentations honnêtes et bienveillantes qui parlent surtout des personnages féminins présentés dans le roman. La *Revue des Deux Mondes* fit paraître en novembre 1834 un important article de Sainte-Beuve qui fut repris plus tard dans les *Portraits contemporains*[2]. C'était un examen de l'œuvre de Balzac telle qu'elle était connue au milieu de l'année 1834, époque où Sainte-Beuve rassembla sa documentation. Cet article permet de comprendre la phrase de Balzac citée plus haut. Sainte-Beuve, qui n'aimait pas Balzac, rassemble subtilement, en les mêlant à des éloges, toutes les objections qu'on devait faire plus tard à Balzac, en faisant toutefois une exception en faveur d'*Eugénie Grandet* qu'il juge en ces termes : « Il s'en faut de bien peu que cette charmante histoire ne soit un chef-d'œuvre — oui, un chef-d'œuvre — qui se classerait à côté de ce qu'il y a de mieux, et de plus délicat parmi les romans en un volume. Il

---

1. *L'Année balzacienne 1982*, p. 86.
2. Sainte-Beuve, *Portraits contemporains*, t. I, p. 444.

ne faudrait pour cela que des suppressions en
lieu opportun, quelques allégements de description, diminuer un peu vers la fin l'or du père
Grandet et les millions qu'il déplace et remue
dans la liquidation des affaires de son frère :
quand ce désastre de famille l'appauvrissait un
peu, la vraisemblance générale ne ferait qu'y
gagner. La conclusion et la solution fréquente
des embarras romanesques où M. de Balzac
place ses personnages, c'est cette mine d'or dont
il a la faculté de les enrichir. »

Ce sont les principales pièces du dossier pour
l'instant. Nous n'avons rien trouvé dans la *Revue
de Paris* en 1834, rien dans *Le Rénovateur*,
dont le critique se donne pourtant la peine de
présenter *Une Blonde*, roman paru sous la
signature d'Horace Raisson, mais dont on attri-
buait la paternité à Balzac, rien dans *Le Temps*,
rien dans *La Mode*. Il ne faut pas se hâter de
conclure : notre perplexité n'a peut-être d'autre
cause qu'une information encore incomplète.

Un symptôme pourtant est singulier. En 1839,
un certain Eusèbe G — peut-être Girault de
Saint-Fargeau — fait paraître une *Revue des
romans, recueil d'analyses raisonnées des productions remarquables des plus célèbres roman-
ciers*, en deux volumes in-8° de près de
400 pages chacun, publiée par Firmin-Didot.
Balzac est convenablement représenté dans ce
guide qui lui consacre douze pages. Or, sur ces
douze pages dans lesquelles dix-sept œuvres de
Balzac sont décrites, *Eugénie Grandet* n'est pas

mentionnée. Cette exception est d'autant plus étonnante que six de ces analyses sont consacrées aux romans de jeunesse que Balzac avait refusé de reconnaître et qui venaient d'être réédités par l'éditeur Hippolyte Souverain. L'ensemble est très hostile à Balzac.

N'exagérons pas l'importance de cette critique malveillante. Mais elle n'est pas isolée à cette date. Les romans de Balzac, surtout après la publication de la deuxième partie d'*Illusions perdues* en 1839 furent, en général, sévèrement traités par les critiques en place dans les journaux. Ce n'était pas seulement une marque d'animosité. La plupart des critiques, par leur formation classique et leur goût, étaient aussi mal préparés que Sainte-Beuve à comprendre la nouveauté et la vérité de Balzac. Il est possible aussi qu'ils aient eu quelque peine à saisir une architecture d'ensemble dans laquelle les œuvres prenaient place comme les parties d'une mosaïque dont l'auteur seul avait le secret. Champfleury [1], écrivant deux ans après la mort de Balzac, ne cache pas cette prévention de la critique : « Balzac, dit-il, qui ne recueillit de son vivant que d'illustres sympathies isolées, n'eut pas la joie réconfortante de la grande popularité qui devait l'attendre quelques années plus tard et qui tend à grandir dans l'avenir... Peu à peu des groupes intelligents se formèrent autour de *La*

---

1. Champfleury, *Grandes Figures d'hier et d'aujourd'hui*, Poulet Malassis, 1861, p. 108.

Comédie humaine... Aux esprits simplement curieux, Balzac montrait des drames vivants pris sur nature... aux esprits analytiques et observateurs, il creusait une mine d'observations et d'analyses profondes... »

L'opinion changea à la fin du siècle : notamment à partir des *Nouveaux Essais de critique et d'histoire* de Taine, parus en 1865 et reprenant un grand article sur Balzac publié en 1858 dans le *Journal des Débats*. Mais les jugements qu'on peut rencontrer sur *Eugénie Grandet* dans les études d'ensemble qui furent alors consacrées à Balzac ne sont pas plus faciles à isoler. Car c'est l'ensemble de *La Comédie humaine* qu'on cherche alors à présenter, sa richesse, la puissance et la vérité des grands personnages de Balzac, la profondeur de ses analyses, son verdict sur la société. Dans de telles études, les monographies sont exceptionnelles ou sont consacrées à des œuvres plus vastes et plus représentatives qu'*Eugénie Grandet*. On trouvera dans Faguet, dans Brunetière, dans Bellessort des paragraphes consacrés au père Grandet, en tant que représentation d'un certain type d'avare, mais aucune étude particulière d'*Eugénie Grandet* en tant que roman.

D'où vient donc la situation particulière d'*Eugénie* pour le *public,* c'est-à-dire pour la masse des lecteurs qui n'ont pas une connaissance spéciale de Balzac ? En l'absence de toute enquête, il semble que ce soit aux universitaires de la première moitié du XXe siècle qu'il faut demander compte de cette prééminence. Leur goût formé par la tradition classique les rendait circonspects, l'idée d'introduire l'œuvre de Balzac dans les programmes scolaires les embarrassait. Deux mentions significatives nous instruisent sur cet état d'esprit. Dans les excellents *Morceaux choisis* de Joachim Merlant [1], publiés en 1927 et souvent cités par les balzaciens de cette génération, on trouve cette phrase typique pour présenter *Eugénie Grandet* : « C'est par excellence l'œuvre classique de Balzac... *Eugénie Grandet* a trouvé grâce devant ses pires détracteurs. » Et plus tard, en 1934, Claude Jamet, en tête de l'édition scolaire d'*Eugénie Grandet* publiée dans la collection verte cartonnée de la librairie Hachette, justifie le choix de l'éditeur par ces mots : « Les programmes de 1931, prévoyant pour la classe de Première l'étude d'une « grande œuvre en prose du XIXe siècle » indiquent en note, à titre d'exemple, *Eugénie Grandet.* » Il y a sans doute d'autres causes à la célébrité de ce titre dans le grand public, mais je crois que ce choix a été l'une des plus importantes d'entre elles : le grand public connaît surtout ce qu'on lui fait connaître et admire ce qu'on lui conseille d'admirer.

---

1. Balzac, *Morceaux choisis*, collection « *La Littérature française illustrée* » sous la direction de Paul Crouzet, Didier-Privat, éd. Toulouse, 1927.

Pensées

Il n'y a pas de « phrase » qu'on puisse isoler dans *Eugénie Grandet*, qu'on puisse regarder comme des *phrases clefs* du roman, mais plutôt des scènes.

On retiendra comme caractéristique de la manière de Balzac la description de la maison Grandet, au début du roman et la présentation des personnages.

Le petit déjeuner du cousin montrera l'importance des détails que Balzac multiplie à dessein et leur signification pour décrire une atmosphère et un caractère.

La scène du douzain est un bon exemple de ces moments dramatiques des « tragédies bourgeoises » qui se jouent à huis clos sans que personne en perçoive les échos : on verra dans cette scène comment des petits faits, préparés longtemps à l'avance par le romancier, deviennent les enjeux chargés de signification personnelle sur lesquels s'affrontent les caractères.

La conversation de Grandet avec le président Cruchot et le notaire pour la liquidation de la déconfiture du Grandet de Paris fait voir un caractère en action : Grandet, matois, prudent, bégayant, impatientant ses interlocuteurs qui parlent à sa place, le « vieux malin » qu'on nous a dépeint et qu'on fait agir pour l'amusement du lecteur.

La mort du père Grandet, page souvent citée, décrit une idée fixe parvenue à son dernier terme et ne laissant plus subsister qu'une seule pensée dans un organisme épuisé, pensée qui se rattache à un symbole, réduit son champ d'action, se cristallise et se traduit finalement, comme chez la plupart des monomanes de Balzac, par un fétichisme.

Enfin, on trouvera dans la scène finale dans laquelle Eugénie Grandet fait connaître sa décision un des procédés caractéristiques de Balzac, lorsqu'il veut mettre en relief les changements produits par le temps. La scène par laquelle s'ouvre le roman est reprise sept ans plus tard, avec les mêmes personnages, dans le même décor. Cette image finale qui porte si fortement l'empreinte du temps est la confrontation par laquelle se terminent beaucoup de romans de Balzac. C'est la fin de *Ferragus*, du *Curé de Tours*, de *La maison du chat-qui-pelote*, mais c'est aussi la dernière image que nous recevons de Mme de La Chanterie, ou de Laurence de Saint-Cygne ou de Mme de Beauséant : là où quelque grande passion a passé, il ne reste plus qu'une nonne immobile, un visage sans espoir et enfin apaisé.

Biographie

1799, 20 mai. — Naissance de Balzac à Tours. Il est mis en nourrice aussitôt. (Ses sœurs Laure et Laurence naissent en 1800 et 1802, son frère Henry en 1807.) Avril 1804-1807, il suit les cours de la pension Le Guay. 22 juin 1807-22 avril 1813, pensionnaire au collège de Vendôme. Eté 1813-juin 1814, pensionnaire d'une institution du Marais. Juillet-septembre 1814, externe au collège de Tours. Sa famille s'installe à Paris, il est placé à l'institution Lepître et suit les cours du lycée Charlemagne (novembre 1814-septembre 1815) [cf. *Le Lys dans la vallée*].

Après avoir achevé ses études secondaires (1816), il fait son droit, refuse de devenir notaire (1819) et écrit une tragédie, *Cromwell* (1819-1820).

1821-1824. — Période des romans de jeunesse de Balzac publiés sous divers pseudonymes et dont une partie est rééditée en 1839 sous le titre : *Œuvres complètes d'Horace de Saint-Aubin.* Balzac est devenu en 1822 l'amant d'une femme plus âgée que lui, Mme de Berny, qui a deviné son génie, l'encourage malgré ses échecs et forme son caractère et son éducation.

1825-1826. — Balzac, ayant échoué dans ses débuts littéraires, devient éditeur, puis imprimeur, enfin achète avec un associé une fonderie de caractères. Il met fin à cette expérience avec de nombreuses dettes : 90 000 francs, somme considérable à cette époque, empruntée à sa famille ou à des amis. C'est une charge écrasante que Balzac traînera pendant de longues années. Balzac vit, pendant ces années difficiles, de travaux subalternes et de besognes littéraires mal connues. Débuts dans les journaux. Liaison avec la duchesse d'Abrantès, témoin de l'époque impériale.

1829. — Premier roman de Balzac signé de son nom : *Le Dernier Chouan ou la Bretagne en 1799.* Succès de *La Physiologie du mariage,* publié sans nom d'auteur et qui fait scandale.

1830. — Balzac collabore à de nombreux journaux, paraît dans des salons. Publication des *Scènes de la vie privée* en 2 volumes in-8° chez Mame.

1831. — Grand succès de *La Peau de chagrin* qui paraît au mois d'août, quelques semaines après la révolution de Juillet, en même temps qu'une série d'autres ouvrages brillants parmi lesquels *Le Rouge et le Noir* de Stendhal. La même année, première représentation d'*Hernani*. Balzac, devenu riche et dandy, publie de nombreux contes dans des revues élégantes, se montre beaucoup, a un tilbury, des chevaux, une loge à l'Opéra, un domestique en livrée. Ses contes imprimés à la suite de *La Peau de chagrin* paraissent en volume sous le titre *Romans et Contes philosophiques* chez l'éditeur Gosselin.

1832. — Balzac entre en relations avec les milieux légitimistes, s'intéresse à la politique, s'attache à la marquise de Castries, tentative qui se termine par une déception. Il publie les premiers de ses *Contes drolatiques*, enrichit les *Scènes de la vie privée*, complète les *Romans et Contes philosophiques* par un volume de *Nouveaux Contes philosophiques*. Pour faire connaître ses idées politiques, il écrit *Le Médecin de campagne* qui ne paraîtra que l'année suivante par suite de difficultés avec son éditeur Mame.

1833. — Premières lettres à Mme Hanska. Publication du *Médecin de campagne*, après un procès perdu par Balzac. Publication en revue des premiers récits de l'*Histoire des Treize* qui formeront le premier tome des *Scènes de la vie parisienne.* Contrat avec Mme veuve Béchet pour les *Etudes de mœurs au XIXᵉ siècle* en 12 volumes in-8°. Rédaction et publication d'*Eugénie Grandet,* premier récit des *Scènes de la vie de province.*

Le 25 septembre, Balzac rencontre pour la première fois Mme Hanska à Neuchâtel, en Suisse, où elle se trouve avec son mari. Il la rejoint à nouveau à Genève, à l'époque de Noël, et passe plusieurs semaines auprès d'elle et de son mari, et revient à Paris en février 1834.

La vie de Balzac pendant les années suivantes est à la fois une vie de travail « enragé » et « exorbitant », une vie mondaine agitée et une série de tentatives malheureuses pour se débarrasser de ses dettes et satisfaire à son train de vie. Pour en avoir une vue d'ensemble, on peut la diviser en deux périodes, la première commençant en 1834 et se terminant en 1842, au moment où Balzac apprend la mort du comte Hanski, la seconde occupant les huit dernières années de la vie de Balzac, de 1842 à 1850.

I. 1834-1842

Pendant la première période, Balzac remplit le cadre qu'il a donné à son œuvre par le traité des *Etudes de mœurs au XIXe siècle*, complété en 1835 par un traité parallèle portant sur l'ensemble des *Etudes philosophiques* signé avec l'éditeur Edmond Werdet. Ces obligations imposent à Balzac un travail incessant, car elles sont assorties d'un calendrier sur lequel Balzac accumule les retards et qu'il ne peut remplir que par des substitutions de titres ou de classement. Les divisions de l'œuvre les plus favorisées sont celles qui sont couvertes par le contrat des *Etudes de mœurs au XIXe siècle*, c'est-à-dire les *Scènes de la vie privée*, les *Scènes de la vie de province*, les *Scènes de la vie parisienne*. C'est dans ce cadre que s'organise la chronologie des romans de Balzac, chacune des séries étant plus ou moins privilégiée selon les pressions des éditeurs et l'urgence des parutions.

Les grands romans s'échelonnent ainsi :

1834 : *La Recherche de l'absolu* et l'*Histoire des Treize*.

1835 : *Le Père Goriot* et *Séraphita*.

1836 : *Le Lys dans la vallée*.

1837 : *César Birotteau* et la première partie d'*Illusions perdues*.

1838 : *Les Employés* et la première partie de *Splendeurs et Misères des courtisanes*.

1839 : *Béatrix ou les Amours forcés*.

1840 : *Pierrette*.

1841 : *Le Curé de village*.

1842 : *Les Mémoires de deux jeunes mariées, Ursule Mirouët, La Rabouilleuse*.

On voit que, pendant cette période, Balzac publie chaque année un de ses grands romans, auquel il faut ajouter de longues nouvelles presque aussi importantes, *Le Contrat de mariage* en 1835, *L'Interdiction* en 1836, *La Vieille Fille* en 1837, *La Maison Nucingen* en 1838, *Le Cabinet des antiques* et *Une fille d'Eve* en 1839, *Un prince de la bohème* en 1840, *Le Martyr calviniste* en 1841, *La Fausse Maîtresse* et *Un début dans la vie* en 1842.

Ses contrats rapportent à Balzac des droits d'auteur très importants qu'il augmente encore en vendant aux revues la prépublication des mêmes œuvres et en se réservant le droit de les céder une troisième fois dans un format différent. Malgré cela, la charge de ses dettes et de son train de vie est si lourde qu'il cherche continuellement des moyens de s'enrichir en peu de temps. Trois tentatives pendant cette période, également malheureuses : en 1836, achat de la *Chronique de Paris*, bi-hebdomadaire qui engloutit en six mois une véritable fortune, en 1838, essai d'exploitation de mines argentifères en Sardaigne, en 1840, lancement de la *Revue parisienne*, revue mensuelle dont Balzac assurait seul toute la rédaction et qui ne dura que trois mois.

Vie mondaine et liaisons. Légende de Balzac dandy, sa canne incrustée de turquoises, son cabriolet, son « tigre », ses deux secrétaires, image qui ne s'accorde guère aux nuits de travail que Balzac consacrait jusqu'à l'aube à la rédaction de ses œuvres. En 1834, peu de mois après la rencontre de Genève, Balzac, qui venait d'avoir une fille de Maria Du Fresnay, se lia avec une capiteuse Anglaise, Sarah Lowell, comtesse Guidoboni-Visconti, dont il eut peut-être un fils. En 1835, rendez-vous à Vienne au mois de mai avec Mme Hanska et son mari. En 1836, voyage en Italie avec Claire Marbouty déguisée en page, correspondance amoureuse avec une Louise qui n'a pas été identifiée. En 1840, brève aventure avec Hélène de Valette, jeune femme d'un notaire breton.

Amitiés plus durables et plus sérieuses. Avec Mme de Berny qu'il va voir plusieurs fois dans sa propriété de La Bouleaunière, près de Nemours. Avec Zulma Carraud et son mari qui lui offrent l'hospitalité dans leur propriété de Frapesle, près d'Issoudun. Avec M. de Margonne, chez qui il va se reposer et travailler dans son château de Saché, près de Tours.

Pendant cette période, il occupe des domiciles divers pour échapper aux huissiers, aux sommations de la Garde nationale, aux poursuites des éditeurs et aussi pour recevoir des visites discrètes. Domicile officiel, rue Cassini, près de l'Ob-

servatoire. A partir de 1835, second domicile à
Chaillot, rue des Batailles où Balzac installe un
somptueux boudoir décrit dans *La Fille aux
yeux d'or*. Il y vit sous le nom de Mme Veuve
Durand. En 1837, achat d'une villa et d'un terrain aux *Jardies*, entre Sèvres et Ville-d'Avray
avec des intentions spéculatives qui se révèle-
ront désastreuses. En 1840, installation rue
Basse à Passy, dans l'actuelle « Maison de
Balzac ». Il y vit sous le nom de M. de Brugnol,
avec une gouvernante-maîtresse, Mme de Brugnol, à qui il a emprunté son identité. La correspondance avec Mme Hanska s'espace à partir de
1836.

En 1839, Balzac participe à la création de la
Société des Gens de lettres pour lutter contre la
contrefaçon belge des œuvres littéraires et il en
devient président pendant quelques mois. Il
mène une campagne inutile en faveur du notaire
Peytel qui avait été condamné à mort par la cour
d'assises de Bourg pour le meurtre de sa femme
et d'une domestique. La même année, il est can-
didat à l'Académie française et retire sa candida-
ture devant celle de Victor Hugo, qui n'est pas
élu.

Entre 1839 et 1842, une série de tentatives au
théâtre : Balzac espère gagner par ce moyen des
revenus importants dont il a besoin pour rétablir ses affaires. En 1839, *L'Ecole des ménages*
qui restera longtemps dans ses tiroirs; en 1840,
Vautrin qui est joué à la Porte Saint-Martin et

interdit aussitôt; en 1842, *Les Ressources de Quissola* qui échoue à l'Odéon.

Cette première période de sa vie se termine par la signature du traité de *La Comédie humaine* en septembre 1841, avec Furne et un consortium de libraires, pour une nouvelle édition complète de son œuvre sous ce nouveau titre, en 18 volumes in-8°. A l'occasion de cette présentation définitive, Balzac écrit l'*Avant-Propos* dans lequel il explique la signification et la structure de cet ensemble.

II. 1842-1850.

En janvier 1842, une lettre apprend à Balzac la mort du comte Hanski. Cette nouvelle est le début d'une seconde phase de son existence par ses conséquences sur sa vie sentimentale, sur ses affaires et ses préoccupations, sur son œuvre.

La vie sentimentale de Balzac est d'abord bouleversée par un coup de théâtre. Au lieu de l'appeler auprès d'elle, Mme Hanska, effrayée par les conséquences d'un changement complet de sa vie, renonce à leur engagement mutuel et lui rend sa liberté. Crise grave chez Balzac. Supplications, lettres dramatiques, Balzac écrit *Albert Savarus* pour montrer une grande destinée brisée par un coup de tête féminin. Après une année de prières et d'adjurations, Balzac obtient la permission de rejoindre Mme Hanska à Saint-Pétersbourg pendant l'été de 1843. Cette réconciliation ouvre une période de voyages et de rencontres qui occupera les huit dernières années de la vie de Balzac.

— 1845 : printemps et été en Allemagne, Hollande et Belgique avec Mme Hanska et ses enfants, séjour à Naples en automne.

— 1846 : printemps à Rome, voyage à Wiesbaden en octobre pour le mariage d'Anna Hanska.

— 1847 : séjour de Mme Hanska à Paris, renvoi de Mme de Brugnol, départ pour Wierzchownia en Ukraine en septembre, retour de Balzac à Paris en février 1848.

— 1848 : Balzac, effrayé par les désordres qui accompagnent la révolution de février, part pour Wierzchownia en septembre. Il y passe toute l'année 1849, est gravement malade, a plusieurs crises cardiaques.

Conséquences sur les affaires et les préoccupations de Balzac. Mme Hanska, inquiète des dettes de Balzac, ne voulait consentir au mariage qu'après la liquidation de celles-ci. Balzac, désireux d'assurer à Mme Hanska un train de vie équivalent à celui qu'elle avait en Russie, devait trouver une maison, l'installer, la meubler. Pour faciliter le remboursement des dettes, Mme Hanska mit à la disposition de Balzac une somme importante qui constituait un « trésor » commun. Mais Balzac n'eut pas le courage de consacrer ce capital au remboursement de ses créanciers. Dès 1846, il acheta une maison rue Fortunée pour y installer son ménage. Pour faire face aux charges qu'il s'était ainsi créées, il eut l'idée malheureuse de spéculer. Il acheta des actions des Chemins de fer du Nord dont la hausse devait lui rapporter une fortune. Mais des difficultés d'exploitation provoquèrent une baisse que les événements de 1848 rendirent dramatique. En même temps, au cours de ses voyages, Balzac n'hésitait pas à acheter des meubles anciens, des tableaux, de la vaisselle rare, des bijoux. Il comptait sur le théâtre pour rétablir sa situation. Mais *Les Ressources de Quinola* furent un échec, *Paméla Giraud* jouée à l'Odéon en 1843 fut un autre insuccès, *La Marâtre* subit divers retards et ne put être jouée qu'en 1848, *Mercadet (Le Faiseur)*, dont Balzac espérait beaucoup, fut mis en répétition au moment où Balzac partait pour l'Ukraine et il n'en vit même pas la première représentation.

Des soucis domestiques, en particulier le renvoi de Mme de Brugnol exigé par Mme Hanska, un nouvel échec à l'Académie où Balzac n'eut que deux voix, des mécomptes sur les droits attendus du consortium Furne pour l'édition de *La Comédie humaine*, compliquèrent les années 1846 et 1847. Enfin la très grave crise de la librairie et des théâtres après les journées de février anéantirent les derniers espoirs de Balzac. C'est un homme épuisé et abattu qui part pour l'Ukraine en septembre 1848.

Conséquences sur l'œuvre de Balzac. La réconciliation provoque d'abord chez Balzac un regain d'énergie pendant les années 1843 et 1844 qui sont des années de grande production :
— En 1843, coup sur coup, trois des plus grands romans : *Une ténébreuse affaire, La Muse du département,* les deux dernières parties d'*Illusions perdues* (*Un grand homme de province à Paris* et *Les Souffrances de l'inventeur*), et le début du *Député d'Arcis.*
— En 1844, *Modeste Mignon,* la fin de *Béatrix,* le début des *Paysans* et le début des *Petits Bourgeois.* Premiers symptômes de grave surmenage.

Les grands voyages de 1845 et 1846 ralentissent la production de Balzac. En même temps, l'ampleur des grands romans mis en chantier (*Les Paysans, Le Député d'Arcis, Les Petits Bourgeois*) est une cause supplémentaire de difficultés. Toutefois, après le retour de Wiesbaden et pendant le séjour de Mme Hanska à Paris, se place une nouvelle période de tranquillité qui donne deux œuvres capitales :
En 1846, *La Cousine Bette.*
En 1847, *Le Cousin Pons* et la fin de *Splendeurs et Misères des courtisanes (La Dernière Incarnation de Vautrin).*

Ce sont les dernières productions de Balzac qui ne fait rien d'autre à Wierzchownia que la rédaction du second épisode de *L'Envers de l'histoire contemporaine,* intitulé *L'Initié.*

Les *Paysans, Le Député d'Arcis* et *Les Petits*

Bourgeois complétés assez gauchement par Charles Rabou seront publiés après la mort de Balzac en 1854 et 1857 dans le cadre de l'édition Houssiaux qui prit la suite de Furne et de ses associés comme concessionnaire de *La Comédie humaine*.

Retour à Paris et mort de Balzac. Après de longues hésitations, Mme Hanska se décide à épouser Balzac en mars 1850 à l'église de Berditcheff, près de sa propriété de Wierzchownia. Elle a dû accepter l'abandon de ses propriétés en Ukraine.

Balzac, malade, rentre à Paris avec Mme Hanska. Il y arrive le 21 mai, après un voyage épuisant. Retour dramatique dans la maison de la rue Fortunée, occupée par un domestique devenu fou. Il faut faire appel, en pleine nuit, à un serrurier. Balzac s'alite presque aussitôt. Il meurt, après plusieurs semaines de souffrances, le 18 août 1850.

NOTES[*]

par

Jean-Jacques Robrieux

[*] On trouvera, à la fin des notes, page 336, un « Lexique juridique » expliquant tous les termes employés dans *Eugénie Grandet*.

P. 5

1. Dans l'édition originale, le roman comportait six chapitres. Voici leur emplacement : En I (les chapitres n'étaient pas numérotés) venait : *Physionomies bourgeoises;* en II : *Le cousin de Paris,* p. 49, à partir de : « Monsieur Charles Grandet, beau jeune homme de vingt-deux ans... »; en III : *Amours de province,* p. 75, à partir de : « Dans la pure et monotone vie des jeunes filles... »; en IV : *Promesses d'avare, serments d'amour,* p. 125, à partir de : « En l'absence de son père, Eugénie eut le bonheur de s'occuper ouvertement de son bien-aimé cousin... »; en V : *Chagrins de famille,* p. 188, à partir de : « En toute situation, les femmes ont plus de causes de douleur que n'en a l'homme, et souffrent plus que lui »; en VI : *Ainsi va le monde,* p. 237, à partir de : « A trente ans, Eugénie ne connaissait encore aucune des félicités de la vie ».

P. 6

1. Littré donne cette définition de la noblesse de cloches (ou de la cloche) : « Nom que l'on donnait aux descendants des maires et des échevins, maîtres, en leur qualité d'officiers municipaux, de la cloche de la commune, et anoblis en certaines villes par quelques charges municipales ».

2. Grossièrement maçonné avec du torchis.

P. 8

1. Bois de chêne mis en forme de planches étroites, destiné notamment à la fabrication des tonneaux.

2. Tonneau dont la capacité représente environ les deux tiers du muid, selon Littré. Le muid étant variable selon les régions, la capacité du poinçon est en moyenne de 200 litres.

P. 9

1. Ce mot, lorsqu'il ne vient pas du latin *copia,* l'abondance, signifie *qui copie,* dans une acception qui, selon Littré, remonte aux XVᵉ et XVIᵉ siècles. De l'idée de contrefaire les manières des étrangers, on passe facilement à l'idée de les railler.

P. 10

1. La vente des biens du clergé fut ordonnée par les décrets du 2 novembre 1789 et du 14 mai 1790.

2. Le district est une subdivision du département en 1789, plus vaste que l'arrondissement.

P. 11

1. La vente des biens des émigrés fut ordonnée par un décret du 14 août 1792.

P. 12

1. Balzac fait ici allusion à certains aspects de la fiscalité au début du XIXᵉ siècle. Etre le plus imposé de son arrondissement était effectivement un honneur, comme le montrent les recherches de M. P.-G. Castex. Des listes de contribuables étaient publiées par ordre décroissant d'imposition. L'assiette de l'impôt était essentiellement la fortune foncière. De même les ouvertures de l'abbaye ont été murées, afin de réduire le montant de l'impôt sur les portes et fenêtres, qui fut institué sous la Révolution pour ne disparaître qu'en 1917. Cet impôt eut, comme on sait, les pires effets sur l'esthétique des monuments et sur la salubrité de l'habitat.

P. 14

1. L'année 1811 fut fameuse pour l'apparition d'une comète.

P. 15

1. Le fondateur de la dynastie Rothschild fut Meyer Amschel Rotschild (1743-1812), banquier à Francfort. Jacques Laffitte (1767-1844) dirigea la banque qui portait son nom. Gouverneur de la Banque de France en 1814, il fut ensuite député de Paris en 1816, puis ministre sous la monarchie de Juillet. A l'époque où nous nous situons, il jouit d'un grand prestige dans le monde de la finance et de la politique. Il fera malheureusement de mauvaises affaires en 1834 et sera presque ruiné. Il obtiendra malgré cela la présidence de la Chambre des députés un an avant sa mort.

P. 16

1. Terme vendéen signifiant « touffe d'arbres ».

P. 18

1. *Basilic* : Serpent fabuleux dont le regard avait la propriété de tuer.

P. 20

1. Les Pazzi étaient une puissante famille de Florence qui échoua dans sa conspiration contre les Médicis le 26 avril 1478.

P. 23

1. Du latin *vermiculatus,* en forme de ver. Les vermiculures sont des dessins en creux, courbes et enchevêtrés, pratiqués sur des bossages ou des parements de pierre, le plus souvent sur les soubassements des édifices.

P. 24

1. Ancien nom du point d'exclamation.

P. 25

1. Enduit composé d'argile et de bourre, c'est-à-dire de laine et de fibres.

2. Chandeliers à plusieurs branches.

P. 26

1. Tissu de soie épais, spécialité de Touraine.

P. 29

1. Terme archaïque, attesté chez Rabelais, désignant les grappilleurs, c'est-à-dire ceux qui

ramassent les grains (hallebots) oubliés dans la vigne après les vendanges. Ils sont assimilés à des voleurs par le code pénal de 1810.

P. 30

1. L'orthographe officielle est *alberge*. Selon Littré on prononçait *auberge*. Ce terme désigne une sorte d'abricot ou de pêche à la chair blanche et au goût aigrelet. Celles de Touraine étaient particulièrement appréciées.

P. 31

1. Petite fenêtre fixe et généralement grillagée, donnant sur le voisinage immédiat, et ne laissant passer que la lumière.

P. 35

1. Don fait à une femme quand on conclut un marché avec son mari.

P. 50

1. Tailleur de la rue de Richelieu qui apparaît à plusieurs reprises dans *La Comédie humaine.* Balzac était son client et son débiteur.

P. 53

1. *L'Encyclopédie méthodique par ordre des matières* (1781-1832) de Panckoucke et Agasse était un énorme ouvrage de deux cent un volu-

mes in-4°. *Le Moniteur*, fondé au début de la Révolution par Panckoucke, contenait à l'origine des informations sur les débats parlementaires. Marat lui adjoignit le *Bulletin de l'Assemblée nationale* et devint le rédacteur en chef du journal. Sous l'Empire et la Restauration, *Le Moniteur* devint le journal officiel, et fut agrémenté de pages littéraires.

P. 54

1. Richard Westall (1765-1836). Aquarelliste et graveur anglais. — William Finden (1787-1852). Graveur anglais. — Keepsake désigne un album illustré de fines gravures, dont on faisait des cadeaux. La mode, qui venait d'Angleterre, eut un certain succès en France, principalement entre 1820 et 1850.

P. 56

1. Le sucre était devenu rare sous l'Empire, à cause du blocus continental. Son prix avait baissé à l'époque où se situe le roman, mais Grandet avait conservé l'habitude de l'économiser.

P. 58

1. Ceps de vigne qu'on retourne et qu'on enterre pour qu'ils prennent racine et donnent une nouvelle plante. En termes de viticulture, provinage est synonyme de marcottage.

P. 60

1. Sir Francis Legatt Chantrey (1781-1842) : sculpteur anglais qui représenta d'illustres contemporains dans des attitudes très académiques.

P. 64

1. Mirliflor : jeune homme élégant et précieux.

P. 66

1. *Les Amours du chevalier de Faublas* : roman libertin de Jean-Baptiste Louvet de Couvray, qui a paru de 1787 à 1790. *Les Liaisons dangereuses*, de Choderlos de Laclos, a paru en 1782.

P. 69

1. Plane, ou plaine : sorte de rabot composé d'une lame et de deux poignées.

P. 77

1. Desséché.

P. 83

1. Pièce d'une ferme où l'on gardait les provisions destinées aux fermiers et aux ouvriers.

P. 84

1. Participe passé du verbe *aveindre* : apporter.
2. Huche, maie, pétrin.

P. 86

1. Chômer de : manquer de.

P. 97

1. Abraham-Louis Breguet : horloger né à Neuchâtel en 1747 et mort à Paris en 1823, qui apporta de nombreux perfectionnements aux instruments de mesure du temps, tels que les chronomètres, les horloges marines, les horloges astronomiques, etc.

P. 101

1. Bouilli.
2. Jean-Antoine Chaptal (1756-1832) était médecin, chimiste et ingénieur. Cette invention d'une cafetière que lui attribue Balzac n'est pas vérifiée. On sait toutefois que ce savant s'intéressa aux applications pratiques des sciences.

P. 110

1. Il s'agit de l'Asie du Sud-Est.

P. 115

1. Balthazar, roi de Babylone, après avoir profané dans un festin les vases sacrés du temple de Jérusalem, vit s'inscrire mystérieusement ces trois mots sur le mur de la salle où avait lieu la fête. Ils signifient : « Compté, pesé, divisé », autrement dit : « Dieu a compté les jours de ton règne, il t'a pesé dans la balance et ton royaume sera divisé. »

P. 119

1. *Per fas et nefas* : par tous les moyens — Se macérer : se mortifier.

P. 129

1. A propos, à point.

P. 131

1. Plutarque raconte qu'Alcibiade avait acheté un superbe chien auquel il fit couper la queue. Cela lui attira les reproches des Athéniens, mais pendant ce temps, pensait-il, il ne courait pas de bruits plus graves sur son compte.

P. 138

1. Jérémie Bentham : philosophe et juriste anglais (1748-1832), auteur d'un ouvrage intitulé *Défense de l'usure* (1787).

P. 147

1. Petite voiture fermée.

P. 148

1. Petit baril.

2. *In partibus (infidelium)* : dans les contrées peuplées d'infidèles. On qualifiait par cette formule les évêques dont le titre était purement honorifique. Balzac veut sans doute dire que Cornoiller occupe les fonctions de garde-chasse de Grandet sans percevoir de rémunération.

P. 156

1. Homme d'affaires ambitieux aux nombreuses aventures galantes, réapparaissant dans différentes œuvres de *La Comédie humaine*, dont *La Rabouilleuse*, *Illusions perdues*, *Splendeurs et Misères des courtisanes*, etc. — Mme Campan (Jeanne-Louise-Henriette Genet, 1752-1822) fut d'abord lectrice de Mesdames, filles de Louis XV, puis entra au service de Marie-Antoinette. Après la Révolution, elle ouvrit une institution très renommée, et Napoléon la mit à la tête de la maison d'éducation de la Légion d'honneur, qu'il venait de fonder.

P. 159

1. La salamandre était l'emblème de François Ier.

P. 167

1. Exploitant d'une closerie, sorte de petite métairie.

P. 169

1. Duper par des flatteries.

2. La chanson adaptée par Grandet commençait en réalité ainsi : « Dans les gardes françaises, j'avais un amoureux... »

3. Quand Auguste buvait, la Pologne était ivre : vers de Frédéric II de Prusse cité par Voltaire dans son *Epître à l'Impératrice de Russie, Catherine II* (1771).

P. 171

1. Le printemps.

P. 173

1. Auguste-Henri-Jules Lafontaine (1759-1831) : romancier allemand descendant d'une famille protestante française. Il écrivit plus de deux cents romans effectivement imprégnés d'un grand sentimentalisme. Plusieurs de ces œuvres furent traduites en français.

P. 183

1. François Keller est un riche banquier de *La Comédie humaine* qui apparaît notamment dans *César Birotteau*.

P. 186

1. Bons : comprendre ici *solvables*.

P. 188

1. Balzac s'inspire de Bossuet qui, dans une *Méditation sur la brièveté de la vie*, décrit les instants privilégiés de la vie en ces termes : « C'est comme des clous attachés à une longue muraille, dans quelque distance, vous diriez que cela occupe bien de la place ! Amassez-les, il n'y en a pas pour remplir la main ! »

P. 191

1. Boiseries garnissant la partie supérieure de la salle.

P. 193

1. Le pain trempé dans du vin avait, disait-on, le pouvoir de faire parler les perroquets.

P. 197

1. Terme qui semble être de l'invention de Balzac et qui désigne sans doute un homme débrouillard.

P. 232

1. *Closier* : Voir note de la page 167.

P. 239

1. Personne chargée de porter la traîne de la robe.

P. 242

1. Du latin populaire *imputare*, se greffer (ici par le mariage).
2. Premier franchissement de l'Equateur par un voyageur.

P. 243

1. Ile des Antilles.
2. De l'arabe *aluma*, savante, ce terme désigne une danseuse orientale.

P. 244

1. Par divers moyens.
2. Du latin *capitalis*, titre gascon synonyme de capitaine au Moyen Age.

P. 245

1. La « demoiselle » est un autre nom donné à la libellule.

P. 246

1. Bien inaliénable, généralement immobilier, attaché à un titre de noblesse et transmissible au fils aîné héritier du titre.

P. 254

1. Aujourd'hui rue de Bellechasse.

P. 257

1. Engarriée (ou angariée) : embarrassée, engagée dans de mauvaises affaires. Terme archaïque et populaire.

P. 260

1. Le père Tómas Sanchez (1550-1610), jésuite espagnol, fut l'auteur d'un traité sur le mariage, *De Matrimonio* (1592).

P. 267

1. Avec les soins de.

Lexique juridique pour *Eugénie Grandet*

AGRÉÉ Défenseur habilité à plaider devant le tribunal de commerce, au temps de Balzac (p. 259).

BILLET DE COMMERCE Billet à ordre, écrit pour lequel on s'engage à payer une somme due à telle échéance (p. 104).

COMPTE DE RETOUR État établi sur une formule spéciale contenant l'énumération des sommes à rembourser par suite du non-paiement d'un effet constaté par un protêt, à savoir : capital de l'effet, frais de protêt, intérêts, etc. (p. 143).

DÉBOURS Argent avancé pour le compte d'un autre (p. 143).

DÉCONFITURE Faillite d'un non-commerçant, en principe, mais ici, ce terme semble être utilisé dans un sens général (p. 134).

ESCOMPTE Opération par laquelle un banquier (escompteur) avance le montant d'un effet de commerce non échu contre le transfert à son profit de la propriété dudit effet, déduction faite d'une retenue qui correspond à l'intérêt de la somme avancée jusqu'à l'échéance (p. 136).

FAILLITE L'expression « liquider n'est pas faire faillite » pourrait prêter aujourd'hui à contresens, puisque la « liquidation des biens est, dans le droit actuel, l'étape décisive du règlement collectif du passif, se situant soit à la suite du jugement déclaratif, soit postérieurement au règlement judiciaire, si ce dernier n'a pas abouti à un concordat. Il faut sans doute comprendre : « déposer son bilan n'est pas faire faillite ». En effet, Balzac le laisse entendre dans cette page, le dépôt de bilan au greffe du tribunal de commerce, en cas de cessation des paiements, est un devoir du commerçant honnête. Le déshonneur de la faillite n'apparaît véritablement que lorsque la procédure est due à l'initiative des créanciers. Les « liquidateurs » dont il est question sont aujourd'hui l'administrateur judiciaire ou le syndic, et sont toujours nommés par le tribunal (p. 135).

HOIR Héritier (p. 139).

HOIRIE Héritage ou ensemble des héritiers (p. 135).

INDIVIS Les biens indivis sont des biens sur lesquels plusieurs personnes ont un droit qui n'est pas matériellement divisé entre elles (p. 229).

LICITATION Vente aux enchères d'un bien indivis (p. 217).

LIQUIDE Une créance est liquide quand il est possible de la chiffrer exactement (p. 235).

Nue-propriété Démembrement de la propriété d'un immeuble, excluant le droit d'en jouir et d'en recueillir les fruits ou revenus (p. 229).

Propres, ou biens propres Biens dont chacun des époux a la propriété exclusive, provenant par exemple des héritages, et ne tombant pas dans la communauté, lorsqu'elle existe (p. 192).

Protêt Dans le texte, il est question d'un protêt faute de paiement. C'est un acte par lequel le porteur d'un billet à ordre ou d'une lettre de change fait constater qu'il n'a pas été payé à l'échéance (p. 183).

Ressources et charges On parlerait aujourd'hui d'actif et de passif, qu'il s'agisse des comptes d'une entreprise ou d'une masse successorale (p. 138).

Usufruit Démembrement de la propriété comprenant le droit d'usage, *usus* et le droit de recueillir les fruits, *fructus*, ou revenus d'un bien.
Ce droit réel, complémentaire de la nue-propriété, s'éteint à la mort de l'usufruitier (p. 229).

TABLE

IMPRIMÉ EN FRANCE PAR BRODARD ET TAUPIN
7, bd Romain-Rolland - Montrouge - Usine de La Flèche.
LIBRAIRIE GÉNÉRALE FRANÇAISE.
ISBN : 2 - 253 - 00386 - 7